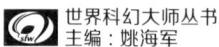

世界科幻大师丛书
主编：姚海军

等待去年来临

· NOW WAIT FOR LAST YEAR ·

〔美〕菲利普·迪克 著 李天奇 译

四川科学技术出版社

NOW WAIT FOR LAST YEAR
Copyright 1966, Philip K. Dick
Copyright renewed 1994, Laura Coelho, Christopher Dick and Isa Hackett
Simplified Chinese edition copyright: 2019
SCIENCE FICTION WORLD
All rights reserved.

图书在版编目(CIP)数据

等待去年来临/[美]菲利普·迪克 著;李天奇 译.
-- 成都:四川科学技术出版社, 2019. 9
(世界科幻大师丛书/姚海军 主编)
书名原文:Now wait for last year
ISBN 978-7-5364-9580-7

Ⅰ.①等… Ⅱ.①菲…②李… Ⅲ.①科学幻想小说－美国－现代
Ⅳ.①I712.45

中国版本图书馆CIP数据核字(2019)第261870号
图进字号:21-2019-435

世界科幻大师丛书

等待去年来临

出 品 人	钱丹凝	
丛书主编	姚海军	
著 者	[美]菲利普·迪克	
译 者	李天奇	
责任编辑	张湉湉	
特邀编辑	魏映雪	
封面绘画	李 凯	
封面设计	施 洋	
版面设计	施 洋	
责任出版	欧晓春	
出 版	四川科学技术出版社	
	四川省成都市槐树街2号出版大厦 邮政编码:610031	
开 本	140mm×203mm	
印 张	10.5	
字 数	178千	
插 页	2	
印 刷	成都博瑞印务有限公司	
版 次	2019年12月成都第一版	
印 次	2019年12月成都第一次印刷	
定 价	36.00元	

ISBN 978-7-5364-9580-7

菲利普·迪克

Philip K. Dick

1928-1982

献给唐纳德·沃尔海姆[1]：

他为科幻所做的贡献无人能及。

谢谢你，唐，谢谢你这么多年来一直相信我们。

祝福你。

---

① 美国著名科幻编辑、作者、出版商，最早的科幻迷之一，组织了第一场科幻大会，并创建了主营科幻奇幻小说出版的DAW出版公司。（本书注释如无特殊说明，皆为译注。）

1

这座他再熟悉不过的建筑外形像只几维鸟，大身子、小细腿，一如既往投射出雾蒙蒙的暗淡灯光。埃里克·斯威特森特折叠起汽车，勉强停进属于他的小隔间。他厌倦地想，这刚早上八点。可在TF&D①公司，他的老板维吉尔·L.艾克曼先生已经开门营业。什么样的人才会大早上八点就头脑清醒？斯威特森特医生暗自琢磨。这简直是在违抗上帝的明确指示。这个按需分配的世界可真不错；战争让所有古怪行为都有了借口，连那老头也不例外。

不管怎样，他还是继续向入口通道走去——但又不得不停住脚步：有人在叫他的名字。"嘿，斯威特森特先生！请您稍等！"是机器人鼻音浓重的嗓音，令人反胃。埃里克不情愿地停下脚

———
① 下文蒂华纳皮草染色公司的英文简称。

步,那东西赶到他身边,精力充沛地上下挥动手脚。"是蒂华纳皮草染色公司的斯威特森特先生吗?"

他没错过这句话隐含的轻蔑,"是'斯威特森特医生',谢谢。"

"有您的账单,医生。"它从金属口袋里抽出一张叠好的纸,"您夫人凯瑟琳·斯威特森特女士三个月前使用了她的'梦想世界·共享欢乐时光'账户。六十五元,再加上百分之十六的手续费。还有法律上的问题,您也明白。很抱歉耽误您的时间,不过那是,呃,违法的。"它警惕地盯着他,埃里克老大不情愿地掏出了支票簿。

"买了什么?"他一边写支票,一边阴沉地问道。

"幸运星香烟,医生。绿色包装的真货。二十世纪四十年代的产品,还是在第二次世界大战之前没换包装的那种。所谓'绿包上战场去了'①,您也知道。"它吃吃地笑了起来。

埃里克简直无法相信。一定有什么事情搞错了。"可是,"他表示抗议,"这应该走公司的账户啊。"

"不,医生。"机器人这么告诉他,"我没骗您。斯威特森特女士特别说明,这次购买的产品是供她私人使用的。"然后它又补

---

① 幸运星香烟在二十世纪四十年代用白色包装替换绿色包装时的广告语。

充了一句解释,埃里克一听就知道是谎话。但他不知道说谎的是机器人还是凯茜,至少不能当场就判断出来。"斯威特森特女士,"机器人诚恳地说,"在制造匹兹-39。"

"才怪。"他把写好的支票扔给机器人,然后趁它冲上去捕捉飘舞纸条的工夫继续走向入口通道。

幸运星香烟。哈,他阴沉地心想:凯茜又发作了。那股创造性的欲望,只能用大肆消费来发泄。她花出去的钱总是远远超过她的薪水——他不得不在心里承认,她赚得比他多那么一点儿,老天爷。话说回来,她为什么不告诉他一声?这么一大笔开销……

当然,答案很明显。这份账单本身就指出了问题所在,其严峻程度简直令人抑郁。他心想:十五年前的我恐怕会说,把凯茜和我的收入加在一起,肯定足够、也应该足够让两个算不上挥霍无度的成年人享受富足的生活,即便将战争带来的通货膨胀考虑在内——当年我也确实这么说过。

但事实并非如此。他内心深处有种挥之不去的直觉:这恐怕永远也不会成真了。

进了 TF&D 大楼,他按了通往自己办公室的楼层号,抑制住去楼上凯茜[①]的办公室当面质问她的冲动。回头再说吧,他如此

---

①凯瑟琳·斯威特森特的昵称。

决定。等下了班,吃晚饭的时候再问好了。老天,他的日程排得这么满,实在没精力进行无休止的争吵。他从来都没有那样的精力。

"早上好,医生。"

"你好。"埃里克对面目模糊的秘书珀斯小姐点了点头。今天她把自己喷成了亮蓝色,四处点缀着闪闪发亮的碎片,反射着办公室外间顶灯的光线。"西摩尔呢?"最后环节的质量监控检查员还没来,而他已经看见附属工厂的代表抵达了停车场。

"布鲁斯·西摩尔来过电话,说圣迭戈公众图书馆要告他,他可能得去趟法庭,今天恐怕会迟到。"珀斯小姐冲他露出专注的微笑,露出一口毫无瑕疵的乌木色假牙。一年前她从德克萨斯州的阿马里洛搬到了这里,随之到来的还有这口虚假到让人心生凉意的假牙,"图书馆的警察昨天闯进了他的共寓①,找到了他偷走的二十多本书。你也知道布鲁斯,他有不敢结账的恐惧症……希腊语怎么说来着?"

埃里克走进了办公室的里间,这是他一个人的天下。维吉尔·艾克曼坚持用这样的安排彰显埃里克的身份,并以此为借口,不给他涨薪。

而现在,在属于他的办公室里,在属于他的窗边,正站着他

---

① PKD自造词,意为共享公寓。

的妻子凯茜。她抽着一根气味甜滋滋的墨西哥香烟,眺望着城市南边南下加州①萧条的棕色群山。这是今早埃里克第一次见到她。她比他早一个小时起床,一个人穿戴整齐、吃了早饭,开她自己的车出门。

"怎么了?"埃里克语气生硬地说。

"进来,把门关上。"凯茜转过身,但并没看他,小巧精致的尖脸上满是沉思的神色。

他关上了门,"多谢你请我进自己的办公室。"

"我知道那个该死的讨债员今早会来打扰你。"凯茜语气淡漠地说。

"将近八十元。"他说,"还有罚款。"

"你付钱了吗?"她终于看了他一眼,黑色的假睫毛扇动得更快了,显出她心里的担忧。

"没有。"他讽刺地说,"我就站在停车场里,让机器人当场开枪把我毙了。"他把外套挂进了衣橱,"我当然付了。非付不可,自从'鼹鼠'废除了整个信用付账系统以来一直如此。我知道你对这些事不感兴趣,但要是欠债时间超过——"

"拜托,"凯茜说,"别教育我了。它怎么说的? 说我在造匹兹-39? 它在说谎。我买绿包幸运星是为了送人。我不可能不

———————
① 南下加州是墨西哥的一个州。

告诉你一声就去造儿童乐园，毕竟那有一半会属于你。"

"匹兹-39可不会属于我。"埃里克说，"我从来没在那儿生活过，不管是39年还是别的什么年份。"他坐到办公桌前，捶了视讯盒一拳。"我来了，沙普太太。"他告诉维吉尔的秘书，"你今天还好吗，沙普太太？昨晚的战争债券游行结束后，你平安到家了？没被好战的纠察员敲脑袋吧？"他关掉了视讯盒，对凯茜解释道，"露西儿·沙普太太是位热心的绥靖主义者。我挺欣赏能允许员工参加政治宣传活动的公司，你觉得呢？而且一分钱都不用花，所有政治集会都是免费的。"

凯茜说："但你必须祈祷、唱歌。他们还会让你买那些债券。"

"香烟是送给谁的？"

"维吉尔·艾克曼，还用说吗。"她吐出两道对称的灰色烟雾，"你以为我想另谋高就？"

"如果比现在的待遇更好的话，当然。"

凯茜若有所思地说："不管你怎么想，埃里克，让我留在这里的并不是高薪。我相信我们所做的事能对战争有所帮助。"

"在这儿？怎么个帮助法？"

办公室的门开了，显出珀斯小姐的身影。她只有轮廓是清晰的。她向埃里克的方向俯过身，那泛着亮光、模糊不清、微微倾斜的胸部擦过门框，"哦，医生，抱歉打扰了，乔纳斯·艾克曼先生想见你——维吉尔先生的侄孙,来自'浴场'。"

"'浴场'最近怎么样,乔纳斯?"埃里克伸出手去。老板的侄孙向他走来,两人握手致意。"值夜班的时候,有什么东西跟着泡沫一起冒出来吗?"

"就算有,"乔纳斯说,"它也扮成了工人的模样,光明正大地从正门离开了。"他注意到了凯茜的存在,"早上好,斯威特森特太太。话说,我见到你为我们的华盛-35置办的新东西了,那辆甲壳虫形状的车。那是什么牌子的,大众? 是叫这个名字吗?"

"是克莱斯勒的'气流'①。"凯茜说,"是辆不错的车,但是承载簧下质量②的金属太多了。这一工程学方面的错误导致了它在市场上的溃败。"

"老天。"乔纳斯充满感情地说,"对某种东西了解得如此彻底,这是什么样的一种感觉啊。去他的文艺复兴。要我说,就应该专注于一个领域,直到——"他住了口,注意到斯威特森特夫妇身上都散发出沉默而阴郁的气息,"恐怕我来得不是时候?"

"公司事务优先,"埃里克说,"其次才是个人享乐。"他很高兴有人来打断他和凯茜的对话,即便是这位在公司的复杂等级结构中地位居下的成员。"请你赶快离开吧,凯茜。"他对妻子说,

---

① 克莱斯勒汽车公司于1934年推出的流线型车型。

② 汽修术语,不由悬挂系统中的弹性元件所支撑的质量,含车轮、弹簧、减震器等。

丝毫不掩饰语气的冷淡，"我们晚餐时再谈。我要做的事太多了，没空在讨债机器人是否有能力撒谎的问题上吵个不停。"他推着妻子走向门口，她并没抵抗。埃里克轻声地说："它和世上所有人一样，也在嘲笑你，是吧？所有人都在说你坏话。"他把她送出办公室，关上了门。

乔纳斯·艾克曼耸了耸肩，说："哎，现在的婚姻就是这样：合法的仇恨。"

"你为什么这么说？"

"哦，你们的对话里满是弦外之音，就像死神带来的寒冷，能让人凭空感到一阵凉意。应该有条例禁止夫妇在同一个地点工作，甚至是同一座城市。"乔纳斯微微一笑，年轻瘦削的脸庞上瞬间没有了之前的严肃表情，"但你要知道，她真的很优秀。自从她开始在这里工作，维吉尔逐渐让其他古董收集员都走人了……这她肯定告诉过你吧。"

"说过无数次了。"几乎每天一遍，他讽刺地心想。

"你们干吗不离婚？"

埃里克耸了耸肩。这动作本来是为了让人显得深不可测，他暗自希望它的实际效果也有这么好。

但它显然没起作用，因为乔纳斯说："意思是你喜欢现在的状态？"

"意思是,"埃里克自暴自弃地说,"我以前也结过婚,比现在好不了多少。如果我和凯茜离婚,我还会再找别人结婚——因为我的头脑分析员说过,我只能在三种身份里实现自我:丈夫、父亲和负责挣钱的大富翁。而下一段该死的婚姻也一样好不到哪儿去,因为我就是会选同一种类型的女人。性格使然。"他抬起手,竭尽所能地用自嘲又敌对的目光盯着乔纳斯,说,"你找我有何贵干,乔纳斯?"

"旅行。"乔纳斯·艾克曼高高兴兴地说,"去火星,大家一起去,也包括你。去开会!咱俩可以坐得离老维吉尔远远的,免得要跟他聊生意、战况,和基诺·莫利纳里。我们坐大船去,单程只要六小时。看在老天分上,咱可别一路站到火星再站回来,一定得提前买好坐票。"

"到火星待多久?"埃里克一点儿也不期待这趟旅行,这会让他的工作搁置太久。

"明后天就回来。听着,这能让你躲开你老婆。凯茜会留在这里。这有点儿讽刺,但我注意到,老家伙去华盛-35的时候从来不带古董收集员……他喜欢独自享受,呃,那地方的奇妙……而且他越老就越喜欢这样。等你也活到一百三十岁,也许就会理解了——或许我也是。在此之前就忍忍吧。"乔纳斯又严肃地补充,"作为他的医生,埃里克,你可能早就清楚这一点了:他永远也不会死。他永远也不会做出所谓'艰难的决定',不管他身体的哪部分又坏了要换掉。有时候我会嫉妒他这么……乐观,嫉妒他这么享受生活,这么看重生命。而我们这些微不足道的凡人呢,到了我们这年纪——"他瞥了埃里克一眼,"不过三十岁,三十三岁,就痛不欲生——"

"我还精神着呢。"埃里克说,"还能再活很久。生活击不倒我。"他从口袋里掏出讨债机器人给的账单,"你回忆一下。大概三个月前,华盛-35有没有出现过绿包的幸运星香烟? 凯茜送的?"

一阵漫长的沉默后,乔纳斯·艾克曼说:"你个多疑的蠢货。你整天念念不忘的就这么点儿事。听着,医生,如果你不能把心思放在工作上,你就完了。我们的人事档案里至少有二十个已经提交过申请的人造器官医师,随时等着到维吉尔手下来工作,毕竟他在经济领域和战争中的地位都举足轻重。老实说,你的技术可不怎么样。"他的表情中一半是同情、一半是责备,这两者的奇特混合让埃里克·斯威特森特猛然清醒,"就我个人而言,如果我的心脏突然不行了——这是早晚的事,我可不会找你看病。你太专注于私事了。你完全为自己而活,不考虑星球大义。老天爷,你难道不记得? 我们打的可是生死之战,而且快要输了。每天我们都被打得溃不成军!"

确实如此,埃里克心想。此外,我们还有位病魔缠身、疑神疑鬼、意志消沉的领袖。有许多工业巨头企业在为"鼹鼠"撑腰，勉强维持着这位病重领袖的政坛地位，而蒂华纳皮草染色公司就是其中一员。若不是有许多和维吉尔·艾克曼一样影响力巨大、讲义气的伙伴，基诺·莫利纳里早就该下台，或者去世，或者在养老院里度过余生了。这点我非常清楚。可是说到底，每个人的生活总要继续。毕竟，我自己也不愿意家事缠身，像拳击手一样与凯茜进行无止境的扭抱纠缠。他如此想道。如果你认为这都是我自愿选择的，那恐怕是因为你罹患"年轻"这一不治之症，无法从自由自在的青春期脱身，搬到我所在的世界来：拥有一个在经济上、头脑上、甚至性爱上，都远胜于我的妻子。

离开大楼前，埃里克·斯威特森特医生想知道布鲁斯·西摩尔到了没有，于是去了"浴场"一趟。西摩尔确实已经到了。他站在巨大的残次品筐边上，筐里装满了出故障的"懒惰棕犬"。

"把它们变回垃圾好了。"乔纳斯对西摩尔说，后者露出他一贯空洞、夸张的笑容。这位艾克曼家族最年轻的成员拿起一个出故障的圆球，冲他抛过去。圆球滚下 TF&D 公司的装配线，跟着滚下来的还有几个合格品。这些圆球是星际飞船指令导航结构体的一部分。"你知道吗，"乔纳斯对埃里克说，"如果你从这些控制组件里拿出一打，不是出故障的这些，是那些要装进集装箱运给部队的那些,你就会发现,比起一年以前,甚至半年以前,它们的反应时间慢了几毫秒。"

"你是说,"埃里克说,"我们的质量标准下降了?"

这不可能。TF&D的产品太重要了。军队的整个行动网都依赖于这些人头大小的圆球。

"没错。"乔纳斯似乎一点儿也不担心,"因为之前我们挑出来的残次品太多了,根本赚不到钱。"

西摩尔结结巴巴地说:"有——有时我真希望,我们还在做火星蝙蝠粪生意。"

公司最初通过收集火星扇翼蝠的粪便赚到了第一桶金,之后凭借这笔资金独家承销了另一种天外生物:火星印记阿米巴虫,从中获得了巨大的经济利益。这种了不起的单细胞有机体靠模仿其他生物为生,特别是那些体积与其相仿的种类。地球的航天员和联合国官员都对这种能力惊叹不已,但一直没人发现它的产业价值,直到因蝙蝠粪便生意而出名的维吉尔·艾克曼闪亮登场。见到这种生物后没过几个小时,维吉尔就从情妇的昂贵皮草收藏中拿出一件,放到了印记阿米巴虫面前。阿米巴虫忠实地发挥了模仿能力,维吉尔和姑娘之间出现了两条无论怎么看都别无二致的貂皮长围脖。遗憾的是,阿米巴虫最后厌倦了皮草形态,又恢复了原本的模样。这是个让人心有不甘的结果。

经过好几个月的研究,他们找到了解决方法:只要在阿米巴虫变形时杀死它,然后用化学定形剂喷洒尸体,阿米巴虫就会永远保持最终形态,不但不会腐败,而且和真品一模一样。很快,维吉尔·艾克曼就在墨西哥的蒂华纳建起了收货点,接收他在火星设厂生产的大批人造皮草,品种应有尽有。几乎在一夜之间,他就摧毁了地球上的整个天然皮草市场。

可是战争改变了这一切。

话说回来,又有什么没被战争改变呢?当地球与盟友利利星签订和平公约时,谁又能想到事态有一天会变得如此严峻?毕竟,根据利利星和其代表弗莱涅柯西部长的说法,他们才是宇宙中最领先的军事力量,而他们的敌人雷格不仅在军力上略逊一筹,在其他方面也同样无法匹敌;这场仗想必打不久。

战争本身就已经够糟糕的了,埃里克心想。然而更糟的是,没有什么事物会像一场行将失败的战争这样逼人思考,逼人徒劳地不断质疑过去的决定——比如《和平公约》。如果问问地球人在质疑过去的哪些决定,恐怕有很多人的第一反应都是《和平公约》。不过没人会去征求他们的看法,不管是"鼹鼠"还是利利星政府。实际上,几乎所有人都认为,现在连"鼹鼠"的意见都没人过问了。不管是在酒吧这样的公共场合,还是在卧室的私密空间里,很多人都表达过这样的看法。

与雷格的冲突一爆发,蒂华纳皮草染色公司就像其他所有制造业的公司一样,不再生产人造皮草这样的奢侈品,而是开始制造与战争相关的产品。对于这些以 TF&D 为代表的企业而言,选择去生产火箭控制组件的极度精准的复制品,即在市场上独领风骚的"懒惰棕犬",是个再自然不过的选择。转型进行得顺利而迅速。现在,埃里克·斯威特森特对着满筐的残次品陷入沉思。他想找到一种方法,让这些未达质量标准却依然复杂精细的产品产生经济效益。他拿起一个残次品,在手里左右掂量。它的重量和棒球差不多,大小则与葡萄柚相仿。最后他判断这些被西摩尔拒收的次品已经无力回天,就把手里的球扔回了回收斗深不见底的大嘴里,它们将会在里面分解成原本的有机分子形态。

"等等。"西摩尔嘶哑地说。

埃里克和乔纳斯都转眼望着他。

"别把它们融掉了。"西摩尔说。他尴尬地扭着丑陋的身躯,胳膊缠在一起,骨节粗大的长手指绞成一团。他张着嘴,一副蠢样,喃喃道:"我——我现在不这么干了。说到底,作为原材料,这一个单元只值零点二五分,这一整筐只值一元钱。"

"所以呢?"乔纳斯说,"它们还是得化成——"

西摩尔嘟囔道:"我会买下它们。"他反手把手伸进裤兜,费劲地寻找着钱包。经过漫长而艰苦的挣扎，他终于把钱包掏了出来。

"买下来干什么?"乔纳斯质问道。

"我自有安排。"经过一段令人难挨的沉默，西摩尔说，"我为每个'懒惰棕犬'残次品付半分钱，是它们正常价格的两倍。这样一来，公司也能有进账，所以有什么理由拒绝我这样做呢?"他的声音骤然拔高。

乔纳斯打量着他，说:"没人反对。我只是好奇你买它们要做什么。"他瞥了埃里克一眼，仿佛在询问他的看法。

西摩尔说:"呃，我自有用途。"他神色阴沉地转过身，蹒跚走向旁边的一扇门。"它们已经是我的了，我可是提前预支工资付的钱。"他一边打开门，一边回头对两人说。他戒备地站在门边，脸上除了阴沉的愤懑，还有被严重的恐惧症所带来的焦虑腐蚀出的痕迹。

那扇门后是一间货仓，里面有许多辆小车四处滑行，车轮只有银币大小。房间里大概有二十辆这样的车，速度飞快，却无比准确地避开了彼此。

埃里克看到，每辆小车上都装了一个"懒惰棕犬"，并连上电线，控制着小车的运行。

过了一会儿，乔纳斯揉了揉鼻翼，哼了一声，说:"动力是从哪儿来的?"他俯下身,趁一辆小车经过身边时把它一把抓了起来,轮子还在空中徒劳地转动。

"一节便宜的可以续航十年的 A 号电池就行,"西摩尔说,"成本一样是半分钱。"

"这些小车是你造的?"

"没错,艾克曼先生。"西摩尔拿回乔纳斯手中的小车,把它放回地上。它转着轮子飞快地滑走了。"这些还太新,不能放走。"他解释道,"它们还需要多练习。"

"等它们练好了,"埃里克说,"你就放它们走?"

"没错。"西摩尔点了点他几乎完全秃顶的大脑袋,角质框架的眼镜在鼻梁上直往下滑。

"为什么?"埃里克问。

这下他们问到了核心问题。西摩尔脸色发红,身体难受地扭个不停,神色却隐隐带着一种防御性的骄傲,"因为这是它们应得的。"

乔纳斯说:"可这些原生质并不是活物,喷洒定性剂的时候它们就死了。你是知道的呀。之后它们不过是些电路罢了,没有一个例外,和——嗯,和机器人一样没有生命。"

西摩尔满怀尊严地回答道:"但我认为它们有生命,艾克曼先生。它们只是比较低级,没有能力在太空引导火箭,但它们同样有权利好好过完这卑微的一生。等我放走它们,它们还能再跑个六年吧,甚至更久。那就足够了。我只是把它们应得的东西还给它们。"

乔纳斯转向埃里克,说:"这事要是让老家伙知道了——"

"维吉尔·艾克曼先生已经知道了。"西摩尔立刻回答,"我得到了他的认可。"他随即又纠正道,"或者说,他容许我这么做。他知道我有付钱给公司。而且我只有晚上,在自己休息的时间才造这些小车。我在自己的共寓里建了一条生产线,当然,做工很粗糙,但是有效。"他又补充道,"我每天都干到夜里一点。"

"放生了以后,它们会做什么?"埃里克问,"就在城里四处瞎晃?"

"谁知道。"西摩尔说。这显然不是他所关心的事情。只要造好小车、保证"懒惰棕犬"安上去后运转正常,他的任务就完成了。也许他是对的。他总不可能陪着每一辆小车,帮它们排除城里的一切艰难险阻。

"你是位艺术家。"埃里克评价道,不太确定自己的感受是有趣、恶心还是其他什么。唯一能确定的是,他并没觉得感动。整件事弥漫着一种荒谬而滑稽的气氛,简直愚蠢可笑。西摩尔每天这么无止歇地工作,在工厂上完班,回家又继续忙个不停,保证每一个残次品都能在阳光下有一席之地……然后呢?与此同时，其他所有人都在忍受另一种规模更大、参与人数更多的荒谬：一场情势恶劣的愚蠢战争。

在这样的背景下，西摩尔就显得没有那么可笑了。这个时代就是这样。疯狂弥漫在大气里，从"鼹鼠"一路传到这位质量监控员身上。以临床精神病学的角度来看，他显然有些失常。

埃里克和乔纳斯·艾克曼一起沿着走廊往外走，说："他可真是个垃圾。"在所有针对异常行为的表达中，这是语气最强烈的一个词。

"显然。"乔纳斯挥手表示这事不值得再提，"但这让我对老艾克曼有了新的认识。他容忍了这种行为，而且显然不是因为这能让他赚到钱。不是这么回事。老实说，我很高兴。我还以为老艾克曼的心肠会更硬，会直接把这个可怜的混蛋扫地出门，丢进前往利利星的奴隶劳工队里。老天爷，难以想象那些人过的是什么日子。西摩尔真走运。"

"你觉得结局会怎么样？"埃里克说，"'鼹鼠'会不会和雷格再签个独立的公约，保全我们，让利利星人自己扛着去？反正这也是他们活该。"

"他不能这么做。"乔纳斯语气冷淡地说，"弗莱涅柯西的秘密警察会在地球上发动突然袭击，把他剁成肉泥。踢他下台，第二天换个更激进的人当权。一个享受战争的人。"

"可他们不能这么做。"埃里克说,"'鼴鼠'是我们选出来的领袖,又不是他们选的。"但他知道乔纳斯说得对,法律上的问题并不是真的问题。乔纳斯只是在很实际地评估他们的盟友,直面现实。

"我们最好的选择,"乔纳斯说,"就是输。慢慢地,但是无可挽回地输掉这场战争,正如现在这样。"他压低了声音,几近耳语,"我也不想说丧气话——"

"随便说,别在意。"

乔纳斯说:"埃里克,这是我们唯一的选择,哪怕后果是忍受雷格将近一个世纪的侵占,作为在错误的时间、在错误的战争里选择了错误盟友的惩罚。这是我们第一次出于道德考虑涉足星际军国主义战争,这就是我们的选择——'鼴鼠'的选择。"他做了个苦脸。

"而'鼴鼠'是我们选的。"埃里克提醒他。说到底,这一切的责任还是要落在他们自己身上。

在他们前方,一片树叶般轻薄干瘪的身影向他们飘来,用尖利虚弱的声音喊着:"乔纳斯!还有你,斯威特森特,该出发去华盛-35了。"维吉尔·艾克曼的语气有些焦躁,仿佛急于完成职责的母鸟。到了这个年纪,艾克曼几乎变成了雌雄同体的无性别存在,男性与女性的特征混在一起,死气沉沉却又举足轻重。

2

维吉尔·艾克曼拆开空空如也的古董骆驼牌香烟盒，把纸板压平。"加浓、爆裂、过滤，还有爆珠。你选哪个，斯威特森特？"

"过滤。"埃里克说。

老头凑近已经变成二维的烟盒，眯眼读着盒底内侧上的记号。"是爆裂。我可以拿烟头烫你胳膊了，三十二次。"他仪式性地拍了拍埃里克的肩，愉快地微笑起来，象牙白色的牙齿闪烁着灵动的光泽。他选择做的是自然风格的牙齿。"但我是绝对不会伤害你的，医生。毕竟，我随时都有可能要换肝……昨天晚上，睡下以后，有几个小时我的状态很不好。我觉得我可能又得了毒血症，当然这还需要你来检查。我整个人都有气无力的。"

埃里克·斯威特森特医生坐在维吉尔·艾克曼对面的座位里说："你几点睡的，睡前干了什么？"

"哦,医生,有个姑娘。"维吉尔咧开嘴,对周围的家人露出淘气的笑容。哈维、乔纳斯、拉尔夫和菲莉斯,这些艾克曼家族的人此刻都和他们一起,坐在从地球飞往火星上的华盛-35的细锥形飞船里。"不用我说下去了吧?"

他的侄孙女菲莉斯严肃地说:"老天,你已经太老了。干到一半你的心脏就会衰竭,然后她会怎么想——不管她是谁? 死在这种场合可一点儿都不体面。"她责备地瞥了维吉尔一眼。

维吉尔尖声说:"我右手里有专为这种情况而设的死亡监测器。这时候它就会呼叫这位斯威特森特医生,他会立马冲过来,不是给我送终,而是取出那颗崩溃了的旧心脏,塞颗全新的进去,然后我就——"他嘻嘻地笑起来,然后从大衣胸前的口袋取出叠好的亚麻手帕,拭去下唇上的口水。"我就接着干下去。"他如纸般轻薄的皮肤熠熠发光,头骨的轮廓在底下清晰可辨,此刻正因逗弄众人而开心得阵阵颤抖。这些人无权进入他的世界,无权享受他这样优越奢侈的生活,这都是战争所造成的私有化给他带来的福利。

"'一千零三①'。"哈维尖酸地说,引用了达·彭特的歌剧②,

---

① 原文为意大利语。

② 指莫扎特的歌剧《唐璜》,达·彭特为作词人。剧中唐璜曾征服过一千零三个女人。

"可你呢,老风流鬼,你是一百万零三,不管用意大利语怎么说。等我到了你的年纪——"

"你永远也到不了我的年纪。"维吉尔得意扬扬地笑道,眼神因愉悦带来的活力而灵动闪亮,"别想了,哈维。别想太多,回去看你那些财政记录吧,你就是个整天叨叨不休的行走的算盘。等你死的时候,没人会在你床上找到女人;陪在你尸体边上的只有——"维吉尔在头脑中搜索着字词,"只有,呃,一瓶墨水。"

"拜托。"菲莉斯冷冷地说。她转头望向窗外的星辰和黑暗的太空。

埃里克对维吉尔说:"我有点儿事想问你,关于一包绿包幸运星香烟。大概三个月以前——"

"你老婆爱我。"维吉尔说,"是,那是给我买的,医生。一件别无他意的礼物。放松放松你那发烫的大脑吧,医生;凯茜我可不感兴趣。再说了,那只会惹麻烦。女人,我有的是;人造器官医师嘛……"他沉思片刻,"嗯,仔细想想,我也能找来不少。"

"我今天也是这么跟埃里克说的。"乔纳斯说。他冲埃里克眨了下眼,后者一点儿反应也没有。

"可我喜欢埃里克。"维吉尔继续说,"他是个冷静的人。瞧他现在的模样,非常讲道理,典型的理性派,不管到什么危急关头都一样冷静。我见他动过很多次手术,乔纳斯,我是最有发言权的。而且无论时间有多晚,他都愿意爬起来……这种人可不多。"

"你付钱给他。"菲莉斯简单地评论道。她总是这样寡言少语,沉默孤僻。维吉尔这位侄孙女是公司董事会的一员,身上有股猛禽般的尖锐,和老头相似,只是少了他那古怪的狡猾劲。对她来说,除了公事,其他的都无足轻重。埃里克心想,如果是她发现了西摩尔那档事,恐怕就再也没有小车滑来滑去了。菲莉斯的世界里容不下人畜无害的事物。他觉得她和凯茜有点儿像。另一点与凯茜相似的是,她的外表也相当性感。她的头发梳成一条长长的马尾辫,染成流行的群青色,搭配着自主旋转的耳环和(他并不太欣赏的)鼻环,这在资产阶级上流圈子中是有待婚配的表示。

"这次开会的议题是什么?"埃里克问维吉尔·艾克曼,"为了节省时间,不如现在就开始讨论吧?"他感到心浮气躁。

"这次是消遣之旅。"维吉尔说,"找个机会,远离我们所在的死气沉沉的行业。到了华盛-35,有位客人会来迎接我们,他说不定已经到了……他有张空白支票。我向他开放了我自己的儿童乐园,这还是我第一次让别人到里面去自由体验。"

"谁啊?"哈维质问道,"严格意义上,华盛-35可是公司资产,我们都是董事会成员。"

乔纳斯冷冷地说："维吉尔可能把'恐怖战争卡片'①的真品都输给这个人了。除了敞开大门迎接对方，他还能怎么办呢？"

"我从来不拿'恐怖战争卡'或FBI卡打赌。"维吉尔说，"顺便提一句，我有'帕奈号沉船'②的复制品。是艾顿·汉姆布罗送我的生日礼物，你们知道他吧，那个在曼佛雷克斯公司当董事长的傻帽。我还以为是个人就知道我有那起事件的完整档案，但显然汉姆布罗不知道。难怪他的六家工厂都让弗莱涅柯西的手下管着呢。"

"给我们讲讲《小叛逆》里的秀兰·邓波儿吧。"菲莉斯百无聊赖地望着飞船前一望无际的群星，"讲讲她是怎么——"

"你又不是没看过。"维吉尔语气暴躁。

"嗯，可我就是看不够。"菲莉斯说，"不管我再怎么挑剔，仍然觉得它引人入胜，直到那拙劣的胶片转完最后一寸。"她转向哈维，"打火机借我。"

埃里克站起身，走到狭小飞船的客厅里，在桌边坐下，拿起饮品单。他觉得喉咙发干。与艾克曼家族的人争论总会让他口渴，让他急需某种使人安心的液体……也许是初乳的替代品，他心想：生命之乳。我也应该有一个儿童乐园，他半开玩笑地想

---

① 1938恐怖战争卡片，或许是史上最有名的一套卡片，全套240张。

② 1937年，日本在长江上击沉的一艘美国炮艇。

着。但只有一半能属于我。

除了维吉尔·艾克曼，去1935年的华盛顿哥伦比亚特区对其他人而言都是在浪费时间，因为只有维吉尔记得这城市当年的真实模样。那地方已经消失太久了。可以说，华盛-35在每个细节上都精心再现了维吉尔童年时所生活的那个有限的宇宙，并在他所雇的古董收集员凯茜·斯威特森特的帮助下变得越来越完整，越来越真实。但实际上，它并不是真正真实的，因为它毫无变化，紧紧抱着已死的过去不放……至少，艾克曼家族的其他人都是这么想的。但对维吉尔来说，那里就是活力的来源。他在那里总会精神焕发。他在那里恢复逐渐委顿的生命活力，然后再回归当下，回到与其他人共享的现实世界之中。维吉尔深刻理解现实世界，并将其玩弄于股掌之中，但在心底却从来没有把它当过家。

然后，他那面积广阔又复古的儿童乐园流行起来，形成了一股风潮。世界顶级的实业家和有钱人——说得更直接、更难听一点儿，那些发战争财的人——也纷纷按实物大小建起了自己童年世界的模型，只不过规模没维吉尔的那么大。维吉尔的儿童乐园不再是独一无二的存在了。当然，其他儿童乐园都不像维吉尔的那座那样复杂丰富，真实可信；它们充其量不过是对现实的粗糙模仿，里面所摆放的也不是经受时空考验而留存下来的真古董，只是些虚假的仿制品。埃里克心想：不过公平地说，也没人有足够的财力和经济技术来支持这样的商业冒险。毕竟建造这样的世界昂贵到不可想象，就算用仿制品也根本不切实际。何况，还有这场可怕的战争。

但话说回来，这仍然是人畜无害的一件事，还有点儿古雅的风情。他不禁觉得这和布鲁斯·西摩尔那些咔咔作响的小车有点儿相似。这种事不会导致屠戮，也说不上对国家大计有什么作用……在针对比邻星生物的武装反抗中更是派不上用场。

想到这里，他的脑中闪过一阵不太愉快的回忆。

在地球上，在联合国的首都、怀俄明的夏延郡，除了关在战俘营里的雷格之外，还有一小群雷格，被拔掉了毒牙。地球军营总拿它们举办公共展览。地球的民众会从旁边经过，瞪眼打量这些长了外骨骼的六肢生物。雷格用两条腿或四条腿都能快速直线前行。它们没有发音器官，交流方式和蜜蜂相似——通过触角舞蹈般复杂的摆动交流。人类和利利星人用机械翻译盒来与它们交流，而过路的看客也得以用翻译盒来向这些低贱的囚徒发出质问。

直到不久之前，问题越来越趋于一致，都是一些诱导性的问题。但现在，一场新的审问露出了些许端倪，并带来了不祥的噩兆——至少在地球军看来是噩兆。这样的情况出现后，战俘的公共展览突然中止了，也不知道什么时候会重新开始。这个问题就是：我们怎样才能达成和解？神奇的是，这些雷格真的知道答案。它们的回答总结起来是这样的：活下去，也让对方活。地球应当停止向比邻星系的扩张，而雷格也不会再侵略太阳系，以前它们也从来没侵略过。

但对于利利星的问题，雷格没有回答，因为它们对此并没有答案。几个世纪以来，利利星人一直是它们的敌人。所以没人再去思考如何和解了。再说利利星的"顾问"已经设法在地球上驻扎下来，执行安保方面的职责……仿佛一只六英尺①高、长着四条胳膊的蚂蚁形生物走在纽约街头而毫不引人注目似的。

与之相反，利利星顾问的身影倒是很容易埋没在人群里。利利星人在心理上与藻菌相似，但外形上却与地球人无异。这是有原因的。在旧石器莫斯特时代，来自利利星南门二帝国的舰队移民到了太阳系，占领了地球和火星的一部分。两颗星球的殖民者之间爆发了结果致命的争吵，随即引发了一场造成文明退化的漫长战争。其后，同一文明的两分支都回到了荒凉沉闷、极为野蛮的时期。由于气候上的问题，火星一方彻底灭绝了；地球一方则一路摸索着，经历了各段历史时期，终于重新进入文明时代。由于利利星与雷格之间的冲突，这支地球殖民队没能再与南门二帝国取得联系，而是靠自己扩张到了整颗星球，

---

① 1英尺约为0.3048米。

文明不断演进,科技不断进步,发射了第一颗绕轨道卫星,发射了开往月亮的无人飞船,又发射了载人飞船……最后,就像是所有伟大作品的套路一般,他们与自己发源的星系再次取得了联络。当然,双方对此都同样吃惊。

"你的舌头被猫吃了?"菲莉斯·艾克曼对埃里克说,在狭窄的客厅里坐到了他身边。她微微一笑,整张瘦削精致的脸庞都因笑容变了个样子,一瞬间美得极其诱人。"给我也点杯喝的吧,要不我根本受不了那个波罗球①、简·哈露②、冯·里希霍芬男爵③、乔·路易斯④的世界……还有那个谁,叫什么来着?"她紧闭双眼,在记忆中搜索着,"我忘掉了。哦对,汤姆·米克斯⑤。还有他的《罗尔斯顿直射手》。还得和牧马人一起。该死的牧马人。还有麦片!麦片盒上没完没了的印花标签。你知道我们到了那儿会做什么吧?又要听《孤儿安妮》⑥的广播,玩她的解码徽章了……被迫听

① 二十世纪三十年代至五十年代美国流行的一种玩具,球拍上用线拴着橡胶球。

② 二十世纪三十年代美国女演员。

③ 一战中的德国飞行员,人称"红色男爵",是电影《神鹰大作战》的主角。

④ 职业重量级拳击手。

⑤ 美国电影演员。下文的《罗尔斯顿直射手》是罗尔斯顿普瑞纳公司制作的关于他的一档电视节目。罗尔斯顿普瑞纳公司也生产早餐麦片。

⑥ 二十世纪三十年代阿华田公司出资制作的一档广播节目,解码徽章是其周边玩具。

着阿华田饮品的广告,记下里面念的数字,解开暗号,这样就知道安妮在星期一做了些什么。老天。"她弯腰去拿饮料,埃里克不禁以几乎是职业心的好奇向下一瞥,望见了长裙下她那小巧圆润又白皙的胸部未经雕琢的自然弧线。

眼前的美景让埃里克心情不错。他谨慎地调侃说:"总有一天,我们会记下假播音员在假广播里给出的数字,用《孤儿安妮》的解码徽章解码,结果发现——"他忧郁地想道,结果发现传出的信息是:与雷格另签和平协议。现在就签。

"我知道。"菲莉斯接口补完了他没说完的话,"没用的,地球人。快放弃吧。我是雷格帝王,都给我好好听着:我已经渗透了华盛顿特区的 WMAL 电台①,我会把你们全部歼灭。"她神情严肃地端起高脚杯喝了一口,"你们喝的除了阿华田,还有——"

"我想说的不是这些。"但她说得已经很接近他的想法了。埃里克有些恼火,"你们家的人都这样,好像有基因要求你必须打断别人的话,在无血人——"

"什么人?"

"我们就这么称呼你们。"他阴沉地说,"你们艾克曼家的人。"

"哦,继续吧,医生。"她灰色的眼睛兴致盎然地亮了起来,"把你的话说完。"

---

① 美国著名的电台。

埃里克说:"还是算了。那位客人是谁?"

女人的灰眸从未像此刻睁得这么圆,显得这么冷静,通过充满自信的内在宇宙对一切进行主导和命令,因为对一切值得了解的事物拥有不会动摇的绝对了解而显得无比安宁。"到时候就知道了。"她的眼睛毫无变化,嘴唇却带着挑逗和戏谑之意动了起来。片刻之后,她的眼睛里出现了一种新的光芒,脸上的表情也随之彻底改变。"门突然开了,"她狡黠地说,双眼闪闪发光,嘴唇带着少女般的难以遏制的欢乐抽动,"后面站着一位沉默的比邻星大使。啊,好一番奇景。一只圆滚滚、油乎乎的雷格,我们的敌人。真是不可思议,尽管有弗莱涅柯西的秘密警察在四处打探,它还是成功地偷偷来到了这里,和我们正式洽谈,以达成——"她顿了顿,最后用毫无起伏的语气低声说,"另外的和平条约。"她的表情变得阴郁,眼神里也没了光。她无精打采地喝完了手里的酒,"嗯,那可是个大日子。我完全能够想象出来。老维吉尔在公司坐着,和平常一样兴高采烈,结果发现他所有的战争合同全都打了水漂,没有一份例外。回去做假貂皮,做蝙蝠粪吧……整个工厂臭得连天堂都能闻见。"她发出短暂而清脆的嘲笑声,"随时都可能会变成那样,医生。绝对的。"

"可是正如你自己说的这样,"埃里克受到了她情绪的感染,"弗莱涅柯西的警察会飞快地扑到华盛-35来……"

"我知道。这只是些幻想,一场满足愿望的美梦。源自绝望的渴求。至于维吉尔是不是真的策划,甚至安排了这样的一场会面,那根本不重要,你说呢? 因为再过一百万光年,也成功不了[①]。可以尝试,但不可能做到。"

"太遗憾了。"埃里克半是自言自语地说,随即陷入了沉思。

"叛徒! 你想进奴隶劳工队吗?"

埃里克思考了一会儿,谨慎地说:"我想——"

"你不知道你想怎么样,斯威特森特。所有婚姻不幸福的男人都丧失了了解自己想法的生物学能力——或者说被剥夺了。你只是个臭烘烘的渺小躯壳,想做正确的事却总是做不到,因为你那饱受折磨的小心脏根本不在状态。瞧瞧你这副德行! 你整个人都扭起来,就为了离我远点儿。"

"我没有。"埃里克说。

"——以避免和我有任何的身体接触。特别是大腿之间。哦,仿佛大腿之间的地带都从宇宙中消亡了。可这一定很困难吧,在厅里……在这样的狭小空间中扭起来保持距离。但你仍然成功做到了,是不是啊?"

为了转换话题,埃里克说:"昨晚我听电视上说,那个留着滑稽胡须的四维学家,沃尔德教授,已经回来了——"

---

① 光年是距离单位,作者在这里作为时间单位使用了。

"不。维吉尔的客人不是他。"

"那马尔姆·哈斯廷斯呢?"

"那个着了魔的疯子道教徒?你在编笑话吗,斯威特森特?是这样吗?你觉得维吉尔会容忍一个装模作样的边缘人士,那个——"她用大拇指做了个向上猛冲的粗鲁手势,同时咧嘴一笑,露出整洁到令人赞叹的洁白牙齿。"也许,"她说,"是伊恩·诺斯。"

"那是谁?"埃里克听说过这个人,这名字有些耳熟。他知道,开口问菲莉斯将成为他策略上的失误,但他还是这么做了。非要说的话,这就是他面对女性时的弱点。她们主导,而他总是跟随——有些时候是这样。他曾经不止一次地乖乖被她们牵着鼻子走,特别是在他人生的关键点上。

菲莉斯叹了口气,"你总是技术精湛地给有钱的死人塞人工器官,那些崭新发亮的无菌器官就是伊恩公司的产品。不要告诉我,医生,你根本不知道你这行托的是谁的福?"

"我知道。"埃里克不耐烦地说,心里一阵懊恼,"我脑子里事情太多,一时间没想起来罢了。"

"也许是个作曲家。像肯尼迪时代那样;也许是帕布罗·卡萨尔斯①。天啊,他可真够老的了。也许是贝多芬。嗯……"她

---

① 西班牙大提琴家。

假装思索，"哦天哪，他好像提起过，路德维希·范·什么什么……还有别的路德维希·范什么吗，除了——"

"老天。"埃里克生气地说，受够了被她这么捉弄，"够了。"

"别摆架子，你也没伟大到哪儿去。给恶心的老头续命，让他活了一个世纪又一个世纪。"她又发出了充满欢欣的低笑，笑声温暖甜蜜，十分亲昵。

埃里克用尽量庄重的语气说："我还同时在照顾TF&D公司全部雇员的健康，一共整整八万名重要员工。老实说，我没法在火星进行这项工作，所以我讨厌这一切。讨厌极了。"这一切中也包括你，他愤恨地想。

"这比例真惊人。"菲莉斯说，"一个人造器官医师，照顾八万个病人——哦不，八万零一名。不过你有机器人小队当助手……你不在的时候，也许它们可以顶你的班。"

"机器人是个臭不可闻的东西。"他用了T.S.艾略特的诗句[①]。

"而人造器官医师呢，"她说，"是个奴颜婢膝的东西。"

埃里克对她怒目而视；菲莉斯呷着酒，毫无愧疚之色。他撼动不了她，她的精神对他而言太过强韧了。

[①] 原句应为E.E.卡明斯（E. E. Cummings）的诗"a salesman is an it that stinks Excuse"（"推销员是个满是借口臭不可闻的东西"），迪克可能记错了作者。

华盛-35的中心是一座五层楼高的砖房,维吉尔儿时的居所。只不过楼里的公寓即便放到如今,放到2055年也十分现代,安装了维吉尔在战争年代中能搞到的所有便捷设施。几个街区外就是康涅狄格大道,沿街排列着维吉尔记忆中的店铺。卡麦基店是维吉尔购买《绝顶漫画》和一便士糖果的地方。在它隔壁,埃里克认出了熟悉的人民药店,老头儿时曾在那里买过一次打火机,还买了基尔伯特五号吹玻璃化学套装。

"上城戏院这周有什么剧?"哈维·艾克曼自言自语。飞船沿着康涅狄格大道缓缓滑行,让维吉尔尽情欣赏他心爱的风景。经过剧院的时候,他瞥了一眼。

是珍·哈露主演的《地狱天使》,他们每个人都已经至少看过两遍。哈维呻吟了一声。

"别忘了那场美好的戏。"菲利斯提醒他,"哈露说:'我去换身更舒服的衣服睡觉',然后当她回来——"

"我知道,我知道。"哈维烦躁地说,"是的,我是很喜欢那一幕。"

飞船从康涅狄格州大道滑上了麦库姆街,很快就停在了3039号门前,门口有黑铁栅栏和小草坪。但当舱门打开时,埃里克闻到的并不是久远的地球城市的空气,而是火星上稀薄冰冷的大气。他吸不过气来,只能僵立当场大口喘息,感到头重脚轻,虚弱而难受。

"空气机怎么了,我得好好教训他们一顿。"维吉尔抱怨道,在乔纳斯和哈维的帮助下从飞船走到了人行道上。然而,这空气似乎对他毫无影响,他敏捷地大步走向公寓大门。

做成小男孩的机器人都跳起身来,其中一个栩栩如生地喊道:"嘿! 维吉! 你死哪儿去了?"

"给我妈跑腿去了。"维吉尔咯咯地笑着说,脸上满是喜悦,"最近怎么样啊,厄尔? 对了,我爸给了我几张不错的中国邮票,是他在办公室搞到的。多出来几张,我跟你换吧。"他在公寓楼的门廊处站定,伸手在口袋里摸索片刻。

"嘿,猜我搞到了什么?"另一个机器小孩尖声说,"一些干冰。作为交换,我让鲍勃·罗格用了我的随意拼①。如果你愿意,你可以来摸摸。"

"那我给你本大小书②吧,"维吉尔掏出钥匙开了公寓大门,"《巴克·罗杰斯与毁灭彗星》怎么样? 可精彩了。"

其他人也从飞船上下来了。菲莉斯对埃里克说:"不如给那几个小孩一本1952年的原装玛丽莲·梦露裸照日历,看看他们会给你什么。至少也会给你半根棒冰。"

公寓楼的大门打开了,出现了一位姗姗来迟的 TF&D 警卫,

---

① 玩具品牌,玩法类似于积木和拼版。
② 二十世纪三十年代惠特曼出版公司出版的一系列口袋书。

"哦,艾克曼先生。我不知道您——您到了。"警卫将众人迎入了铺着地毯的昏暗走廊。

"他来了吗?"维吉尔突然紧张起来,问道。

"是的先生。他在楼里休息,叫我们几小时内不要去打扰他。"警卫也显得很紧张。

维吉尔犹豫了一下,说:"他带了多少人?"

"只有他自己、一名护工和两位特工。"

"谁想来一杯冰凉的酷爱①?"维吉尔一边带头往里走,一边回头问。

"我,我。"菲莉斯说,模仿着维吉尔的热情语气,"我要覆盆子青柠口味的。你呢,埃里克? 金酒波旁青柠怎么样,还是雪莉苏格兰伏特加? 1935年卖这些口味吗?"

哈维对埃里克说:"我想找个地方躺下休息休息。火星的空气让我跟猫崽一样虚弱。"他的脸色斑驳不均,病快快的,"他为什么不建个穹顶,在这儿用真正的空气?"

"也许,"埃里克指出,"他自有目的。这样他就不会彻底搬到这里来,享受退休生活了。这或许能逼他待上一阵就回去。"

乔纳斯走到他们身边,说:"我个人很享受到这个与时代脱节的地方来,哈维。这就像个博物馆。"他又对埃里克说,"说真

---

① 一种粉末,加水后会变成不含酒精的水果味软饮料。

的,你老婆非常优秀,找来了这么多这个时代的古董。听啊,听公寓里的——那东西叫什么来着? 广播。"两人依言侧耳倾听。正在播放的是古老的广播肥皂剧《贝蒂与鲍勃》,来自早已不复存在的过去。就连埃里克也觉得佩服:那些声音听起来如此鲜活真实。它们确实存在于现在,而不仅仅是过去的回音。他不知道凯茜是如何做到这一切的。

这时斯蒂夫冒了出来,或者说,是模仿他而造的机器人。他是个体型高大、模样英俊的黑人,充满阳刚之气。他是这座公寓的看门人。他吸着烟斗,友善地冲所有人点头致意,"早上好,医生。这几天有点儿冷。孩子们很快就该把雪橇拿出来了。我家那小子乔治,前不久刚跟我说,他在攒钱买雪橇呢。"

"那我也贡献一枚1934年的硬币吧。"拉尔夫·艾克曼说着伸手掏钱,并轻声对埃里克耳语,"还是说,维吉尔老爹会觉得有色人种的小孩不该有雪橇?"

"不用,艾克曼先生。"斯蒂夫让他安心,"乔治会自己挣钱买雪橇。他不想要别人捐钱,只要真正赚到手的报酬。"说完这话,极富尊严的黑皮肤机器人转身走开,就此消失不见。

"真他妈像真的。"过了一会儿,哈维说。

"确实。"乔纳斯表示同意。他微微发颤,"老天,想想看,真的斯蒂夫已经死了一个世纪。我很容易就会忘记我们不在地球，也不在我们自己的时代中，而是在火星上。我不喜欢这样。我喜欢事物都以真实的面目存在。"

埃里克冒出一个念头，"如果你晚上在家的时候，旁边的音响播放着交响乐的录制磁带，你会抗议吗？"

"不会，"乔纳斯说，"但那完全是另一回事。"

"都一样。"埃里克反对道，"交响乐已经不存在了，最初的声音早已消失，演出大厅——声音就是在那儿被录下的——如今也已安静下来。你所拥有的只是经特定模式磁化过的一千两百英寸长的氧化铁磁带……和这里一样，都是幻觉。这里还更完整一些。"证明完毕，他心想。然后他迈开步子，走向楼梯。我们每天都生活在幻觉中，他想道。当第一位吟游诗人唱出讲述某场战役的史诗，幻觉就进入了我们的生活，《伊利亚特》与这些在楼房门廊上交换邮票的机器小孩一样虚假。人类总是努力留住过去，让过去真实得令人信服。这样的行为并无恶意。如果没有过去，我们就无法延续，只剩下眼前这一刻。如果没有了过去，现在这一刻的意义也将消失殆尽。

他一边上楼一边想：也许这就是我和凯茜之间的问题。我记不住我们曾共同度过的过去，想不起以前两人自愿共度的日子是什么样的了……现在，在一起这件事变成了强迫性的安排，上帝才知道这中间的脱节究竟是怎么发生的。

我们两个人谁也搞不明白,不懂这一切的意义和导致这一局面的原因。如果我们的记忆更清晰,也许可以挽救局面,把它变回能够理解的某种东西。

他心想:也许这是变老的第一个迹象。变老令人恐惧。可是我刚三十四岁!

菲莉斯在楼梯上停住脚等他,说:"和我搞外遇吧,医生。"

他心里畏缩起来,感到灼热、感到恐惧、感到兴奋、感到希望、感到无助、感到愧疚、感到热切。

他说:"你有世上最完美的牙齿。"

"回答我。"

"我——"他努力思考答案。这能用语言来回答吗?可她就是以语言在试探他,不是吗?"然后被凯茜烧成灰?她能看见发生的一切。"他感觉到女人凝视着他,用那双含有星辰的大眼睛盯着他。"呃……"他呆呆地说,觉得自己凄惨而渺小,每一寸、每一分都成了他不该成为的人。

菲莉斯说:"但你需要。"

"呃。"他感到这个女人正在审视他的精神、查验他邪恶的灵魂,整个人都蔫了下来。他并不欢迎这样的查验,也没做什么该受这种惩罚的事。她得手了——她抓住了他的灵魂,并在舌尖上把它翻来翻去,随意摆布。该死的!她抓住了关键,也说了真话。他恨她，也渴望和她上床。当然她也心知肚明，从他脸上读懂了他的心思。她那双该死的大眼睛看穿了一切，那不是凡人该有的眼睛。

"不这样做，你就会灭亡。"菲莉斯说，"如果不能来一场真实的、自愿的、放松的、纯肉体的——"

"百万分之一。"他声音嘶哑地说，"全身而退的概率，只有百万分之一。"然后他终于笑了起来，"说实话，我们这样站在这该死的楼梯上本身就很愚蠢。但他妈——你才不在乎呢！"他继续向上走，从她身边经过，上了二层。你又有什么可失去的呢？他心想。所以你选了我，我是最佳人选。你对付凯茜想必也一样容易，轻巧得就像现在这样把线放了又收，钓着我，直把我拽得团团转。

属于维吉尔的现代私人公寓房门大敞，维吉尔已经进去了。其余的人都在他身后依次鱼贯而入。家族成员理所当然地走在最前面，然后是公司里一些高层员工。

埃里克也进了门——随即看见了维吉尔的客人。

那位客人，他们专程到这里来见的人。他半躺半坐，表情空洞、面容松弛、嘴唇凹凸不平、遍布紫斑，涣散的目光什么也没看。那是基诺·莫利纳里，地球统一文化选出的最高首脑，雷格抵抗战中地球军的最高指挥。

他的裤子拉链没拉。

3

午餐时分,蒂华纳皮草染色公司中央基地负责质量控制最后阶段的技术人员布鲁斯·西摩尔离了岗,沿着蒂华纳的街道走向他常去的咖啡馆。他之所以去这家店,一方面是因为它价钱便宜;另一方面则是在这里他不必面对社交的压力。咖啡馆名为"克桑托斯",是夹在两家土砖干货店之间的一座黄色小木楼,常客多是些从事各行各业的工人和某一特定类型的男性——他们往往不到三十岁,完全看不出平时靠什么挣钱糊口。但他们都对西摩尔不理不睬,而这正是西摩尔唯一的要求。老实说,这基本就是他对生活唯一的要求。奇特之处在于,生活也愿意如他的意。

他在咖啡馆深处找了个位置就座,用勺子舀起液体状的辣椒酱,撕扯着与之搭配的柔韧的厚切白面包。这时他看见一个身影气势汹汹地向他走来。对方是个盎格鲁·撒克逊人，头发纠缠在一起，身上穿着皮夹克、牛仔裤和长靴，戴着手套。他的打扮如此不合时宜，仿佛来自另一个时代。这位来客是克里斯蒂安·普鲁特，在蒂华纳开一辆涡轮动力的古董出租车为生。他因一种从毒蝇伞蘑菇提取出的、被称为"卡布斯汀"毒品，与洛杉矶当局之间产生了龃龉，已在下加州躲藏了十多年。西摩尔勉强算是认识他，因为普鲁特和西摩尔一样，张口闭口都是道教。

"你好啊，朋友。"普鲁特用意大利语拖长声调，侧身滑入包厢，与西摩尔相对而坐。

"你好。"西摩尔喃喃道，嘴里塞满了火辣辣的辣椒，"有什么新闻？"普鲁特总是掌握着最新消息。他整天开着出租车在蒂华纳东转西转，一路上什么人都能碰见。如果有什么事情发生，克里斯·普鲁特立马就可以亲眼见证，而且有可能的话，还能从中捞到一些好处。普鲁特这个人基本上就是在以各种副业为生。

"听着。"普鲁特向西摩尔俯过身去，沙黄色的干瘦脸庞因聚精会神皱了起来，"看见这个了吗？"他从紧握的拳头里扔出一颗胶囊，让它滚过桌面，随即又立刻用手盖住了它。胶囊瞬间消失了，和出现时一样突然。

"看见了。"西摩尔继续进餐。

普鲁特抽搐两下，低声说："嘿，嚯嚯。这可是JJ-180。"

"那是什么?"西摩尔感到闷闷不乐,疑心重重。他暗自希望普鲁特能赶紧离开克桑托斯,去找其他潜在的客户。

"JJ-180,"普鲁特用几乎听不清的声音说,身体大幅度前倾,他的脸几乎贴上了西摩尔的,"就是即将以'弗洛芬那君'这名字在南美上市的药,'JJ-180'是它的德国名称。它是德国化学公司发明的,用一家阿根廷的制药公司打幌子。他们没法把它运进美国,就连在墨西哥这儿都不那么容易搞到,你能相信吗?"他咧嘴一笑,露出一口歪斜的黄牙。西摩尔再一次充满厌恶地注意到,就连他的舌头也染上了奇怪的颜色,仿佛受到了某种非自然物质的腐蚀。他反感地向后退了退。

"我还以为在蒂华纳什么都能买到。"西摩尔说。

"我也是。所以这个JJ-180才让我这么感兴趣。于是我就搞了一些过来。"

"你试过了吗?"

"今晚就试。"普鲁特说,"在我家。我有五颗,有一颗是给你留的。如果你有兴趣的话。"

"什么效果?"不知怎的,他很关心这问题。

普鲁特跟着他内心的节奏晃来晃去,说:"幻觉,但不仅如此。咦嘻嘻,唔啊啊,飞啊飞啊。"他的眼睛失去光亮;他回到只有自己的世界,无比幸福地笑了。西摩尔等待着。过了一会儿,普鲁特才回到现实,"每个人都不太一样。好像是跟康德所说的'感知的形式'有关系。你懂吗?"

"也就是对时间和空间的感觉。"西摩尔说。他读过《纯粹理性批判》,很喜欢书中的写作风格和思想。他在自己的狭小共寓里存了一本实体书,上面有很多笔记。

"对!它会改变你对时间的感知,所以应该算作时证类药物①,对不对?"普鲁特看起来因这个念头而十分兴奋,"有史以来第一种时证类药物……或者更准确地说,是反时证药物。除非你真的相信你感受到的内容。"

西摩尔说:"我得回TF&D了。"他起身要走。普鲁特把他重新按回座位上,说:"五十块。美元。"

"什——什么?"

"一颗胶囊的价钱。蠢蛋,这可是稀罕货。我也是第一次见到。"普鲁特再次扔出胶囊,让它短暂地在桌面上滚过,"我本不想给你,但这会是一场不错的体验。我们可以悟'道',就我们五个。在这场恶心的战争中找到'道',难道不值五十美元吗?错过这次机会,你恐怕就再也见不到JJ-180了,墨西哥的那帮混蛋正要严查从阿根廷来的货,而且他们很厉害。"

"它真有那么不一样——"

---

① Tempogogic,作者生造词。

"哦,当然!听着,西摩尔。你猜我刚才开车时差点儿轧上什么?你的小车。我完全可以把它压扁,但我没有。我到哪儿都能看见它们,随随便便就能压扁几百辆……我每隔几个小时都会开去TF&D一趟。再告诉你一件事吧:蒂华纳当局一直在问我知不知道这些该死的小车从哪儿来。我说了我不知道……所以帮我个忙吧,如果我们不能今晚和'道'融为一体,我也许就会——"

"好吧。"西摩尔呻吟着说,"我买一颗。"他掏出了钱包,认为这完全是一场欺诈,并没期待这笔钱能换来任何东西。今晚的聚会恐怕只是一场浮夸的骗局。

他错得不能再离谱了。

基诺·莫利纳里,雷格抵抗战中地球至高无上的领导,和往常一样穿着一身卡其布的衣服,胸前挂着他唯一的军功章:由联合国代表大会十五年前颁发的金十字一等奖章。埃里克·斯威特森特医生注意到,莫利纳里急需剃须。他的下半张脸上满是胡茬,它们从皮肤深层一路长出来,仿佛擦不干净的黑色泥土。他的鞋带和裤子拉链一样大敞。

埃里克心想:这个人的外表简直令人难以忍受。

维吉尔一行人依次钻进房间,看见他都震惊地瞪大了眼睛。但莫利纳里并没有抬头,呆滞的表情和散漫的眼神也一直没变。他显然病得厉害,衰弱不堪。公众对他身体情况的印象看来相当准确。

让埃里克惊讶的是,现实中的"鼹鼠"和电视里一模一样,并没有更高大、更稳健、更有威严。他看起来不可能是领导人,但他确实是。在法律上,他无论在哪个层面都保有原本的权力,不必服从于任何人——至少是地球上的任何人。而且埃里克突然意识到,尽管莫利纳里的身心健康都如此堪忧,他仍然没有让位的意愿。不知为何,这一点相当明确。也许是因为他能以这副懒散放松的姿态、以自然的面貌面对一群有权有势的人。"鼹鼠"就这么袒露着真实状态,没有伪装,也没摆出英勇军人的架势。埃里克想:要么他已经神智糊涂到不在乎,要么就是现在有些更重要的事到了危急关头,他不愿把仅剩无几的气力花在震慑别人上,何况这些还是和他来自同一颗星球的人。"鼹鼠"已经超越了这些世俗之见。

不管这究竟是好是坏。

维吉尔·艾克曼低声对埃里克说:"你是医生。你问问他,看他需不需要医护。"他看起来也同样忧心忡忡。

埃里克望向维吉尔,心想:带我来就是为了这个。所有安排都是为了现在这一刻,为了让我见到莫利纳里。其他一切、其他所有人都不过是个幌子。为了骗过利利星人的幌子。现在我懂了，我看清了事情的真相，也明白他们想让我做什么。原来如此。他意识到：这就是我必须治好的人，从现在开始，我的技术和天赋都必须为了这个人而存在。必须如此，眼前的情况就是这样。没有其他可能，关键在此一举。

他弯下腰，犹豫地说："秘书长——"他的声音有些颤抖。但让他说不下去的并非敬畏，半躺在他面前的男人无法唤起别人的敬畏之心。他说不下去只是出于无知。对这样地位的人应该怎么说话，他完全没有概念。"我是个全科医生。"最后他这么说，并意识到这句话听起来有多空洞，"也是器官移植手术医师。"他顿了顿。对方毫无反应，无论是视觉上还是听觉上。"那您在华盛——"

莫利纳里突然抬起头，眼神变清澈了。他注视着埃里克·斯威特森特，然后那熟悉的浑厚嗓音突兀地响了起来："去他的，医生。我没事。"说完后，他微微一笑。那是个短暂但充满人情味儿的微笑，表示他完全理解埃里克笨拙艰难的招呼。"玩得开心点儿！活出1935年的风范来！这是禁酒令期间吗？不，那应该是更早的事。来杯百事可乐吧。"

"我正想尝尝覆盆子味的'酷爱'呢。"埃里克找回了些许冷静，心跳速度也回归了正常。

莫利纳里愉快地说："老维吉尔把这儿建得可真不错。我趁这个机会四处逛了逛。我应该把这整个该死的世界都没收充公。投在这里面的私有资本太多了，这本来是应该贡献给星际战争的军资。"他那半开玩笑的语气里是不加掩饰的严肃。这个精美的人造世界显然让他很不舒服。正如地球全体公民所知的那样，莫利纳里过着清心寡欲的生活。但这种生活偶尔也会出现不为人知的奇特插曲，让他过上一小段仿佛普里阿普斯①式的奢侈假期。然而最近，据说这些放纵的小假期也逐渐消失了。

"这位是埃里克·斯威特森特医生。"维吉尔说，"地球上最优秀的器官移植外科医生，你肯定也在总司令部人事档案里读到过。在过去十年里，他往我体内装了二十五个人造器官——还是二十六个？我花了大价钱，他每个月都能赚一大笔。但还不如他心爱的老婆赚得多。"他冲埃里克咧嘴一笑，瘦到皮包骨的长脸上洋溢着父亲般的和蔼。

片刻沉默后，埃里克对莫利纳里说："我在等为维吉尔换新大脑的那一天。"他被自己声音中的不耐烦吓了一跳。恐怕是因为维吉尔提到了凯茜。"我准备了好几个，随时待命。其中有一个是真正的暴食户。"

"'暴食户'。"莫利纳里喃喃道，"我没能好好了解最近几个

①希腊神话中的生殖之神。

月出现的新词……纯粹是太忙了。有太多官方文件要准备，要在太多奠基典礼上发言。这场战争就像暴食户一样，再多的资源也填不满，你说是不是啊，医生?"他用充满痛苦的黑色大眼睛盯着埃里克，埃里克看见了之前没有注意到的东西：一种不正常的、不属于人类的强烈情绪。它是一种生理现象，一种敏捷的条件反射。他一定在儿时就形成了这独一无二、优于常人的神经回路。"鼹鼠"的目光中所蕴含的威严、精明，以及力量都远远凌驾于普通人之上。埃里克在那目光中看清了他们所有人与"鼹鼠"之间的差异有多大。在"鼹鼠"体内，连接头脑与外在现实的主要通路——也就是视觉——极为发达，远超出常人的想象。无论有什么东西胆敢挡他的道，他都能全盘掌控。此外，这无与伦比的视觉能力最主要的特质在于警觉性。正因如此，他能够感受到伤害迫在眉睫。

仰仗这样的能力，"鼹鼠"存活至今。

然后埃里克又意识到了一件事，在这么长得令人疲惫而难挨的战争岁月里，这是他第一次意识到这一点。

无论是什么时代，无论人类社会到达了哪一阶段，甚至，无论在哪个地方，"鼹鼠"都将是他们的领袖。

"秘书长，"埃里克无比谨慎，极其委婉地说，"每场战争对参与者而言都是一场苦战。"他停下来，思考了片刻又补充，"战争开始的时候,先生,所有人都明白这一点。要自愿参与两个种族之间漫长而古老的激烈战争,这就是我们种族和星球必须要付的代价。"

一片沉默,莫利纳里无言地审视着他。"而利利星人,"埃里克说,"和我们是同族的。基因上我们有亲缘关系,没错吧?"

回答他的仍然只有沉默,一片没人填补的无言虚空。过了一会儿,作为回应,莫利纳里放了个屁。

"给埃里克讲讲你肚子疼的情况吧。"维吉尔对莫利纳里说。

"疼的情况啊。"莫利纳里做了个苦脸。

"让你们见面的唯一目的——"维吉尔起了个头。

"是。"莫利纳里粗暴地厉声道,上下晃着他的大脑袋,"我知道,你们也都知道,就是为了这个。"

"我相信斯威特森特医生一定能帮助你,秘书长。就像相信税收和劳动工会一样。"维吉尔继续说,"我们这些闲杂人等这就穿过大厅,到那边的套房里去。让你们不受打扰地交谈。"他带着不常出现的谨慎走开了。整个家族的人和公司雇员都随之离开,剩下埃里克·斯威特森特自己对着秘书长。

沉默片刻后,埃里克说:"好吧,先生。请告诉我你腹部有什么不舒服,秘书长。"无论如何,病人就是病人。他在联合国秘书长对面的扶手椅里坐下,条件反射地摆出职业姿态等待着。

4

当天晚上，布鲁斯·西摩尔来到蒂华纳阴沉惨淡的墨西哥区，踏上摇摇晃晃的木制楼梯，走向克里斯·普鲁特的共寓。一个女人的声音在他背后的黑暗中响起："你好啊，小布鲁斯。看来今晚是场TF&D内部聚会，西蒙·伊尔德也来了。"

说话的女人在门廊处赶上了他。是伶牙俐齿、火辣性感的凯瑟琳·斯威特森特。在之前普鲁特家举行的聚会中，西摩尔也见过她几次，所以现在并不惊讶。斯威特森特夫人的穿着与她工作时很不一样，这并没有让西摩尔感到惊讶。为了今晚的神秘体验，凯茜腰部以上几乎全部赤裸，当然乳头还是有所遮挡。严格地说，盖住她胸前两点的算不上什么涂层，而是活体的火星生物。它们有感知能力，使得两边乳头仿佛拥有了自我意识。对于周围发生的一切，它们随时表现出警觉。

这景象令西摩尔大为动摇。

在凯茜·斯威特森特身后,西蒙·伊尔德也爬上了楼梯。在昏暗的灯光下,他满是粉刺、无知呆滞的脸显出空洞的神色。这是个西摩尔并不太想遇见的人。非常不幸,西蒙让他看到了自己,且又比自己更为低劣。对西摩尔来说,没有什么比这更难以忍受。

克里斯·普鲁特的共寓里没有暖气,天花板十分低矮。房间里四处散落着杂物,空中还有一股过期食品的气味。今晚的第四名参加者已经到了,西摩尔一眼就认出了他,不由瞪大了眼睛。因为他以前只在书籍背面上见过这个人的照片。这位来客站在屋内,看起来稍微有点儿紧张。他肤色苍白,戴着眼镜,长发经过精心梳理,身上伊欧布料的服装昂贵而有品位。他就是马尔姆·哈斯廷斯,来自旧金山的道教权威。他四十多岁,身材瘦小但极其英俊,而且就西摩尔所知还十分富有,因为他出版了许多本关于东方神秘主义的著作。哈斯廷斯为什么会来?显然是为了体验JJ-180。哈斯廷斯出了名的喜欢尝试每一种新出的致幻类药物,不管那是否合法。对哈斯廷斯而言,这是宗教的一部分。

但就西摩尔所知,马尔姆·哈斯廷斯从来没有在克里斯·普鲁特这间位于蒂华纳的共寓里出现过。对于JJ-180的效果,这能说明什么吗？西摩尔站在角落里观察着事态发展，默默思考。哈斯廷斯在检视普鲁特收藏的关于药物与宗教的书籍；他对其他人似乎毫无兴趣，甚至对他们的存在嗤之以鼻。西蒙·伊尔德一如常态地蜷着身子躺在地上，靠着枕头，点了支棕色的大麻卷烟。他神情空洞地吸着烟，等待着克里斯出现。凯茜·斯威特森特呢？她蹲了下来，下意识地抚摸着自己的脚踝，像昆虫一样轻轻抚弄自己，将那肌肉线条分明的苗条身躯调整到警觉的状态。在西摩尔看来，她那瑜伽般缓慢精心的动作完全就是在挑逗。

她的肉体存在感如此强烈，让他心绪不宁。他移开了目光。这与当晚的精神主题格格不入，但没人能给斯威特森特夫人讲清楚。在不听人讲话这点上，说她是自闭症患者也不为过。

然后克里斯·普鲁特从厨房现了身。他穿着一条红色浴袍，光着双脚，透过墨镜瞥了一眼时间，看是否应该开始。"马尔姆，"他说，"凯茜、布鲁斯、西蒙，还有我——克里斯蒂安；我们五个人。一艘刚从坦皮科①到这儿的香蕉船带来了新药，我们将借助它进行一场前往未知之地的冒险……药就在我手里。"他摊开手，露出五颗胶囊，"我们一人一颗：凯茜，布鲁斯，西蒙，马尔姆，还有我——克里斯蒂安。这是我们第一次共同迈上心灵旅程。

①墨西哥港口城市。

我们会平安返回吗？还是会像波特穆说的那样，'变了形'[①]？"

西摩尔心想：是彼得·昆斯对波特穆说的才对。

他说出声来："'波特穆，你变形了。'"

"什么？"克里斯·普鲁特皱起眉。

"我在引用原文。"西摩尔解释道。

"够了，克里斯。"凯茜·斯威特森特生气地说，"把东西给我们，赶紧开始吧。"她一把夺走了克里斯手里的胶囊。"我先吃了，"她说，"不用水。"

马尔姆·哈斯廷斯用他微微带点儿英腔的口音温和地说："不知道不喝水，效果会不会有什么不一样？"他的眼部肌肉丝毫没动，但显然已经打量了凯茜一番。他忽然绷紧的身体出卖了他。西摩尔愤怒不已。这场聚会的目的不就是让他们超脱于肉体吗？

"都一样。"凯茜告诉马尔姆，"一旦体悟了'道'，万物归于巨大的混沌之中，再无区别。"说完她吞下胶囊，咳嗽了两声。她的胶囊就这么用掉了。

西摩尔伸出手，拿了自己那一颗。其他人也一一照做。

"如果'鼹鼠'手下的警察抓住了我们，"西蒙说，这话并没有

---

① 出自莎士比亚剧作《仲夏夜之梦》，上下文中的波特穆和彼得·昆斯都是剧中人物。

对着特定的某个人说,"他会让我们都充军,去前线服役。"

"或者在利利星的沃-拉伯集中营里劳动。"西摩尔补充。每个人都很紧张,等着药物生效。在药物起效前的几秒钟里,每次现场都是这样的情况。"为了伟大的老弗莱涅柯西——用英语表达来说的话。波特穆,你变形成弗莱涅柯西了。"西摩尔声音颤抖地笑了起来。凯瑟琳·斯威特森特对他怒目而视。

"小姐,"马尔姆·哈斯廷斯镇定自若地对她说,"不知道我们以前见没见过?你看起来很面熟。你在湾区住过吗?我在西马林的山区里有间工作室,是经过建筑师设计的住所,离海边不远……我们经常在那里举办研讨会,可以自由参加。但如果见过面,我一定会记得你。绝对。"

凯瑟琳·斯威特森特说:"我该死的丈夫,他不会让我去的。我自己养活自己,经济完全独立,可每当我想去干点儿什么,他就会哼哼唧唧的,我还只能忍着。"她又补充,"我是个古董买家,但旧东西变得越来越单调了,没什么新玩意儿。如果能——"

马尔姆·哈斯廷斯打断了她的话,对克里斯·普鲁特说:"这个JJ-180是在哪儿发明的,普鲁特?我记得你好像说是德国。但我认识很多德国制药公司的人,既有国企的,也有私企的,可是从来没人提起过什么JJ-180。"他露出微笑,但那是个绵里藏针的狡猾微笑、不得到答案誓不罢休的微笑。

克里斯耸了耸肩，"我就是从那儿搞的，哈斯廷斯。不信就算了。"他一点儿也不担心。在场的每个人都清楚，在这种情况下，谁也不会要求他提供货品的质量担保。

"就是说，不是德国的。"哈斯廷斯微微点了下头，"我明白了。这个JJ-180，或者说弗洛芬那君，有没有可能……完全产自外星？"

短暂的沉默后，克里斯说："我不知道，哈斯廷斯。我不知道。"

哈斯廷斯文雅而严肃地对所有人说："以前也有过几起从外星球来的非法药物案，都没什么了不起的。大部分是火星植物的萃取物，偶尔也有来自木卫三的苔藓。我想你们也都听说过；你们似乎都很了解这方面的消息，而且也应该了解。或者说，至少——"他脸上的笑意更浓，但无框眼镜后的目光却和鳕鱼一样冰冷，"至少，对于给这家伙付了五十美元换来的这颗JJ-180，你们好像都很满意它的纯度。"

"我很满意。"西蒙·伊尔德蠢乎乎地说，"不管怎样，已经太晚了，我们都给克里斯付了钱。药也吃了。"

"确实如此。"哈斯廷斯理智地表示同意。他找了把克里斯家里摇摇晃晃的扶手椅，坐了下来。"有人感觉到什么变化了吗？如果感觉到了，就说出来吧。"他瞥了凯瑟琳·斯威特森特一眼，"你的乳头好像在盯着我看，还是我想多了？总之，这让我非常不舒服。"

"其实，"克里斯·普鲁特紧张地说，"我有点儿感觉了，哈斯廷斯。"他舔了舔嘴唇，想让它湿润一点儿，"抱歉，我——直接说吧，我感觉只有我自己在这儿。你们都不在。"

马尔姆·哈斯廷斯打量着他。

"没错，"克里斯继续说，"我一个人待在自己的共寓里。你们都不存在。但书和椅子，所有东西都还在。那我到底在跟谁说话？有谁回答我了吗？"他左看右看，目光从他们身上一扫而过，显然真的看不见其他人。

"我的乳头没在看你，也没看任何人。"凯茜·斯威特森特对哈斯廷斯说。

"我听不见你们说话。"克里斯惊慌地说，"快回答我！"

"我们都在。"西蒙·伊尔德咧嘴笑了起来。

"拜托了，"克里斯说，声音里满是恳求，"说话呀。只有影子，毫无生气。只有死物。这才刚刚开始，我好害怕这药起效的方式，它还在继续呢。"

马尔姆·哈斯廷斯抬手搭向克里斯·普鲁特的肩。

他的手从普鲁特身上穿了过去。

"嗯，这五十美元花得真值。"凯茜·斯威特森特低声说，语气里毫无笑意。她走向克里斯，离得越来越近。

"别去。"哈斯廷斯温和地说。

"我要试试。"她说。说完她就穿过了克里斯·普鲁特的身体，但并没从他的另一侧再出现。她就这么消失了，只剩下普鲁特，仍然叫喊着要人回答他，仍然在空中扑腾，寻找着自己已经无法感知到的同伴。

孤立，布鲁斯·西摩尔心想。每个人与他人的联系都切断了。可怕。可是，药效终究会消散的。不会吗？

现在他还不知道。在他身上，什么都还没有开始。

"通常来说，"在维吉尔·艾克曼位于华盛-35的公寓里，联合国秘书长基诺·莫利纳里躺在手工制作的红色大沙发上，声音嘶哑地说，"这些疼痛在夜里最难熬。"他闭上了眼睛，满是横肉的大脸无助地下垂，脏兮兮的双下巴随着嘴巴的开合一抖一抖，"我去看过病，提加登医生是我的主治家庭医师。他们给我做了无数种检查，特别是针对恶性肿瘤的。"

埃里克心想：这个人在背稿子。这不是他自然的说话方式。这一番说辞已经烙在他的心里；他已经见过上千名医生，也说过上千遍同样的话。结果呢——他仍然饱受煎熬。

"没有发现恶性肿瘤。"莫利纳里补充道，"在这一点上，已经达成了一致的权威意见。"埃里克突然意识到，他的话语间包含着对装腔作势的医疗术语的讽刺。"鼹鼠"对医生满怀恶意,因为他们没能帮上任何忙。"诊断结果往往是急性胃炎,或是幽门瓣膜痉挛。甚至还有人说这是我在重演我妻子生产时的场景,那时她因为疼痛而歇斯底里。她生产是三年前的事情了。"他半是自言自语地说,"症状出现在她去世后不久。"

"你的饮食怎么样?"埃里克问道。

"鼹鼠"疲惫地睁开眼睛,"我的饮食。我不吃东西,医生。什么也不吃。光空气就能维持我的生命,你没在自动报纸仪上读到吗?我不像那些蠢货,我不需要食物。我是与众不同的。"他的声音里充满了急切而强烈的愤恨。

"你觉得这和你的工作有关吗?"埃里克问。

"鼹鼠"紧盯着他,"你以为我这是精神因素引起的心身症①?那种把人们生病归结为道德问题的过时伪科学?"他愤怒地吐了口唾沫,脸庞一阵抽搐。他脸上的肉不再松垮下垂,而是绷得很紧,仿佛从内部吹足气胀了起来。"我这样做就为了逃避责任?给我听着,医生:我仍然要履行责任——再加上忍受疼痛。这也能叫作二级由病获利②吗?"

"不能。"埃里克承认,"不管怎样,我没有开心身症药物的资

---

① 心理学术语,因心理因素引起的疾病。

② 心理学术语,泛指主体从疾病中获得直接或间接的满足。

格。你得去找——"

"我看过那些医生了。""鼹鼠"说。他突然艰难地直起身来，颤颤巍巍地站着，面对埃里克，"叫维吉尔过来。你没必要再浪费时间审问我了。反正我也不是自愿要来接受审问的，我不喜欢这样。"他脚步不稳地走向门口，一边走一边把松垮的卡其布长裤往上提起。

埃里克说："秘书长，要知道，你完全可以做个胃切除。随时都可以做。换个人造器官。这手术很简单，成功率几乎百分之百。我没看过你的病历，恐怕不该这么说，但你恐怕迟早要换胃。不管风险有多大。"他确信莫利纳里能存活下去。这位老人的恐惧显然毫无事实根据。

"不。"莫利纳里轻声说，"我不必非得换。这是我自己的选择。我也可以死。"

埃里克瞪着他。

"当然可以，"莫利纳里说，"你就没想过，就算我是联合国秘书长，我可能也会想死。或许这些疼痛，这些个不知道是身体还是心理方面的疾病对我来说是种解脱？我不想再活下去了。也有这种可能吧。谁知道呢？我是死是活又有什么区别，有谁在乎？去他的吧。"他一把拉开了门。"维吉尔！"他放声喊道，声音令人惊讶地充满了男子气概。"看在老天分上，赶紧把酒倒上，让派对开始吧。"他回头对埃里克说,"你知道这是一场派对吗？我敢打赌,那老家伙跟你说这是场非常严肃的会议,要解决地球军事、政治和经济上的问题。而且只开半个小时。"他咧嘴一笑,露出一口大白牙。

"老实说,"埃里克说,"我很高兴这是场派对。"和秘书长一样,他也觉得这场诊疗十分艰难。但他有种直觉:维吉尔·艾克曼不会就此罢休。维吉尔想为"鼹鼠"做点儿什么,想解除这个人的痛苦,而且自有正当、实际的理由。

如果基诺·莫利纳里倒下了,那将标志着维吉尔对TF&D统治的结束。对地球各种经济上的疑难杂症的管控显然是弗莱涅柯西手下官员的头等要事,他们恐怕已经制订了详细的计划。

维吉尔·艾克曼是个精明的商人。

莫利纳里突然问道:"那老家伙付你多少钱？"

"很——很高。"埃里克猝不及防。

莫利纳利盯着他说:"他和我谈起过你,在这次碰面之前。对我猛夸你,说你有多好。说他早该死了,但是因为有你在,他才能活到这么久。诸如此类。"两人相视而笑,"你爱喝哪种酒,医生？我什么都爱喝。我爱吃炸排骨、墨西哥菜、小肋排、蘸山葵和芥末酱的炸虾……我从不亏待自己的胃。"

"波旁酒。"埃里克说。

一个男人走进房间,瞥了埃里克一眼。他的表情沉闷而严峻,埃里克意识到这是"鼹鼠"手下的一名特工。

"这位是汤姆·乔纳森。""鼹鼠"向埃里克介绍,"是他让我活下去,他就是我的埃里克·斯威特森特医生。只不过他用的是手枪。把你的手枪给医生看看吧,汤姆,让他瞧瞧你随时随地、无论距离多远,都能一击毙命的本事。等维吉尔出来,你就给他来上一发,正中心脏,然后医生可以给他换颗新的。那手术要多久啊,医生? 十分钟,十五分钟?""鼹鼠"大声笑了起来,然后向乔纳森一挥手,"把门关上。"

保镖依言照做。"鼹鼠"站在埃里克·斯威特森特面前,正对着他,"听着,医生。我想问你一件事。假设你给我做器官移植手术,把我的旧胃取出来,放个新的进去,结果途中出了差错。这样应该不会疼吧,反正我也人事不省。你能做到吗?"他盯着埃里克的脸,"你懂我的意思吧? 看来你确实明白。"在两人身后,保镖毫无表情地站在紧闭的门前,保证没人进来,没人听到他们的谈话。这是只对埃里克一个人吐露的秘密。

"为什么?"沉默片刻后,埃里克说,"为什么不用乔纳森的鲁格-马格南手枪? 如果你真想……"

"真说起来的话,我也不知道为什么。""鼹鼠"说,"没什么特别的原因。也许是因为我妻子的死,或者是我必须背负的责任……我没能好好地履行那些责任，至少很多人都这么说。虽然我并不同意，我觉得我做得很成功。人们并不了解所有情况。"然后他承认道："我累了。"

"这——可以做到。"埃里克说了实话。

"你做得到?"他的双眼闪闪发光，热切地盯着埃里克，每秒都在仔细地审视他。

"嗯，我可以。"对于自杀，埃里克自有他独特的看法。尽管医学从业人员有需要遵守的道德准则，但埃里克仍然相信，一个人有权选择自己的死亡。这种信念来源于他人生中一些非常真实的体验。他并没有详细而合理的逻辑论据来支撑这种信念，也没有寻求过那样的论据。在他看来，这是一种不证自明的信念。并没有任何事物能证明，生命是一种恩惠。也许对某些人来说是这样，但对于其他一些人，事实显然相反。对基诺·莫利纳里而言，活着是一场噩梦。他病得厉害，充满负罪感，身负根本不可能完成的重任：地球人对他缺乏信任，利利星人的尊敬、信任和崇拜又无法让他感到开心。除此之外，比这些更重要的是他个人的原因。他私生活中的其他部分，包括他妻子的意外死亡和他腹部的疼痛。而且，埃里克突然意识到，事情很可能没这么简单。此外还有一些只有"鼹鼠"才清楚的因素，一些他并不想坦白的决定性因素。

"你真的会这么做吗?"莫利纳里问道。

埃里克沉默了很久,然后说:"我会。这将是我们两人之间的约定。你提出了要求,而我满足你的要求,仅此而已。这不关其他任何人的事。"

"没错。""鼹鼠"点了点头,脸上露出如释重负的表情。他似乎放松了一点儿,终于感到了些安宁,"现在我明白维吉尔为什么那么推崇你了。"

"我也曾经想这么做。"埃里克说,"就在不久之前。"

"鼹鼠"猛然抬起头,热切地凝视着埃里克·斯威特森特,目光仿佛径直穿过他的肉体,望进了他内心最深、最隐秘的部分。"真的?""鼹鼠"说。

"真的。"埃里克点点头。所以我懂,他心想,所以我能不问理由就感同身受。

"可我想知道,""鼹鼠"说,"你的理由是什么。"这感觉太像"鼹鼠"用心灵感应读了他的心思,埃里克震惊不已。他凝视着那双直指人心的眼睛,无法把目光移开。他意识到,这并不是因为"鼹鼠"具有什么心理方面的超能力;这是种更快更强大的力量。

"鼹鼠"伸出手来,埃里克反射性地伸手握住。当他想要放开时，手依然被对方握着。"鼴鼠"没松手，反而握得更紧了。疼痛感传到埃里克的胳膊上。"鼴鼠"想要更深入地了解他，像菲莉斯·艾克曼之前所做的那样，发掘出他身上可供发掘的一切。但从"鼴鼠"头脑中产生的不是什么巧舌如簧的空洞理论；"鼴鼠"坚持索要真相，并且是由埃里克·斯威特森特自己亲口说出的真相。他必须告诉"鼴鼠"事实。他别无选择。

其实，导致他产生自杀念头的只是一件小事。他从来没告诉过任何人，就连他的专业头脑刺激员也一样。他没那么愚蠢。如果告诉了别人，对方一定会认为这荒谬至极，并且正确地认为他是个白痴。或者更糟，认为他已经精神错乱。

那件事牵涉他和——

"你妻子。""鼴鼠"说，继续目不转睛地盯着他。他仍然紧紧握着埃里克的手。

"是的。"埃里克点点头，"是我的安培①录像带……录的是二十世纪中期的伟大喜剧演员，乔纳森·温特斯。"

第一次邀请凯茜·林格罗姆来他家时，他就是以自己丰富的录像带收藏为借口的。她表示想参观一下，愿意接受他的邀请，去他共寓里看几段精选影片。

————
① 美国一家录像带生产公司。

"鼹鼠"说："她认为你拥有这些录像带具有心理学上的意义，说明了你这个人身上'有价值'的某个方面。"

"是的。"埃里克肃穆地点点头。

之后不久的某个晚上，凯茜蜷着身体坐在他的客厅里，和猫一样，四肢修长，皮肤光滑，裸露的胸脯因涂料而显出淡绿色(当时最流行的风格)。她全神贯注地盯着屏幕，不时哈哈大笑——当然了，有谁看到那些影片不会笑呢？然后她沉思着说："你知道吗，温特斯最厉害的是在角色扮演方面的天赋。一旦进入角色，他就全身心地沉浸其中，仿佛真心相信那一切。"

"那样不好吗？"埃里克当时这么问。

"没什么不好。我只是明白了你为什么会喜欢温特斯。"凯茜抚摸着湿润冰冷的酒杯，思考的时候，她的长睫毛往下垂着，"你喜欢的恰恰是他身上剩下的、永远无法沉浸在角色里的那个部分。这说明你抗拒生活，抗拒你所扮演的角色——我想就是器官移植手术医师。你心里有些地方和孩子一样幼稚，在潜意识中不肯迈入人类社会。"

"嗯，这样不好吗？"他试着开玩笑，想把这场伪精神学的沉重对话转向更轻松的领域……他凝望着她纯洁的赤裸胸脯，看着它们闪烁着淡绿色的光芒，心里十分清楚自己想将话题转向哪个方向。

"这样不诚实。"凯茜说。

听见这句话,他心里发出一声呻吟。现在回想起这一幕,他心里又发出了呻吟。而"鼹鼠"似乎听到了,注意到了。

"你这是在骗人,"凯茜说,"比如我。"然后她终于换了个话题。谢天谢地,他对此感激不尽。可是,为什么这句话会让他如此烦心呢?

后来,他们结婚的时候,凯茜要求他把录像带都放在他自己的书房里,不要侵占共寓里两人共享的空间。她说这套藏品让她心烦。但她不知道为什么,或者是她没有说过为什么。某些晚上,当埃里克想要重温那些录像带时,凯茜总会提出抗议。

"为什么?""鼹鼠"问。

埃里克不知道。他当时不明白,现在也仍然不明白。但这是一个不祥的预兆。他看到了凯茜的嫌恶,却茫然不解这件事的重要性。这件事发生在他的婚姻生活里,但他却无法知晓其意义。他内心深感不安。

与此同时,通过凯茜介绍,埃里克开始在维吉尔·艾克曼手下工作。他妻子创造了机会,使他在经济和社会阶层上都实现了飞跃。对此他当然十分感激,怎么可能不呢?他的野心基本上完全实现了。

至于实现的方法,他并不认为这十分重要。有许多男人都是仰仗妻子才在职业道路上平步青云，反过来的例子也同样比比皆是。

可是，这让凯茜感到困扰，尽管这原本是她自己的主意。

"是她帮你拿到了这份工作？""鼹鼠"皱着眉问，"然后她又拿这件事来怪你？我大概明白了。事情很清楚。"他剔了下门牙，仍然皱着眉，脸色阴沉。

"有天晚上，在床上——"埃里克顿住了，感到难以启齿。这件事太私密，太令人难堪了。

"我想知道，""鼹鼠"说，"所有的一切。"

埃里克耸了耸肩，"反正——她说了句什么'受够现在这种假模假式的生活了'。所谓'假模假式'，指的当然是我的工作。"

凯茜躺在床上，全身赤裸，柔软的长发披散在肩头。那时候她还留着长发。她说："你娶我只是为了得到这份工作。你自己却不奋斗，男人应该靠自己的努力闯天下。"她双眼含泪，随即就翻过身去趴在床上哭，至少看起来在哭。

"'奋斗'？"埃里克困惑不解。

"鼹鼠"插嘴道："升得更高，找个更好的工作。她们说的'奋斗'就是这个意思。"

"可我喜欢现在的工作。"他这么回答。

"所以你满足于现状。"凯茜讽刺道，声音含糊不清，"只要看起来成功就够了,可你实际上一点儿也不成功。"她吸着鼻子,又说,"你在床上也差劲透了。"

他站起来走到客厅,独自坐了一会儿,然后下意识地走进书房,拿出一盒珍藏的乔纳森·温特斯录像带,塞进了放映机。然后他凄凉地坐在书房里,看着乔纳森一顶接一顶地换帽子,每换一顶就变成另一个人。再然后——

凯茜出现在门口,赤裸的身体光滑而苗条,神色却很狰狞。"你发现了?"

"发现什么?"他关掉了放映机。

"录像带,"她说,"我毁掉的那盘。"

埃里克盯着她,无法理解他听到的话。

"几天前的事了。"她尖声说,语带挑衅,"我自己一个人在家,心情不好——你正忙着为维吉尔做些无关紧要的事情。我放了一盘录像带,步骤一点儿没错,完全按照说明书来的。但有地方出了问题,所有内容都消掉了。"

"鼹鼠"阴沉地哼了一声,"你应该回答'没关系'。"

埃里克知道他应该这么回答。当时知道,现在也知道,但他还是像被人勒住脖子一样,粗声粗气地问:"哪盘录像带?"

"我不记得了。"

他提高了音量,感觉话是自己从嘴里冒出来的,"该死的,哪盘?"他跑向摆录像带的架子,一把拿起最近的盒子,把它扯开,又抱着它回到放映机边。

"我就知道,"凯茜用讥讽的目光轻蔑地看着他,声音尖利而阴沉,"对你来说,那些录像带比我重要多了,不管是以前还是现在。"

"告诉我是哪盘带子!"他恳求道,"拜托了!"

"不,她不会说的。"鼹鼠"沉思着轻声说,"这才是重点。你得把所有录像带都看一遍,才能知道是哪盘没了。至少要看上好几天。真是个聪明的女人,聪明极了。"

"不。"凯茜低声说,声音中饱含怨恨,甚至显得有些脆弱。现在她脸上满是对他的仇恨,"我真高兴这么做了。你知道我接下来要做什么吗? 我要把所有录像带都毁掉。"

埃里克麻木地望着她。

"你活该。"凯茜说,"因为你有所保留,不肯把所有的爱都给我。这才是你的真实面目,像受惊吓的小动物一样窜来窜去。瞧你这副德行! 令人作呕! 你全身颤抖,马上就要哭出来了,就因为有人毁了你一盘非常重要的录像带。"

"可是,"他说,"这是我的爱好。我一辈子的爱好。"

"小孩子不停地玩自己的手,也是爱好。"凯茜说。

"这些录像带——再也找不回来了。有些影片仅此一份。

那张杰克·帕尔①秀——"

"那又怎么样？你知道吗，埃里克？你知不知道自己为什么喜欢看录像带上的人？你真的知道吗？"

"鼹鼠"嗤了一声，中年人那满是横肉的脸庞抽搐了一下。

"因为，"凯茜说，"你是个娘炮。"

"哎哟。""鼹鼠"低声道，眨了眨眼。

"你是个压抑着自我的同性恋。我真怀疑你自己有没有意识到，但事实如此。看着我，看啊。我就在这儿，一个极富魅力的女人，随时都能供你享用。"

"鼹鼠"挖苦地说："还是免费的。"

"可你宁可在这儿看录像带，也不愿意来卧室和我滚作一团。我希望——埃里克，我向上帝发誓，我真希望毁掉的那盘——"她背过了身，"晚安。祝你自己玩得开心。"令人难以置信的是，她的声音恢复了正常，甚至十分平静。

他伏低身子向她扑去。她背对着他，逃进客厅。赤裸的身体光滑白皙。他伸手一把抓住了她，手指深深陷入她柔软的胳膊里，将她扳过来面对着自己。凯茜惊慌地眨着眼，看着他。

"我要——"他没说下去。我要杀了你，他本来想这么说。但在他那尚未混乱的头脑深处，在造成他歇斯底里举动的狂怒

---

① 美国作家，喜剧与脱口秀演员。

情绪之下，某个冰冷而理智的部分用冰冷如神灵般的声音说：别说出来。如果说出来，你就被她抓住了把柄。她永远也不会忘记。只要你还活着，她就会用这件事来折磨你。绝对不能伤害这个女人，因为她了解各种技巧，她知道怎么以牙还牙。甚至让你付出千倍的代价。是啊，她懂得报复，这就是她的智慧所在。当然她的智慧还不止如此。

"放——开——我。"她的眼睛在冒火。

埃里克放了手。

凯茜揉着胳膊，沉默了片刻说："在明晚之前，我要你那套录像带从这间公寓里彻底消失。不然我们就完了，埃里克。"

"好。"他点点头。

"除此之外，"凯茜说，"我告诉你我还要什么。我要你去找份薪水更高的工作。其他公司的工作，免得我每次一转身就能遇见你。然后……走一步看一步吧。也许我们还能在一起，但得建立在新关系的基础之上，这对我来说更公平些。在这段关系中，你得试着也关注我的需求，而不只是满足你自己。"令人惊讶的是，她听起来非常理智，自控力十足。实在了不起。

"你把录像带都扔了？""鼹鼠"问埃里克。

他点了点头。

"之后几年里，你都在努力控制对你妻子的仇恨。"

他又点了点头。

"而这份对她的仇恨，""鼹鼠"说，"变成了你对自己的仇恨。因为你无法忍受自己居然这么害怕一个小女人。但她是个非常强大的人——注意，我说的是'人'，不是'女人'。"

"这些卑鄙之举，"埃里克说，"比如消了我的录像带——"

"真正的卑鄙之举，""鼹鼠"打断了他，"并不是消掉你的带子，而是不肯告诉你消掉的是哪一盘。还有看到你的表现，她显得那么享受。如果她有一点儿抱歉——但像她这样的人，这样的女人，是从来不会感到抱歉的。永远。"他沉默了一会儿，"而你没法离开她。"

"我们已经绑在一起了。"埃里克说，"事已至此。"两人总在夜里互相伤害，无人干涉、偷听，或者赶来帮助他们。救命啊，埃里克心想。我们俩都需要帮助。这一切只会就这么继续下去，变得越来越糟，一步步地侵蚀着我们，直到最后，感谢仁慈的上苍——

但那也许要花上几十年。

所以，埃里克理解基诺·莫利纳里对死亡的渴求。他和"鼹鼠"一样，都将死亡视为一种解脱，这世界上存在的唯一一种可靠的解脱……或者说，由于他们的无知、习性和愚蠢，由于那亘古不变的人性，他们只能看到这一条出路。

埃里克感到与莫利纳里同病相怜。

"你和我，""鼹鼠"洞若观火地指出，"一个在私生活上承受着难忍的痛苦，完全不为公众所知，渺小而无足轻重；另一个的痛苦则同伟大的罗马公众人物相似，像被战矛刺穿、命不久长的神。真奇特，像微观与宏观那样截然相反。"

埃里克点点头。

"不管怎样，""鼹鼠"放开埃里克的手，拍了拍他的肩，"我惹你不快了。抱歉啊，斯威特森特医生。这个话题就到此为止吧。"他对保镖说，"把门打开吧，我们谈完了。"

"等一下。"埃里克说。但他不知道怎么说下去，怎么表达。

"鼹鼠"替他说了。"你愿意成为我的雇员吗？"莫利纳里突兀地打破了沉默，"这很好安排。从操作细节来说，就是你将被征入伍。"他又补充道，"不过放心，当然是作为我的私人医生。"

埃里克尽量用不在意的语气说："我愿意试试看。"

"这样你就不会每天都撞见她了。这也许是个新的开始。你们两人从此就可以分开了。"

"的确。"他点点头。确实如此。这么想来，这真的很有吸引力。但讽刺的是，这恰恰是凯茜多年来一直催着他去做的事。"我得先和我妻子商量一下。"埃里克说，脸随即红了，"至少要和维吉尔谈谈。"他接着喃喃道，"不过不管怎样，他都是会答应的。"

"鼹鼠"严肃地打量着他,语调阴沉地低声说:"这份差事有一个缺点。你不会经常见到凯茜,这固然很好。但如果你陪在我身边,你就会经常见到我们的——"他做了个苦脸,"——盟友。如果周围都是利利星人,你感觉如何?到了夜里,你自己恐怕也会体会几次胃痉挛……也许更糟,也许是其他心身症,就算你是医生也想象不到。"

埃里克说:"现在夜里的情况就已经够糟的了。至少这样还能有人陪我。"

"我?"莫利纳里说,"我可算不上什么同伴,斯威特森特,不管是对你还是其他人。我是一到晚上就被剥了皮的夜行动物。我十点睡觉,然后一般十一点就起来了。我——"他若有所思地顿了顿,"夜晚对我来说可不是什么好时候。"

他脸上的表情说明了一切。

5

从华盛-35回到家的当天晚上,埃里克·斯威特森特在圣迭戈国境线外的共寓里见到了妻子。凯茜赶在他之前到了家。当然了,这是一场无法避免的会面。

"从小红火星回来啦。"等埃里克进屋,凯茜关了客厅的门,评论道,"整整两天,都干吗了? 把玛瑙弹球扔进圆圈里,打败了其他小孩? 还是在放映汤姆·米克斯①的胶卷?"凯茜坐在沙发正中央,手里拿着杯酒,头发向后梳起扎了起来,让她看起来像个少女。她穿了一件朴素的黑裙,双腿长而光滑,脚踝处忽然变细的曲线极具魅力。她光着双脚,每个脚趾甲上都有亮闪闪的彩色图案。埃里克俯身去看,发现上面画的是诺曼人征服英格兰②的场

---

① 二十世纪早期的美国电影明星。

② 1066年,法国诺曼底公爵对英格兰的入侵与征服。

景。两个最小的趾甲上闪烁着的画面太过猥亵，让他不敢多看。他走到衣橱边把外套挂好。

"我们退出了战争。"他说。

"是吗？'我们'是谁，你和菲莉斯·艾克曼？还是你和别的什么人？"

"大家都在，不止菲莉斯一个。"他思考着能做点儿什么当晚餐。他的胃部空空如也，咕噜作响。不过，暂时还没疼。也许之后会的。

"没带我去有什么特殊原因吗？"她清脆的声音像条致命的鞭子，抽得他整个人都瑟缩起来。想到即将发生的对话，他心里的动物本能感到了一阵恐惧，既为自己也为了她。她显然和他一样，不得不硬着头皮向下走。她也同样身不由己，无能为力。

"没什么特别原因。"他走进厨房，感觉有点儿呆滞，凯茜这几句开场白仿佛已经摧毁了他的感知。根据之前许多次类似的对峙经验，他学会了保护自己的肉体，如果有可能的话。只有经历了多年婚姻生活，疲惫而身经百战的丈夫，才知道该怎么做。至于新婚不久的那些人……他们不得不跟随自己丘脑的指示做出反应。埃里克如此想道。对他们来说，这一切更难应对。

"我要一个答案，"凯茜出现在厨房门口，"为什么特地把我排除在外。"

老天爷,他妻子的外表是多么有吸引力啊。在黑裙之下,她理所当然地什么都没穿,身上的每条曲线都带着诱人的熟悉感对他发起挑战。可是,与这触手可及的身体相配套的头脑呢? 那柔顺的、愿意做出让步的、亲切的灵魂去哪儿了? 因为愤怒,她身上诅咒的效力达到了顶峰——他偶尔会在心里将它称为斯威特森特家的诅咒。在他面前的生物,从肉体方面就是完美的化身,而在心理层面上……

总有一天,这份冷酷和顽固会渗透她整个人,这美妙的躯体也会随之石化。然后又会怎样? 现在,她的声音已经含有了这份冷酷,与他记忆里几年前、甚至几个月前的嗓音都不一样了。可怜的凯茜,他心想。当这些足以置人于死地的寒冷冰霜流入你的腰腹、你的胸脯、臀部和心脏——它肯定早已流进了她的心脏——女性的特质就将不复存在。到那时,你就在劫难逃了。不管我或者其他男人为你做了什么。

"没叫你去是因为,"他谨慎地说,"你太烦人了。"

她猛然睁大了眼睛。一瞬间眼里充满了警觉和纯粹的疑惑。她没能理解。一时之间,她变回了一个普通人,体内那代代相传的刺激人的古老压迫感稍有减轻。

"就像你现在这样。"他说,"别理我。我去给自己做点儿东西吃。"

"叫菲莉斯·艾克曼给你做啊。"凯茜说。经过漫长岁月的累积,女性群体获得了特有的畸形智慧。由此而生的超越常人的威严感和冷嘲热讽的刻薄又回到了凯茜身上。她凭借女性的天赋,以几近心灵感应的超能力发现了他在火星之旅中与菲莉斯之间浪漫的小插曲。后来在火星上过夜的时候,他们……

他冷静地判断,她那高度灵敏的直觉也不可能探知到那一步。他背对着妻子,一丝不苟地用红外线烤箱热起冷冻鸡肉,完全无视她的存在。

"猜猜看,"凯茜说,"你不在的时候我干了些什么?"

"你找了个情人。"

"我尝了一种新的致幻药物。是克里斯·普鲁特给的,我们在他家里闹了一场,大名鼎鼎的马尔姆·哈斯廷斯也出席了。药物起效的时候,他想跟我调情,不过那只是——嗯,纯粹的幻觉。"

"是吗。"埃里克说,在桌上摆好餐具。

"我要能给他生个孩子就美死了。"凯茜说。

"'美死了'。老天爷,这是什么差劲的英语。"他别无退路,只能转过身面对着她,"你有没有跟他——"

凯茜露出微笑,"哦,有可能那只是幻觉。但我不这么想。告诉你为什么吧。我回家的时候——"

"别说了!"他全身颤抖起来。

客厅里的可视电话响了。

埃里克起身去接。拿起话筒后，出现在灰色小屏幕上的是奥托·多尔夫上尉，基诺·莫利纳里的军事顾问之一。多尔夫之前也在华盛-35上，帮助协调安保事宜。他是个脸颊瘦削的男人，眼睛狭长、目光忧郁，全身心都扑在保护秘书长这一重任上。"斯威特森特医生？"

"是我。"埃里克说，"但我还没——"

"一小时够吗？我们预计会在你那边的八点整派直升机去接你。"

"一小时足够。"埃里克说，"我会收拾好东西，在我共寓的大堂里等你们。"

他挂掉电话，转身走回厨房。

凯茜说："哦，老天。哦，埃里克——我们能谈谈吗？天啊。"她瘫倒在桌上，把头埋在怀里，"我和马尔姆·哈斯廷斯什么也没做，他确实很英俊，我也确实吃了药，可是——"

"听着，"他说，继续准备着自己的晚餐，"这都是今天在华盛-35上安排好的。是维吉尔让我去的。我们两人私下谈了很久。莫利纳里比维吉尔的需求更重要。事实上，我可以继续为维吉尔提供器官移植服务，但我将驻扎在夏延郡。"他又补充，"我已经被征入伍，明天起就是联合国军队的医生了，隶属于莫利纳里秘书长。这件事已经无法改变,莫利纳里昨晚已经签好了委任状。"

"为什么?"她惊恐地抬眼凝视着他。

"为了从这一切脱身。免得我们中有谁——"

"我不会再花钱了。"

"现在正在打仗,很多人正在死去。莫利纳里病得厉害,需要医疗帮助。至于你花不花钱——"

"可你是主动要做这份工作的。"

沉默片刻后,他说:"说实话,的确是我上赶着求人要的这份工作。面对维吉尔,我表现得激动极了,像一堆串在一起的烧热的保险丝。"

凯茜控制住自己,恢复了镇静,"薪水如何?"

"不少。我也会继续拿TF&D的工资。"

"有没有可能让我跟你一起去?"

"没有。"他事先确保了这一点。

"我早就知道,你一旦真的变成成功人士,就会抛弃我——从我们第一次见面开始,你就一直在寻找退路。"凯茜的眼中满是泪水,"听着,埃里克,我吃的那种药恐怕会让人上瘾。我怕极了。你根本想不到它有什么效果。我想它是从地球以外的地方来的,可能是利利星。万一我戒不掉怎么办? 万一你走后——"

　　他俯下身,将她揽入怀中。"你应该离那些人远点,该死,我跟你讲过多少遍——"和她交谈完全是徒劳的,他很清楚接下来摆在两人眼前的会是什么。凯茜拥有一种武器,每次都能用它将埃里克拉回自己身边。如果没有他,她早就会因为与普鲁特、哈斯廷斯等人混在一起而成了废人。离开她只会让她的情况更糟。多年来,俩人之间的矛盾已成了痼疾。而他计划中的行动无法根治它。只有在火星的儿童乐园里,他才有闲情为两人想象另一种未来。

　　埃里克抱起凯茜,走进卧室,轻柔地把她放到床上。

　　"啊。"她说,闭上了眼睛,"哦,埃里克——"她叹息一声。

　　但他无法继续。现在的情况,也一样不容继续。他痛苦地离开她身边,在床边坐了下来。"我必须离开 TF&D,"他沉默了片刻后说,"你必须接受这件事。"他抚摸着她的头发,"莫利纳里快崩溃了,也许我帮不了他,但至少得试一试。明白吗? 这才是真正——"

　　凯茜说:"你撒谎。"

　　"什么时候? 我怎么撒谎了?"他继续抚摸她的头发,但动作里失去了热情和欲望,只是一种无意识的机械动作。

　　"如果那就是你离开的理由,那你刚才就会和我做爱。"她重新系好了长裙的扣子,"你根本不在乎我。"她的声音里充满确信。他熟悉这种平淡、尖细的嗓音。她总会像这样竖起一道屏障，让人无法靠近。这次他没再浪费时间进行徒劳的尝试，只是继续摸着她的头发，心想：如果她出了什么事，我会愧疚终生。她也明白这一点。这样一来，她就将所有责任转到了我身上，自己落得一身轻，而这对她而言恰恰是最糟的情况。

没办法，他心想，我没法和她做爱。

"我的晚餐做好了。"他站起身。

凯茜坐了起来，"埃里克，你离开我迟早要付出代价。"她抚平了身上的长裙，"明白吗？"

"嗯。"他走进了厨房。

"我会用这一生来让你付出代价。"凯茜在卧室里说，"这下我有理由活着了。有目标的感觉真好，振奋人心。特别是和你过了这么多年，毫无意义，令人憎恶。老天爷，这感觉像是重生。"

"祝你好运。"他说。

"好运？我不需要运气。我需要的是技巧，我想我有技巧。在那种药物起效的时间里，我学到了很多东西。真希望我能告诉你那究竟是什么。那药真了不起，埃里克——它会改变你对整个宇宙的看法，还有对其他人的看法。你再也不会以同样的眼光看待他们了。你也应该吃一次试试，我可以帮你搞到。"

"没有什么，"他说，"能帮到我。"

在他自己耳中，这句话听起来像一句墓志铭。

吃完晚餐后，他花了很长时间收拾行李。即将收拾完毕时，共寓的门铃响了。来客是奥托·多尔夫，他带着军队的直升机抵达了这里。埃里克态度肃穆地为他开了门。

多尔夫环视整座共寓，说："你和妻子告别过了吗，医生？"

"告别了。"他又补充道，"她走了，现在就我一个人。"他关上行李箱，把它和其他行李都搬到门口，"我准备好了。"多尔夫提起一个箱子，两人一起走入电梯。"她不太能接受这件事。"电梯下降后，埃里克对多尔夫说。

"我单身，医生。"多尔夫说，"说了我也不懂。"他的态度正确又庄重。

一个男人在停好的直升机里等着。埃里克爬上了登机的绳梯后，他伸出手来，"医生，很高兴见到你。"隐藏在阴影里的男人对埃里克解释道，"我是哈利·提加登，秘书长的医疗部门主管。很高兴你能加入我们。秘书长没有提前通知我，但这无所谓——他总是冲动行事。"

埃里克和他握了握手，脑袋里想的却仍然是凯茜，"我叫斯威特森特。"

"与莫利纳里见面时,你觉得他情况如何?"

"他似乎很疲惫。"

提加登说:"他快死了。"

埃里克飞快地瞥了他一眼,说:"死于什么? 在如今的时代,这么多人造器官——"

"相信我,我很熟悉目前的技术手段。"提加登干巴巴地说,"你应该也看到了,他有多么听天由命。很显然,他希望自己能得到惩罚,因为是他让我们卷入了这场战争。"提加登沉默着,等直升机升入夜空,才继续说,"你有没有想过,是莫利纳里精心策划了这场战争的惨败? 是他主动想输? 我想,就连他最疯狂的政敌也没有考虑过这种可能性。我之所以跟你这么说,是因为我们的时间不多了。此时此刻,莫利纳里正在夏延郡,忍受急性胃炎的煎熬——不管那到底是什么病。你们在华盛-35的假期让他的病剧烈发作,根本起不来床。"

"有内出血吗?"

"暂时还没有。也许有过,而莫利纳里没告诉我们。以他的个性,有这种可能,他天生喜欢隐瞒实情。说到底,他不信任任何人。"

"你确定没有恶性肿瘤?"

"我们没发现。但莫利纳里不肯接受全面检查,他太忙了。

有那么多文件要签,那么多演讲稿要写,法案要提交给联合国大会。什么事他都想自己做。看起来,他是不会把权力分出去的。就算分出去了,他也会建立起职责有所重合的组织,让它们从一开始就互相竞争——那就是他自保的方式。"提加登好奇地瞥了埃里克一眼,"在华盛-35上,他对你说了些什么?"

"没说什么。"埃里克并不想坦白他们对话的内容。莫利纳里的那些话毫无疑问是只对他一个人说的。事实上,埃里克意识到,这就是他被带到夏延郡的主要原因。他能够为莫利纳里提供其他医疗人员提供不了的服务,作为医生本不该提供的服务……他不禁想知道,如果提加登知道了这件事,会作何反应。提加登很有可能会将他逮捕,并且处以枪决。而这也是十分正当的决定。

"我知道为什么你会加入我们了。"提加登说。

埃里克哼了一声,"你知道?"他并不相信。

"莫利纳里就是在遵循他的直觉和偏见行事。他往我们的队伍里注入新鲜血液,从而起到监视审查的作用。但没人反对这件事,说实话,我们都觉得谢天谢地——所有人都过劳了。你肯定也知道,秘书长的家族十分庞大,就连你那子孙满堂的前雇主,维吉尔·艾克曼也赶不上。"

"我好像读到过相关的信息,他有三个叔叔,六个堂兄弟,一个姨妈，一个妹妹，一个哥哥——"

"他们全都住在夏延郡。"提加登说，"一直如此。围绕在他身边，想方设法占小便宜，要求更好的食物、住所、佣人——你应该也能想象得到。而且——"他顿了顿，"我应该告诉你，他还有位情人。"

这件事埃里克倒不知道。从来没有报道提到过，就连对秘书长恶语相向的媒体也一样。

"她叫玛丽·赖内克。是莫利纳里在妻子去世前认识的。官方文件上，玛丽的头衔是私人秘书。我很欣赏她。她为莫利纳里做了不少事，在他妻子去世前后都是。如果没有她，莫利纳里恐怕活不到现在。利利星人对玛丽充满憎恶……我不是很明白为什么。也许有些我不知道的事。"

"她多大了？"埃里克猜测，秘书长的年纪应在五十岁上下。

"年轻得让你无法想象。做好准备吧，医生。"提加登吃吃地笑了一下，"两人认识的时候，玛丽还在上高中。她在傍晚兼职，做打字员。也许她给莫利纳里送了份文件……没人知道具体经过，总之他们是通过某些日常事务认识的。"

"可以和她讨论莫利纳里的病情吗？"

"没问题。她是唯一一个能说服秘书长服用苯巴比妥的人，还有百萨百镁特①。他总是说苯巴比妥让他嗜睡,而百萨百镁特让他口干。所以他就把这两种药都扔进了垃圾槽,根本不吃。是玛丽让他重新开始吃药的。和他一样,玛丽也是意大利人。她会大声责骂他,那样子让他想起小时候被妈妈骂的情景,也许吧……或者是姐姐和姨妈。她们都责骂过他,而他会默默地听着,但能真正让他听进去的只有玛丽。玛丽住在夏延郡一处隐蔽的共寓里,由特工小队保护,因为有利利星人存在。莫利纳里害怕他们有一天会——"提加登住了口。

"他们会?"

"杀死玛丽,或者伤害她。又或者损毁她大半心智,把她变成没有脑子的植物人。他们的手段多种多样。你一定不知道,我们与盟军高层之间,相处起来竟如此艰难吧?"提加登露出微笑,"这就是场艰难的战争。利利星人就是这么对待我们的。他们是比我们高出一等的盟军,在他们眼里,我们不过是些跳蚤。所以你想想看,如果我们的防线崩溃,敌军雷格一拥而入,他们又会如何对待我们?"

他们在沉默中飞行了一段时间,没人有心情开口。

"如果莫利纳里出局了,"最后埃里克说道,"你觉得会发生什么?"

---

① 一种类苯巴比妥药物,镇静剂。

"哦,有两种可能。要么是更支持利利星的人上台,要么不是。还有其他什么可能呢?你为什么会这么问?你觉得我们会失去这位病人?万一如此,医生,我们就会失业,很可能也会丧命。你能存活在世的唯一理由——我也一样——就是保证住在怀俄明州夏延郡的那位意大利中年胖男人和他庞大的家族以及十八岁的小情人都能持续、切实地活下去。他胃疼,还喜欢在晚上吃蘸了芥末和山葵的大虾天妇罗。我不在乎其他人对你说了什么,你又签了什么文件,但在以后很长一段时间里,你都不会再给维吉尔·艾克曼移植人造器官了。不会再有这样的机会,因为维持基诺·莫利纳里的生命会占用你全部的精力。"提加登显得烦躁不快。在直升机机舱的黑暗中,他的声音听起来十分急促。"我已经快受不了了,斯威特森特。你的生活中会只剩下莫利纳里,再没其他活物;他会对你讲话,讲得你耳朵生茧。地球上存在的一切话题都会成为他的演讲题目。他会冲着你练习演讲,并征询你的意见。话题的范围从避孕手段到蘑菇——烹饪蘑菇的方法,再到上帝,还有在假设的某种情况下你会怎么做,诸如此类。对于独裁者来说——你应该明白他确实是个独裁者,只不过我们不喜欢用这个称呼罢了——他是个异类。首先,他可能是如今在世的最伟大的政治策略家,否则你以为他是怎么当上联合国秘书长的?他花了二十年才爬到这个地方,一路苦战；他击退了地球上所有其他国家的政治对手，然后他和利利星人混在一起了，这就是他的外交手段。在外交政策方面，我们这位策略大师却失败了，因为在那个时候，他的头脑里突然出现了一处诡异的栓塞。你知道那栓塞是什么吗？无知。莫利纳里一辈子学的都是如何用膝盖对别人的腹部进行猛击，可这招对弗莱涅柯西没用。他和你我一样，应付不来弗莱涅柯西——说不定还不如你我呢。"

"我明白了。"埃里克说。

"可不管怎样，莫利纳里还是采取了行动。他虚张声势，签了《和平公约》，让我们被卷入了战争。与过去那些肥头大耳、狂妄自负的独裁者相比，莫利纳里与众不同的地方就在于，他自己一个人扛下了所有责任。他并没这里开除一个外交部部长，那边枪毙一个国家政策顾问。他明白，这一切是他造成的。这让他逐渐走向死亡，一寸又一寸，一天又一天。从胃部开始。他热爱地球；他也热爱人民，每一个人，不管地位高低；他还爱那群像海绵一样吸附于他的可怜亲戚。他也会枪毙、逮捕人，但他并不喜欢这些。莫利纳里是个复杂的人，医生。复杂得——"

多尔夫语气冷淡地插话："是林肯与墨索里尼的混合体。"

"在不同的人面前，他是完全不同的人。"提加登继续说，"老天爷，他做过一些坏事，非常邪恶，你听了会寒毛直竖。但他不得不那么做。有些事永远也不会公之于众，就算是他的政敌也不会说出来。而他也因为这些事饱受折磨。你见过什么人能这样真正地负起责任，承担起一切罪行和指责吗？你行吗？你妻子呢？"

"恐怕没见过。"埃里克承认。

"如果你我真的要为这辈子做过的事承担起道德责任——我们非死即疯。生物本就不该真正懂得自己的所作所为。就拿我们在路上撞死的，还有吃掉的动物做例子。小时候，我每个月都会到屋子外面去给老鼠下毒，那是我的任务。你见过动物中毒死去的样子吗？不止一只，而是好几十只，每个月都这样。我可什么都没感觉到。没有愧疚，没有重负。没这些感觉多么幸运——我也不能有。如果有，我就根本不可能活下去。整个人类种族一直都是这么过来的。所有人，除了'鼹鼠'。好一个别名。"提加登又补了一句，"比起'林肯和墨索里尼'，我倒觉得他更像两千年前的'那一位'。"

"这还是我第一次听说，"埃里克说，"有人将基诺·莫利纳里比作耶稣基督。就连崇拜他的媒体也没这么说过。"

"也许，"提加登说，"这是因为你才第一次见到我这样的人，一天二十四小时围着'鼹鼠'转的人。"

"别把这个比喻讲给玛丽·赖内克听。"多尔夫说，"她会告诉你，'鼹鼠'是个混蛋。在床上和餐桌边都是头猪，是好色的中年男人，目光总是色眯眯的，早该进监狱。她容忍他的存在……因为她心肠仁慈。"多尔夫发出尖锐的笑声。

"不，"提加登说，"玛丽不会这么说……除非是在她生气的时候，大概只有四分之一的时间是这样吧。我不知道玛丽·赖内克会用谁打比方，也许她根本不会费工夫去想这个问题。她自然而然地接受了'鼹鼠'原本的模样。她会努力去让他变得更好，但就算他不变——他也确实不会变——玛丽也仍然爱他。你认不认识另一种女人？会看到你身上潜能的那种？只要有她的恰当帮助——"

"认识。"埃里克说。他很想换个话题，这些对话让他想起凯茜，而他并不愿意。

直升机轰隆作响，飞往夏延郡。

凯茜一个人躺在床上，半睡半醒，清晨的阳光照亮了她卧室里斑驳陆离的颜色。在与埃里克的婚姻生活中，她早就看熟了这些五彩斑斓的颜色。现在，随着光线缓缓移动，它们逐渐变得鲜明起来。在她居住的这间房子里，凯茜栩栩如生地重塑了旧日时光，而旧时光的精魂就这样被困在了这个混有不同年代的物品的空间中：新英格兰早期的一盏提灯，鸟眼枫木原木制成的五斗橱,赫伯怀特①设计的橱柜……她半闭着眼睛躺在床上,感受着每一件物品的存在,回忆着为了得到它们而用上的千丝万缕的人际关系。每一件物品都代表着她的一次胜利,以及某位与她竞争的收藏家的失败。不妨将这些藏品视为座座坟冢,战败者的鬼魂至今仍然在墓地四周飘荡,不肯散去。凯茜并不介意它们在她的地盘上如此活跃。说到底,它们谁都没有她强。

"埃里克,"她睡眼蒙眬地说,"赶紧起来,去把咖啡煮上,再回来帮我起床。拉我也行,叫我也行。"她转向埃里克,却发现身边空无一人,立刻坐了起来。然后她从床上站起来,赤脚走到衣柜前去拿睡袍,冷得瑟瑟发抖。

她拿起淡灰色的毛衣往头上套,经过一番努力才穿上。就在这时,她意识到一个男人正站在旁边注视着她。在她穿衣服的时候,他就一直懒洋洋地站在门口,无意宣告自己的存在,只是一直欣赏她着衣的模样。现在他动了动,站直身体,说:"是斯威特森特夫人吗?"他大概三十岁上下,面容黝黑粗糙,看她的目光让她觉得非常不舒服。此外,他还穿着一件暗灰色的制服。凯茜判断出了他的身份:驻扎在地球上的利利星秘密警察。这还是她这辈子第一次遇见他们的人。

"我是。"她说,声音小得几乎听不见。她继续穿衣服,坐到

---

① 著名的十八世纪英国家具设计师。

床上把鞋套上，目光始终不离对方，"我是凯茜·斯威特森特，埃里克·斯威特森特医生的妻子，如果你不——"

"你丈夫现在在夏延郡。"

"是吗？"凯茜站起身来，"我得去做早餐了，请让我过去。还有，让我看看允许你进屋的搜查令。"她伸出手，等待着。

"我的搜查令，"利利星的灰衣人说，"让我有权对此共寓进行搜索，寻找非法药物 JJ-180，也就是弗洛芬那君。如果你有这种药，现在就交出来，我们这就去圣莫尼卡的羁留所。"他翻了翻自己的笔记本，"昨天晚上，在蒂华纳阿维拉街 45 号，你口服了这种药物，同时在场的还有——"

"我能给律师打个电话吗？"

"不能。"

"你是说我根本没有法律权利？"

"现在是战争时期。"

凯茜害怕起来，但她还是尽可能地以理智冷静的口吻说："我可以给老板打个电话请假吗？"

灰衣警察点点头。凯茜走到可视电话边，拨打了维吉尔·艾克曼在圣费尔南多住处的号码。过了一会儿，他那状似鸟类、饱经风霜的脸出现在屏幕上，仿佛是突然被吵醒的猫头鹰。"哦，凯茜。现在几点了？"维吉尔左顾右盼。

凯茜说："救救我,艾克曼先生。利利星——"她没能说下去,因为灰衣人敏捷地一扬手,切断了信号。凯茜耸耸肩,挂断了电话。

"斯威特森特夫人,"灰衣人说,"请允许我向你介绍罗杰·康宁先生。"他做了个手势。另一个利利星人进了门,他穿着普通的商务西装,腋下夹着公文包。"康宁先生,这是凯茜·斯威特森特,斯威特森特医生的妻子。"

"你是谁?"凯西问。

"能为你排忧解难的人,亲爱的。"康宁语气愉快地说,"我们不如在客厅里坐下,再来讨论这件事吧?"

凯茜走进厨房,转了下旋钮,等待溏心蛋、烤面包和不加奶油的咖啡。"这共寓里可没有JJ-180,除非是你们夜里偷偷放进来的。"早餐准备好了,她用一次性托盘将食物端到桌边,坐了下来。咖啡的香气驱散了她心里残留的一丝害怕和慌张,她不再觉得那么无助而恐惧了。

康宁说:"我们有连续的照片记录了你在阿维拉街45号度过的夜晚,这资料是永久性的。从你跟随布鲁斯·西摩尔上楼梯进门开始。你说的第一句话是:'你好啊,布鲁斯。看来今晚是场TF&D内部——'"

"不完全正确，"凯茜说，"我叫的是'小布鲁斯'。我一直叫他'小布鲁斯'，因为他总是跟青春期小孩似的充满幻想，又愚蠢。"她喝着咖啡，端着一次性杯子的手稳如磐石，"你的连续的照片能证明我们服下的胶囊里面是什么吗，刚宁先生？"

"是康宁。"他好脾气地纠正道，"不，凯瑟琳，它们不能证明。但其他两位在场人士可以。等他们登上军事仲裁庭、宣了誓，他们会作证的。"他继续解释道，"这件事不属于你们民事法庭的管辖范围，整个案子将由我们亲自处理。"

"为什么？"凯茜问道。

"JJ-180只能从敌方获得。所以你吃这种药就构成了通敌罪——我们能在仲裁庭上证明这一点。在战争时期，仲裁庭的判决自然就是死刑。"康宁转身对灰色制服的警察说："普鲁特先生的宣誓证词你带来了吗？"

"在直升机上。"灰衣人走向门口。

"我就觉得克里斯·普鲁特有什么地方不像人类。"凯茜说，"现在我不禁怀疑起其他人了……昨天晚上，还有谁表现出了非人的气质？哈斯廷斯？不。西蒙·伊尔德？不，他——"

"这一切都可以避免。"康宁说。

"但我并不想避免。"凯茜说，"艾克曼先生在可视电话上听见了我的话。TF&D会派律师过来。艾克曼先生是莫利纳里秘书长的朋友,我不认为——"

"不到晚上我们就可以杀了你,凯茜。"康宁说,"仲裁庭今天上午就可以开庭,一切都安排好了。"

凯茜没再吃东西。过了一会儿,她说:"为什么?我有这么重要吗? JJ-180里到底有什么?我——"她迟疑片刻,"昨晚我吃的药并没产生什么作用。"她突然极其希望埃里克并没离开。她意识到,如果他还在,这一切都不会发生。这些人会有所顾忌。

凯茜无声地哭了起来,她缩着肩坐在餐盘前,眼泪滑下脸颊,落下去,消失不见。她完全没想遮住脸,只是抬手捂住额头,将胳膊支在桌上,什么也没说。去他妈的,她心想。

"你的处境十分严峻,"康宁说,"但还不至于无路可走。这两者是有区别的。我们可以做个交易……这就是我来的目的。别哭了,坐起来好好听着,容我解释给你听。"他打开了公文包。

"我知道,"凯茜说,"你们想让我去监视马尔姆·哈斯廷斯。你们想抓他,因为他之前在电视上大肆鼓吹应该和雷格人也签署《和平公约》。老天,你们渗透了整个地球。没人是安全的。"她站起身来,绝望地呻吟了一声,吸着鼻子进卧室拿手帕。

"你愿意为我们监视哈斯廷斯吗?"等她回来后,康宁问道。

"不。"她摇摇头。还不如让我死了呢,她心想。

"我们要的不是哈斯廷斯。"穿制服的利利星警察说。

康宁说:"我们要的是你丈夫。我们想让你跟他去夏延郡,继续你们的关系。夫唱妇随,地球上好像是这么说的吧。速度越快越好。"

凯茜瞪着他,"不行。"

"为什么不行?"

"我们分手了。他抛弃了我。"她不明白他们为什么通晓一切,却不知道这件事。

"在婚姻中,"康宁带着仿佛经年累月流传下来、久经考验的智慧说道,"你们这样的关系破裂随时都能大事化小、小事化了,变成一个暂时的误会。我们会带你去见我们的心理学家——在地球上,我们有好几位非常杰出的专家。他会教你一些技巧,来修补与埃里克之间的裂痕。别担心,凯茜,我们知道昨晚发生了什么。说实话,这对我们十分有利,这样我们就有机会单独见你了。"

"不。"她摇摇头,"我们永远不可能复合。我不想和埃里克在一起。没有心理医生能改变这一点,就算是你们的人也一样。我讨厌埃里克,讨厌你们掺和的这堆破事。我讨厌利利星人,地球上所有人都这么想。我希望你们能从这个星球滚出去,我希望我们从来就没有加入过这场战争。"她瞪着他,眼里蕴含着愤怒和无奈。

"冷静点,凯茜。"康宁不为所动。

"老天,我希望维吉尔能在这里。他不怕你们——他是地球上仅有的几个——"

"没有哪个地球人能那样。"康宁心不在焉地说,"你也该面对现实了。要知道,除了杀掉你,我们还可以把你带到利利星去……你想过这一点吗,凯茜?"

"老天啊。"她打了个寒噤。别把我带到利利星去,她在心里无声地祈祷。至少让我待在地球上,和认识的人在一起。我可以回到埃里克身边,甚至可以对他苦苦哀求。"听着,"她大声说,"我一点儿也不担心埃里克。不管你们要对他做什么,都吓不到我。"我担心的是我自己,她心想。

"这我们明白,凯茜。"康宁点着头说,"如果你能不带多余感情地好好想一想,有这个机会,你应该高兴才是。顺便一提……"康宁把手伸进公文包,拿出一把胶囊。他把一个胶囊放到桌上,它滚落到了地板上。"别无冒犯之意,凯茜,不过呢——"他耸耸肩,"这药让人成瘾,就算只吃一次也一样。而你昨晚在阿维拉街45号已经吃了。克里斯·普鲁特可没法再供应你了。"他捡起掉在地上的JJ-180胶囊,递给凯茜。

"不可能一次就成瘾。"她轻声说,摇头表示拒绝,"我吃过十几种药,从来没——"然后她仔细看了看他。"你们这帮混蛋。"她说,"我不信。再说,就算这是真的,我也可以戒掉——有戒毒所。"

"没有戒JJ-180的。"康宁把胶囊放回公文包里,口气随意地补充道,"我们可以帮你戒掉,但不在这里,而是在我们星系的诊所里……这件事回头可以安排。你也可以一直吃下去,我们能提供够你吃一辈子的量。反正你这辈子也没多长。"

"就算是为了戒毒,"凯茜说,"我也不会去利利星。我会去找雷格人,毕竟这是他们的药——这可是你说的。既然是他们发明的,他们肯定了解得比你们多。"她转过身背对着康宁,走进卧室从衣橱里拿出大衣。"我要去上班了。再见。"她打开了房门。两个利利星人都没有阻止她的意思。

这么说,他的话一定是真的,凯茜心想。JJ-180一定像他们说的那样让人成瘾。我根本别无选择,他们清楚,我也清楚。我要么与他们合作,要么一路逃到雷格的战线去,那里是JJ-180的起源地。但就算我逃到那里了,说不定也仍然戒不掉,到最后我还是落得一场空,而雷格人恐怕会杀了我。

康宁说:"这是我的名片,拿着吧,凯茜。"他走到她身边,伸手递来白色的小卡片,"等你发现自己需要吃药,无论付出什么代价都一定要吃到——"他把名片塞进了她大衣的胸前口袋里,

"那你就来找我。我们会一直等着你,亲爱的,我们一定会满足你的需求。"他仿佛突然想起什么,又加了一句,"它当然会让人上瘾了,凯茜,否则我们怎么会让你吃上呢。"他冲她微微一笑。

凯茜关上房门,跌跌撞撞地走向电梯。她整个人都麻木了,心里什么感觉也没有,连恐惧也没有。她的体内只有一片巨大的虚空,失去了所有的希望,和哪怕一丝找到出路的可能。

不,维吉尔·艾克曼会帮我的。她对自己说,走进电梯按了按钮。我这就去找他,他会告诉我应该怎么做。我永远不会与利利星人合作,不管有没有毒瘾。我不会听他们的话去监视埃里克。

但很快她就知道了,她会的。

6

正午没过多久,凯茜·斯威特森特坐在TF&D的办公室里,处理一桩买古董的生意:一张1935年的唱片,基本完好无损,迪卡唱片公司出品,内容是安德鲁斯姐妹组合唱的《我眼中美丽的你》。就在这时,凯茜出现了第一次戒断症状。

她的双手变得异常沉重。

她非常小心地放下了手中珍贵的唱片。在她周围的物体纷纷变形。在阿维拉街45号,当JJ-180起效时,她感觉世上的一切都轻盈透气、松散绵软,仿佛由大量气泡组成,而她可以随意在物体间穿行——至少在幻觉中可以。而现在,在这间熟悉的办公室里,她感到现实正发生着不祥的改变。她的目光所到之处,原本稀松平常的物体都在逐渐增加密度。她无论如何都无法移动、改变,又或是影响它们。

另一方面，她体内同时发生着令人窒息的变化。无论怎么看，她对自我的知觉，对身体的控制和对外部世界的感知都失调了。在生理方面，她感到自己正迅速变得无力。时间每过一秒，她能做到的事就越少。就拿那张十英寸的迪卡唱片来说吧。它就躺在她手边，但如果她伸手去拿，会发生什么事呢？唱片会躲开她的触碰。她的手异常沉重，笨拙无比，因内部密度的增加而阵阵发颤。她只会把唱片打碎或磕坏。以现在的状态，她不可能对唱片进行任何复杂、精密的操作。她的身体变得沉重而臃肿，无法做出精准的动作。

她敏锐地意识到，这说明了JJ-180的某些性质。它想必是一种丘脑兴奋剂。此刻，随着戒断反应的出现，丘脑的能量不足使她备受折磨。她感受到的外界和体内的这些变化，实际是在她大脑新陈代谢过程中发生的种种微小改变。可是——

知道这些并不能让她好过一点儿。在她体内和周围世界里出现的变化并不是她的一厢情愿，而是真正的亲身体验。这些体验来自她的感官，她别无选择，只能承受。她躲不开这些刺激。就这样，整个世界不断变形，无休无止。凯茜恐慌地想，要变成什么样才会停下来？还能比现在更可怕吗？现在已经差到极限了……在她周围，哪怕是体积最小的东西，其密度值仿佛也趋向无限大。她全身僵硬地坐着，无法动弹，也无法甩动自己的庞大身躯,触碰到周围的物体。它们个个重得让人难以忍受,似乎还在不断向她逼近。

就在办公室里的物体齐刷刷地向她压来的同时,在另一个层面上,它们也越来越遥远,以意味深长、令人恐惧的方式渐渐远去。凯茜意识到,它们正在失去生气,失去所谓的灵魂。随着她进行心理投射①的能力不断退化,曾经寄居在这些物体上的灵魂也依次消散。它们失去了朝夕相处的亲切感,变得冰冷遥远,充满敌意。她与它们之间的联系不复存在,只剩下一片虚空。在这片虚空中,摆在她周围的这些物体恢复了它们原本的状态,不再受到人类精神力量的约束和驯化。它们变得原始突兀,充满凹凸不平的尖锐棱角,足以划出又深又长的致命伤口。凯茜不敢移动分毫。死亡的危险潜伏在每一件物品里。就连她桌上手工制作的黄铜烟灰缸也失去了规则的形状,失去对称性,冒出了尖刺般参差不齐的凸起,如果她愚蠢到向它靠近,随时有可能被开膛破肚。

桌上的视讯盒响了起来。维吉尔·艾克曼的秘书露西尔·夏普说:"斯威特森特夫人,艾克曼先生叫你到他办公室去一趟。

---

① 心理学上指个人将自己的思想、态度、愿望、情绪、性格等个性特征,不自觉地反应于外界事物或者他人的一种心理作用,也就是个人的人格结构对感知、组织以及解释环境的方式发生影响的过程。

我建议你带上今天购买的那张唱片,《我眼中美丽的你》。他很感兴趣。"

"好。"凯茜说。光是吐出这个字就几乎让她送了命。她坐着,不再呼吸,胸口堵塞,最基本的生理过程也在巨大的压力下放缓了速度,趋向死亡。然后,不知怎的,她又成功地吸入了一口气。她让空气充满胸腔,然后呼出,发出急促粗重的喘息声。现在,她暂时还能苟且得生。但情况在不断恶化。接下来会发生什么? 她站了起来。原来染上JJ-180的毒瘾就是这种感觉,她心想。她好不容易才拿起那张迪卡唱片,穿过办公室走到门边。唱片的黑色边缘仿佛尖利的锋刃,不断地锯着她的双手。它明明没有生命,却散发着一心要毁灭她的恶意。她再也忍受不了了,她忍不住畏缩起来,放开了手。

唱片掉了下去。

它落在厚实的地毯上,显然毫发无伤。可她要怎么做才能再次把它拿起来? 怎样做才能将它从背景里拽出来、与周围的一切分开? 唱片现在已经不再是一个独立的存在,它融入了周围的环境。它和地毯、地板、墙壁,还有办公室里其他所有物体一起,变成了一个平面,浑然一体、天衣无缝。没人能进入或离开这个立体空间,所有地方都已被填满,彻底完工。没有东西会变,因为一切都已经待在它们该在的地方了。

老天爷,凯茜低头凝视着脚边的唱片。我不可能凭自己逃出去。我只能待在这里,等其他人看见我这个样子,意识到大事不妙。我仿佛是得了全身僵硬症!

她就那么站着,直到办公室的门被人打开。乔纳斯·艾克曼步履轻快地走了进来,年轻光滑的脸上表情愉悦。他大步走到凯茜身边,看见唱片,动作流畅地弯下腰,轻轻将它捡起,放到了凯茜摊开的手掌里。

"乔纳斯,"凯茜说,声音又低又涩,"我——我要看医生。我病了。"

"怎么了?"乔纳斯关切地盯着她。他的脸扭曲抽动,在她眼里就像涌满蛇的巢穴。他的情绪让她无法承受。那情绪里有一种充满恶臭、让人作呕的力量。"天哪。"乔纳斯说,"你可真会挑时间——埃里克今天不在,他在夏延郡。代替他的人还没来呢。我可以开车送你去蒂华纳政府诊所。你得了什么病?"他抓起凯茜的胳膊,捏了捏她的肉,"我看你只是因为埃里克不在而闷闷不乐。"

"带我去楼上,"凯茜勉强挤出一句,"去找维吉尔。"

"我去,你听起来确实病了。"乔纳斯说,"好,我这就送你上楼去找那老家伙,也许他知道该怎么办。"他扶着凯茜走向办公室的门,"不如把唱片给我吧。看你这样子,恐怕它随时都会掉下来。"

走到维吉尔·艾克曼的办公室本来用不了两分钟,但在凯茜看来,这场折磨持续了漫长的时间。等她终于站在维吉尔面前,她已经累坏了,气喘吁吁,说不出话。这实在超过了她能承受的范围。

维吉尔好奇地瞥了她一眼,随即警觉起来,用他那极具穿透力的尖利嗓音说:"凯茜,你今天就早退吧,给自己准备一叠女性杂志,再来杯喝的,在床上好好躺躺——"

"别管我。"凯茜听见自己说,"天啊,"她绝望地继续说道,"别抛弃我,艾克曼先生,求你了!"

"呃,你到底想怎么样?"维吉尔说,继续仔细地打量着她,"我知道,埃里克离开这里,去了夏延郡——"

"不,"凯茜说,"我没事。"戒断反应消退了一些。她感到从维吉尔身上吸得了一些力量,或许是因为他的精力实在太过旺盛。"这是一件不错的古董,很适合华盛-35。"她转向乔纳斯,示意自己要那张唱片,"这是那个年代最流行的曲目之一。除了《音乐永无止歌》①之外,就是这首歌了。"凯茜接过唱片,放到维吉尔面前的大桌子上。我不会死,她心想。我能挺过去,恢复健康。"还有一件古董我也已经有线索了,艾克曼先生。"她坐到桌

---

① 原文为 The Music Goes Round and Round。

边的椅子里,想尽量节省体力,"有人私录了亚历山大·乌尔考特[1]的节目《街头公告员》。下次我们再去华盛-35,就可以听到乌尔考特的真实嗓音,而不是现在的模仿品了。"

"《街头公告员》!"维吉尔发出孩子气的快活叫喊,"我最喜欢的节目!"

"我有理由相信,我能把它弄到手。"凯茜说,"当然了,在实际付款之前,谁也没法打保票。我得飞到波士顿去,做些最后的安排。唱片就在那儿,拥有它的人是个相当精明的孤老太太,她叫艾迪斯·B.斯克鲁格斯。她在信里说,唱片是用派卡德-贝尔录音机录的。"

"凯茜,"维吉尔·艾克曼说,"如果你真的能找来亚历山大·乌尔考特的现场录音,我——我就给你涨薪,所以你一定得好好干!斯威特森特夫人,甜心,我爱死你为我做的这一切了。乌尔考特的广播节目是 WMAL 台还是 WJSV[2] 台播的?帮我查查吧?翻一遍1935年的《华盛顿邮报》——对了,我想起来了,登着关于马尾藻海的文章的那本《美国周刊》,我们最后还是决定不把它留在华盛-35上了。因为在我小时候,我爸妈从来没买过赫

---

[1] 亚历山大·乌尔考特(Alexander Woollcott, 1887-1943),演员、编剧,主要作品《百老汇的小鬼》、《5×5》。

[2] WMALT 和 WJSV 均为美国著名电台。

斯特出版集团的报刊,我第一次读到还是在——"

"等一下,艾克曼先生。"凯茜说,举起一只手。

维吉尔期待地歪起脑袋,"怎么了,凯茜?"

"我能不能去夏延郡,找埃里克?"

"可是——"维吉尔叫了起来,挥舞双手,"我需要你!"

"我很快就回来。"凯茜说。也许这样就能让他们满意,她心想。也许他们不会再提更多要求。"你都放他走了。"她说,"他可是给你续命的人,比我重要多了。"

"可是莫利纳里需要他。再说他也不需要你,他又没造儿童乐园,对过去也不感兴趣——他像个少年,满心想的都是未来。"维吉尔愁眉不展,"我离不开你,凯茜。失去埃里克已经够糟的了,但至少我们说好了,如果我遇到什么困难,我随时可以叫他回来。我必须放他走,在战争时期,这是种爱国行为。我并不想这么做,老实说,没了他,我怕得要命。但你不一样。"他的语气变得悲哀起来,"不行,这样我受不了。在华盛-35,埃里克对我发誓,你绝对不会想跟他一起走。"他无声而乞求地瞥了乔纳斯一眼,"让她留下来,乔纳斯。"

乔纳斯若有所思地揉着下巴,对她说:"你不爱埃里克,凯茜。我和你们两个人都聊过,你们都告诉我,你们是住在一个屋檐下的仇敌。你们已经形同陌路,甚至连搭伙打劫的可能都没有……我真不明白这是怎么回事。"

"当他还在这里的时候,"凯茜说,"我确实是那么想的。但我那是在欺骗自己。现在我才明白事情并非如此。我相信他也一样。"

"你确定吗?"乔纳斯毫不留情地指出,"给他打个电话吧。"他示意维吉尔桌上的可视电话,"听听他怎么说。说实话,我觉得你们两人分开是对的,我相信埃里克也清楚这一点。"

凯茜说:"请问我可以走了吗?我想回办公室。"她胃里泛起阵阵恶心,感到极度惊恐。她那饱受毒瘾摧残的身体渴望休息。在毒瘾发作的痛楚中,她的行动不受自己控制,她不得不去夏延郡找埃里克。不管两位艾克曼说什么都没用。她无法阻止自己。即便她仍处于一片混乱的状态,也能够清晰地预见未来:她摆脱不了 JJ-180 的控制。利利星人说得一点儿没错。她无路可逃,只能根据康宁给她的名片回去找他们。老天爷,她心想,如果我能把这一切都告诉维吉尔就好了。我必须告诉某个人。

然后她又想:我可以告诉埃里克。他是个医生,一定有办法救我。这才是为什么我要去夏延郡的原因,绝不是为了他们。

"能帮我个忙吗?"乔纳斯·艾克曼对她说,"看在老天爷分上,凯茜,听我说。"他抓紧了她的胳膊。

"我听着呢。"她焦躁地说,"放开我。"她抽回手臂,向后退开一步,感到一阵愤怒。"别这么对我,我受不了。"她对乔纳斯怒目而视。

乔纳斯小心翼翼地开了口,语气格外冷静,"我们可以让你去夏延郡找你丈夫,凯茜,但有个条件:你必须保证,你会等待二十四小时再去。"

"为什么?"凯茜不解。

"让你有机会消化一下分离所带来的暂时性冲击。"乔纳斯说,"我希望等过了二十四小时,你会看清现实,改变主意。与此同时——"他瞥了维吉尔一眼,老头赞同地点点头。"我会陪着你。"乔纳斯对凯茜说,"如果有必要,我会陪你一整天。"

凯茜震惊地说:"见鬼的你陪我。我可不——"

"我知道你有些不对劲。"乔纳斯轻声地说,"这很明显。不能让你一个人待着。我会负起责任,保证你不出事。"他又低声补充,"你对我们太重要了,必须保证万无一失。"他再一次抓住了凯茜的胳膊,动作坚决,毫不留情。"走吧,下楼回你的办公室去。埋头工作对你有好处,我会安静地坐在一边,不打扰你。等下了班,我带你飞到洛杉矶,去斯普林格餐厅吃晚饭。我知道你喜欢吃海鲜。"他拉着她走向门口。

凯茜心想:我可以半路逃跑。你可没那么聪明,乔纳斯。过不了今晚,我就会甩掉你,自己去夏延郡。或者,更确切地说

——她带着重新涌起的恐惧感有些反胃地想,我会甩掉你,抛下你,从你面前溜走,没入夜晚的蒂华纳迷宫。在这里,任何事都有可能发生,不管是糟糕至极的,还是美妙绝伦的。你绝对应付不了蒂华纳。连我都差点儿受不了。而我对它很熟悉,我的大部分时间和人生都是在夜晚的蒂华纳度过的。

瞧瞧我现在的结局吧,她苦涩地心想。我在人生里寻觅某种纯净而神秘的东西,结果却加入了敌方的阵营,与仇恨我们、统治我们的种族为伍。我们所谓的盟友,她心想。我们本该与他们开战才对。事到如今,我终于看清了这一点。如果我能在夏延郡与莫利纳里独自见面——并不是没有这个可能性,我会告诉他,告诉他我们选错了盟友,也选错了敌人。

"艾克曼先生。"她急切地转向维吉尔,"我必须去夏延郡,我有事要告诉秘书长。这件事与战争密切相关,会影响到我们所有人。"

维吉尔·艾克曼冷冷地说:"告诉我就好,我会转告他。这样更保险一些,你不可能见到他……除非你是他的亲戚,或是他的种。"

"事实上我是的。"凯茜说,"我是他的孩子。"她觉得自己理直气壮,毕竟地球上所有人都是联合国秘书长的孩子。所有人都期待着地球之父能带领他们走向和平。然而,他竟然失败了。

凯茜不再挣扎,跟着乔纳斯·艾克曼往外走。"我知道你是怎么想的。"她对乔纳斯说,"埃里克不在,我状态又这么糟,你想趁机占我便宜?"

乔纳斯笑了起来,"哦,那我们走着瞧吧。"在凯茜听来,他的笑声里毫无负罪感,反而充满自信。

"好啊。"她表示同意,心里却想着利利星探员康宁,"就看看你的运气如何,能不能成功和我搞上吧。我可不会为此打赌。"她没花力气去推开那只强硬地揽着她的肩的大手。就算推开了,它也还会回来。

"要说的话,"乔纳斯说,"看你的样子,我会以为你嗑了一种名叫JJ-180的药,但我知道那不可能。"他又补充,"因为你不可能搞到那东西。"

凯茜瞪着他,"什——"她说不下去了。

"那是种毒品,"乔纳斯说,"是我们旗下的一家子公司开发的。"

"不是雷格人发明的?"

"弗洛芬那君,也就是JJ-180,是去年在底特律研制出来的。研发公司隶属TF&D,名叫'黑泽丁'。它是战争中的重要武器。或者说,等批量生产以后,它会是的。今年下半年就开始生产了。"

"是因为,"凯茜麻木地说,"它的成瘾性特别强?"

"才不是。从鸦片衍生物开始,大多数毒品都会让人上瘾。是因为它会导致使用者产生特殊的幻觉。"乔纳斯解释道,"它是致幻类毒品,就像迷幻药。"

凯茜说:"给我讲讲,它会产生什么样的幻觉?"

"不行,这是机密军事情报。"

凯茜尖锐地笑了起来,然后说:"老天!看来我只能亲自尝尝才知道了。"

"那怎么行?它还没上市,就算上市了,我们也绝对不会给自己人用——那东西能致命!"乔纳斯瞪着她,"就算只是嘴上说说都不行。所有注射了那种毒品的实验动物都死了。忘了这件事吧,就当我没说过,我还以为埃里克已经告诉你了——是我的错,我不该提起它。只是你的表现真的很奇怪,让我想起了JJ-180。因为我很害怕——我们都很害怕,怕我们中的某个人,想办法把它搞到了地球市场上。"

凯茜说:"但愿不会发生这种事。"她仍然觉得想笑,整件事荒唐极了。利利星人在地球上搞到了这种毒品,却假装是从雷格人那里弄来的。可怜的地球,她心想。就连这种东西,他们都不肯承认是我们的功劳——这种危害性极大、足以摧毁头脑的化学物质,正如乔纳斯所说,这将会是战争中的强大武器。谁在使用它？我们的盟友。用在谁身上？我们自己。太讽刺了，真是一个完整的循环。而第一个对其成瘾的是个地球人，这才算得上是宇宙的正义。

乔纳斯皱起眉，说："你问我JJ-180是不是敌人研发的，这说明你已经知道它的存在了。所以埃里克确实跟你讲过。不过没关系，它的存在并不是机密情报，它的特性才是。雷格人也清楚，我们研究药品在军事中的应用有几十年了，从二十世纪就已经开始。这可以说是地球的一项专长。"他吃吃地笑了起来。

"也许我们终将胜利。"凯茜说，"这总能让基诺·莫利纳里开心了吧。如果能有几种神奇的新武器帮忙，他也许还能连任。他很看重这东西吗？他知道这件事吗？"

"莫利纳里当然知道，黑泽丁一直在向他报告研发进展。看在老天的分上，你可别——"

"我不会给你惹麻烦的。"凯茜说。但我可以让你也染上JJ-180的毒瘾，她在心里说。那是你活该。所有在研发过程中做过贡献的人、知道它存在的人，他们都活该。接下来二十四小时，好好在旁边陪我吧。她心想。和我吃饭、上床，等二十四小时结束，你会和我一样在劫难逃。然后，她心想，也许我可以让埃里克也染上。他比其他任何人都更应该染上。

我就带着药去夏延郡好了，凯茜如此决定。让那里所有人都染上毒瘾,包括"鼹鼠"和他的随从们。而且这样做自有正当的理由。

这样一来,他们就会被迫寻找一种方法,来成功戒除这种毒瘾。因为这对他们每个人来说都生死攸关,而不只关乎我的生死。如果成瘾的只有我,没人会认为这件事有做的价值。就连埃里克也不会做出任何努力,康宁那伙人更不在乎——没有任何人在乎我的死活,说到底就是这么回事。

当康宁和他上面的人决定派她去夏延郡,恐怕没想过这一点。很遗憾,她已经打定主意要这么做了。

"我们会把药投入他们的供水系统。"乔纳斯解释道,"雷格人拥有规模巨大的中央供水系统,像火星过去所做的那样。我们会把JJ-180投放进去,让他们的整个星球都感染毒瘾。我承认,这听起来有点儿不择手段了。怎么说呢,一项规模宏大的壮举。但说实话,这是非常理智而合理的举动。"

"我可没说这计划不好。"凯茜说,"老实说,这主意棒极了。"

电梯到了。两人走进去,电梯开始下降。

"地球上的普通老百姓是多么无知啊。"凯茜说,"他们高高兴兴地正常生活……做梦都想不到政府已经发明了一种药,能把人变成——怎么形容才好呢,乔纳斯? 变成连机器人都不如的行尸走肉? 反正肯定不如正常人。不知道在进化阶梯上,这种生物应该摆在什么地方。"

"我可没说过JJ-180吃了会上瘾。"乔纳斯说,"肯定是埃里克告诉你的。"

"应该和侏罗纪时期的蜥蜴摆在一起吧。"凯茜下了结论,"脑袋特别小,尾巴特别大。几乎没什么思想,只是些完全依靠条件反射的机器,摆出一副活着的模样,其实并不真正地存在于世。你说呢?"

"嗯,"乔纳斯说,"被感染的是雷格人,我可不会为了雷格人浪费感情。"

"无论是谁,"凯茜说,"只要染上了JJ-180的瘾,我都会一样同情他。我恨那种东西,真希望——"她没再说下去,"别在意。我只是因为埃里克离开而烦心,很快就会没事的。"她在心里暗自想着,不知道什么时候才能有机会去找康宁,要来更多的小胶囊。她已经成了瘾君子,这毫无疑问。她必须面对这个现实。

她已经彻底放弃了挣扎。

经过夏延郡政府一系列秘而不宣的安排,埃里克·斯威特森特医生住进了一间整洁的现代化共寓,只是共寓的面积极为狭小。正午时分,他在共寓里读完了新病人堆积如山的病历,所有记录都以"布朗先生"来指代这位患者。埃里克将文件放回牢不可破的塑料箱中,上了锁,思考着读到的内容:布朗先生病得很重,但以常规医疗手段无法诊断他到底得了什么病。在过去几年中,患者的某些重要器官出现过疾病症状,但那些症状不可能是由心身症引起。这才是奇怪的地方,而提加登却没提前告诉他。他得过肝癌,癌细胞还转移了,可是布朗先生并没有死。恶性肿瘤就那么消失了。或者说,恶性肿瘤如今已不在那里,过去两年间的体检证明了这一点。他们甚至还进行了一次探索性的手术,结果发现布朗先生的肝脏健康极了,连男人到了这个年纪理应出现的正常功能衰退都没有。

那简直是一个刚十九、二十岁的年轻人的肝脏。

其他临床检查显示,他的其他器官也出现了同样的诡异现象。然而,布朗先生的整体健康却在逐步恶化。他以肉眼可见的速度逐渐衰弱,外表看起来比实际年龄要衰老得多,全身都散发出病入膏肓的气息。这感觉仿佛是在生理上,他变得越来越年轻,但他的内核、他的精神格式塔,却在自然老去,事实上是急速地衰竭崩溃。

无论维持他器官健康的是什么力量,除了让他几经重病——最近的肝部恶性肿瘤、更早之前的脾脏恶性肿瘤,还有他三十多岁时根本没查出来的、足以致命的前列腺癌——但都幸免于难这点,布朗先生并没能从中获得其他益处。

布朗先生还活着,但也只是勉强活着。他的身体早已疲惫不堪,正在不断恶化。拿他的心血管系统来说吧。尽管布朗一直在口服血管扩张剂,他的血压仍然是220,视力已经受到极大影响。然而,埃里克想道,布朗毫无疑问会战胜这一疾病,像以前每一次那样。即便他不按医嘱饮食、吃了利舍平也没有反应,这些症状也迟早会消失得无影无踪。

最值得注意的事是,布朗先生几乎得过所有已知的重大疾病,从肺部的血管梗死到肝炎一应俱全。他仿佛是行走的疾病综合展示体,从来没有过健康的时候,生理功能也从来没有正常过。无论何时,他的体内总有某个重要器官在经受疾病的折磨。但是到了最后——

不知道通过什么方法,他总能自我痊愈,连人造器官都用不上。也许布朗接受了民间传统的顺势疗法①、用了些不靠谱的草药偏方,只是从来没对围着他打转的医生们提起过。恐怕他永远也不会提。

布朗必须生病。他是真的有疑病症②。他有歇斯底里的症状,但还不仅如此,他还会真的患上在一般情况下足以置人于死

---

① 使用在健康人身上会引起某种疾病的药剂,来治疗该疾病。

② 疑病症以担心或相信患有一种或者多种严重躯体疾病为主要的临床表现。

地的绝症。如果这只是歇斯底里症，是单纯的心理疾病，那埃里克还从没见过如此严重的例子。尽管如此，埃里克仍然本能地感觉到：这些疾病并非平白无故地出现。它们诞生于布朗先生精神世界那复杂而不为人知的深渊。

在布朗先生的人生中，他已经让自己得了三次癌症。可是，他是怎么做到的？还有，他为什么要这么做？

也许这来自于他对死亡的渴望。但布朗先生每次都在最后关头停了手，将自己从生死边缘拉回人间。他必须生病，但未必非死不可。既然如此，他的自杀愿望就只是个幌子。

认清这点很重要。如果事实真是这样，布朗先生就会极力求生，与原本请埃里克到这里来的目的对着干。

这样一来，毫不夸张地说，布朗先生会是一位极其难对付的患者。毫无疑问，这一切都发生在他的潜意识层面。布朗先生一点儿也没察觉到自己被两股矛盾的力量拉扯着。

共寓的门铃响了。埃里克走过去开门。出现在他面前的是一位身着整洁西装，官员模样的男人。他拿出证件表明身份，解释道："我是一名特工，斯威特森特医生。莫利纳里秘书长需要你。他正处于极大的痛苦中，我们必须马上动身。"

"没问题。"埃里克冲到衣橱间拿了外套，随即和特工一起快步走向停在楼下的车。"还是腹部疼痛吗？"埃里克问道。

"现在似乎转移到他的身体左侧了。"特工转动方向盘上了路,"在心脏一带。"

"他是怎么形容的,像有一只巨大的手压在他身上?"

"没有,他只是躺在床上呻吟,叫我们来找你。"特工的语气十分冷静,显然已经见过这种场面不少次。毕竟秘书长已经久病多时。

没过多久,他们就抵达了联合国白宫,埃里克通过内部通道下了楼。如果我能给他植入人造器官就好了,他心想,这样一切问题就都解决了——

但读过病历后,他很清楚,为什么莫利纳里拒绝一切形式的器官移植。如果他接受了移植手术,他就会恢复健康。这样一来,他在疾病与健康之间游移的状态就会消失,自身存在的不确定性也一样。两股相互矛盾的作用力会决出胜负,只剩下健康那一方。微妙的精神平衡一旦打破,莫利纳里将沦为体内两股斗争势力中胜者的阶下囚。他无法承担这样的结果。

"这边走,医生。"特工领着埃里克穿过一条走廊,来到一扇门前,门外站着好几名身着制服的警察。他们让开了路,埃里克走进门。

基诺·莫利纳里仰面躺在房间中央的一张凌乱的大床上,正盯着天花板上悬挂的电视。"我要死了,医生。"莫利纳里转过头

121

来,说道,"现在疼的是心脏。也许一直都是心脏。"他红润的大脸上满是汗水。

埃里克说:"我们会给你做心电图。"

"不,十分钟前我刚做过,什么也看不出来。我的病你们那些仪器是测不出来的,但这并不代表我没病。我听说过,有些人患有严重的冠心病,照了心电图也没用。实际就是这么回事吧?听着,医生。有些事你不知道,但我知道。你想知道我为什么会有这些疼痛的症状。我们的盟友,战争中的搭档,他们制订好了一项宏大的计划,夺取蒂华纳皮草染色公司的控制权就是计划的一部分。他们连合同都给我看过了——可见他们多么有信心。你们公司里已经被安插进了他们的特工。我告诉你这件事,是为了以防万一,这病不知道什么时候就会要了我的命。我什么时候死掉都不奇怪,这你也清楚。"

"你告诉维吉尔·艾克曼了吗?"埃里克问。

"我本来要说,可是——老天,他那么大年纪了,该怎么开口才好呢?他根本不懂所谓全面战争意味着什么。占领地球的主要企业?这算不了什么。这才刚刚开始呢。"

"既然我知道了,"埃里克说,"我觉得还是应该告诉维吉尔。"

"好啊,告诉他吧。"莫利纳里声音嘶哑地说,"也许你能开得了口。在华盛-35,我本来要说的,可是——"他疼得翻了个身,"帮帮忙吧,医生,我要死了!"

埃里克给他的静脉注射了吗普罗卡因①,联合国秘书长安静了下来。

"你都不知道,"莫利纳里语调和缓地嘟囔道,"那帮利利星人给我找了多少麻烦。我可是拼了命让他们别来烦我们,医生。"他又补充,"我感觉不到疼痛了,看来你打的这一针很有效果。"

埃里克问道:"他们什么时候会对TF&D下手?很快吗?"

"再过几天,或许是一周。谁知道呢,计划很灵活。计划的目的是制作一种他们感兴趣的药……你恐怕没听说过,我也没听说过。说实话,我现在完全被蒙在鼓里,医生。我对自己的真实处境一无所知。没人跟我说实话,就连你也一样,比如我到底得了什么病——我打赌,你也不会告诉我。"

埃里克对在一边旁观的特工说:"这附近哪儿有可视电话亭?"

"你别走。"莫利纳里从床上半坐起来,"我能感觉出,疼痛马上就会回来的。我想派你去找玛丽·赖内克,叫她过来。我现在感觉好些了,我有事要和她谈。是这样的,医生,我还没告诉她,

---

① 自造词,吗啡和普洛卡因的合体,后者是种麻醉药物。

没说我病得有多厉害。你也别告诉她，她心中必须要保留我的完美形象才行。女人就是这样，要爱一个男人，就必须崇拜他、美化他。明白吗?"

"可是她看见你卧床不起，难道不会——"

"哦，她知道我病了，只是不知道这病有多致命。懂了吗?"

埃里克说:"我保证，我不会告诉她这病致命。"

"这病致命吗?"莫利纳里警觉地睁大了眼睛。

"就我所知不会。"埃里克说，接着又谨慎地补充，"说起来，我在你的病历中读到，你曾患过好几种致命的重病，包括癌——"

"我不想谈这件事。每次想起我得过多少次癌症，我总会心情抑郁。"

"我认为——"

"我活下来了，所以我应该兴高采烈才对? 不。下次我也许就没法再躲过去了。我是说，我迟早有一天会死，而且是在我的任务完成之前。然后地球会变成什么样? 你想想吧，你来做个合理的猜想。"

"我去帮你联系赖内克小姐。"埃里克边说边走向门口。一名特工走过来，领他去打可视电话。

两人出门进了走廊，特工低声地说:"医生，三楼有人病了。一名白宫厨师在一小时前陷入了昏迷，提加登医生正陪着他，想让你过去一起会诊。"

"没问题。"埃里克说,"我先去看看病人,再打电话。"他跟着特工进了电梯。

在白宫药房,埃里克见到了提加登医生。"我需要你。"提加登一见到他就说,"因为你是人造器官专家。这明显是急性心绞痛,我们必须立即进行器官移植。我想你应该至少带了一个人造心脏吧。"

"带了。"埃里克喃喃道,"这位患者有心脏病史吗?"

"两周前有过一次心脏病发作,但不是很严重。"提加登说,"在那之前没有。发病后,我们给他每天服用两次多敏尼耳[1],他也有所好转。但现在——"

"这个人的心绞痛和秘书长所感觉到的疼痛是什么关系?"

"'什么关系'? 有关系吗?"

"你不觉得奇怪吗? 两个人都在差不多的时间出现剧烈腹痛[2]……"

"可是麦克尼尔,也就是这位患者,"提加登领着埃里克走到病床边,"病因非常明确。而对于莫利纳里秘书长,我们不能做出同样的诊断,他的症状完全不一样。我并不认为两者之间有什么

---

① 自造药名。

② 此人出现的是心绞痛,但原文中就是"腹痛",原因不详。

联系。"提加登补充道，"这地方让人高度紧张，医生，经常有人生病。"

"但我仍然觉得——"

"不管怎样，"提加登说，"这纯粹是技术问题。只要移植一颗新心脏，事情就解决了。"

"可惜楼上的那位没这么容易解决。"埃里克俯身望向床上的患者——麦克尼尔。这个人得的病和莫利纳里想象自己得的病一模一样。哪一边在先？埃里克思考着。麦克尼尔还是基诺·莫利纳里？哪边是因，哪边是果？当然，前提是这样的联系确实存在。正如提加登所说，这是个相当牵强的猜想。

但也许有必要了解一下，当基诺患上前列腺癌时，他周围是否也有同样患上前列腺癌的人？还有他得过的其他病：癌症、梗死、肝炎等等。

也许有必要去翻翻白宫员工的病历，埃里克下了结论。

"移植手术需要我吗？"提加登问他，"如果不需要，我就去楼上照顾秘书长了。有位白宫护士可以给你当助手，她刚刚走开不久。"

"不需要。我想要一份所有本地随行人员的疾病记录。所有和莫利纳里有日常接触的人，包括内部员工和频繁造访的宾客，不管他们担任的是什么职务。能办到吗？"

"员工的记录没问题。"提加登说,"访客的没办法,我们可没有客人的病历。想也知道。"他盯着埃里克。

"我有种感觉,"埃里克说,"一旦麦克尼尔接受了心脏移植,秘书长的疼痛就会消失。将来的记录会显示,秘书长的重度心绞痛是在今天痊愈的。"

提加登的脸上神色变换,让人无法读懂。"啊,"他耸了耸肩,"玄学和外科手术。你这组合可真特别啊,医生。"

"你觉得有没有可能是这样的情况——莫利纳里的同情心如此强烈,以至于他会患上身边每个人得的疾病?我不是说精神上的幻想,而是真正地得病,被传染。"

"并没有这样的同情能力存在。"提加登说,"如果你非要将这种情绪拔高成'能力'的话。"

"但你也读过他的病历。"埃里克轻声指出。他打开器械箱,开始组装人造心脏移植所需的自我引导式智能工具。

7

手术中，需要他亲自动手的部分半小时就结束了。然后，在两名特工的陪伴下，埃里克·斯威特森特动身前往玛丽·赖内克所住的共寓。

"她很蠢。"走在他左侧的特工没来由地说了一句。

另一名特工年纪更大，头发也更灰白一些。他说："'蠢'？她知道怎么让'鼹鼠'动起来，之前可从来没人想明白过。"

"没什么可想的。"年轻些的特工说，"他们俩只是两个蠢货聚到了一起，合起来成了个大蠢货。"

"哈，蠢货。他当上了联合国秘书长，你以为你小子，或是你认识的哪个人也能当上？这就是她的共寓。"第二个特工停住脚，示意旁边的门，"看见她的时候，你别显得太惊讶。"他警告埃里克，"我是说，你会发现她还是个小孩。"

"我听说了。"埃里克按响了门铃,"我都知道。"

"'你都知道'。"他左侧的特工嘲笑道,"还没见过她就都知道了,挺优秀啊。等'鼹鼠'哪天终于不行了,也许你能当上下一任联合国秘书长呢。"

门开了。出现的是一个肤色黝黑的漂亮姑娘,身材娇小得惊人。她穿着红色的男式丝绸衬衫和锥形紧身长裤,衬衫下摆垂在外面。她手里拿着一把指甲钳,显然正在修剪指甲。埃里克看到,她的指甲长而富有光泽。

"我是斯威特森特医生,基诺·莫利纳里手下的新员工。"埃里克差点儿说出"我是你父亲手下的新晋员工",还好及时改了口。

"我知道。"玛丽·赖内克说,"他感觉很糟,想见我。稍等一下。"她转头寻找外套,暂时消失在室内。

"高中生。"埃里克左侧的特工摇头说,"如果是普通人,这可是一级重罪。"

"闭嘴。"他的同伴怒斥道。玛丽·赖内克重新出现在门口,身上多了一件深蓝色的海军式大衣,纽扣很大,看起来十分沉重。

"两个聪明家伙。"玛丽对两名特工说,"你们走吧,我想和斯威特森特医生说说话,用不着你们支起大耳朵听着。"

"没问题,玛丽。"两名特工咧嘴笑着离开了,只剩下埃里克站在走廊里,陪着这个穿着厚重大衣、长裤和拖鞋的姑娘。

两人沉默地走了一会儿,玛丽说:"他怎么样了?"

埃里克谨慎地答道:"在很多方面都非常健康,几乎超越想象的健康。但是——"

"但他快死了。他总是快死了。生着病,但就是一直拖啊拖啊——我真希望这一切都能结束,他能——"她沉思着顿了顿,"不,我不希望那样。如果基诺死了,我就得卷铺盖走人,和他那帮堂亲表亲、叔叔舅舅、儿子女儿一样。这里占地方的废物太多了,他们会来一场彻底的大扫除。"她的话语里带着强烈的怨恨,埃里克吃了一惊,迅速地瞥了她一眼。"你是来给他治病的吗?"玛丽问。

"呃,我会努力。至少可以——"

"还是来给他——怎么说来着?最后那一下子。就是那个,致命什么的。"

"致命一击。"埃里克说。

"没错。"玛丽·赖内克点点头,"所以是哪种?你来是为了什么?还是你也不知道?你和他一样迷茫,是吗?"

"我并不迷茫。"沉默片刻后,埃里克说。

"这么说,你很清楚自己的职责。你是那个人造器官医师吧?顶尖的器官移植医师……我好像在《时代周刊》上读到过你。《时代周刊》上有好多好多知识，而且涵盖了所有领域，你不觉得吗？我每周都从头读到尾，一篇不落，特别是医学和科学专栏。"

埃里克说："你……还在上学吗？"

"我毕业了。高中，不是大学，我对所谓的'高等教育'没兴趣。"

"你将来想干什么？"

"什么意思？"她怀疑地看着埃里克。

"我是说，你将来打算做什么职业？"

"我不需要什么职业。"

"但你怎么知道呢。你不可能想到自己会有一天——"他挥了下手，"到白宫来。"

"我当然想到了。我一直都知道，从三岁起就知道了。"

"怎么会？"

"我小时候是超能力者——现在也是。我能预见未来。"她的语气很平静。

"现在也能预见？"

"能啊。"

"那你根本不用问我为何而来，你可以看看未来，看我到底做了什么。"

"你到底做了什么无足轻重，"玛丽说，"所以没有留下痕迹。"说到这里，她微微一笑，露出整齐洁白的牙齿。

"我不信。"他被她的话激怒了。

"那就当你自己的预言家吧。如果你对结果不感兴趣，或者无法接受，就别问我知道什么。白宫是个残酷的地方，有上百个人一天二十四小时都抢着争夺基诺的注意力。你只能不断挣扎，好在人群中脱颖而出。所以基诺才会生病——或者说假装生病。"

"'假装'。"埃里克说。

"他有歇斯底里症。你也知道那种病，他以为自己生病了，但其实没有。他用这种方法来摆脱那些烦人的家伙，说他病得太厉害，没法接待他们。"她发出快乐的笑声，"你肯定也知道，你都给他做过检查了。实际上他什么病也没有。"

"你读过他的病历吗？"

"读过啊。"

"那你应该也知道，基诺·莫利纳里前后得过三次癌症。"

"那又怎样？"她摆了下手，"臆想出来的癌症。"

"在医学领域，不存在这种——"

"在教科书和摆在眼前的事实之间，你会相信哪一边？"她认真地打量着他，"如果你想在这地方生存下去，你最好还是变成现实主义者,学会实事求是,认清现实。你以为提加登欢迎你来？你对他的地位造成了威胁,他已经在想办法让你名誉扫地了。还是说,你根本没发现？"

"嗯,"他说,"我没发现。"

"那你根本没戏唱了。提加登很快就会让你扫地出门,快得你都——"她住了口,前面不远处就是病房门,门口分两列站着特工队。"你知道为什么基诺会产生这些疼痛吗？这样一来,他就能成为众人的焦点,大家都会像照顾婴儿那样围着他团团转。他想当婴儿,这样他就不用担负成年人的责任了。懂了吗？"

"这种理论听起来很完美。"埃里克说,"但也过于轻率,随便什么人都能说——"

"但这是事实,"玛丽说,"在他身上是。"她挤过特工的队伍,打开门走进了屋。走到基诺床边后,玛丽低头看着他说:"赶紧起来,你个又肥又懒的混蛋。"

基诺睁开眼睛,迟缓地动了动,"哦,你来了。抱歉,可是我——"

"抱歉个头。"玛丽声音尖利地说,"你没病。起来！你真让我觉得丢脸,所有人都因你而丢脸。你只是害怕了,假装自己还是个宝宝呢——你这样让我怎么能尊敬你？"

过了一会儿,基诺说:"也许我并不指望你尊敬我。"面对女孩的激烈指责，他的语气里更多的是沮丧。然后他看见了埃里克。"你听见她说什么了吗，医生？"他阴沉地说，"没人能阻止她。我快死的时候，她就会到这里来，对我这么说话——也许这就是为什么我快死了。"他小心翼翼地揉着肚子，"我不疼了。我想是你给我打的那一针起了作用，那里面装的是什么？"

不是那一针，埃里克心想，而是在楼下给麦克尼尔做的手术。你的疼痛之所以消失，是因为白宫的一位助理厨师装了人造心脏。我猜得一点儿没错。

"如果你没事了——"玛丽开了口。

"好好。"莫利纳里叹了口气，"我会起床的。看在老天分上，你能不能别管我了？"他扭动身体，挣扎着要坐起来，"好了——我这就起床，你满意了吧？"他提高了音量，愤怒地喊道。

玛丽·赖内克转向埃里克，说："瞧见了吗？我能让他起床，让他像个男人一样站起来。"

"那真是恭喜你。"基诺颤颤巍巍地站了起来，闷闷不乐地嘟囔，"我不需要医生，只要有你在就够了。但我注意到，让疼痛消失的是斯威特森特医生，不是你。除了冲我大喊大叫，你还做过什么？我能恢复，完全是托了医生的福。"他走过玛丽身边，到衣橱前去找睡袍。

"他恨我。"玛丽对埃里克说，"但在心里，他知道我说得对。"

她看起来十分平静，极度自信。她将双臂交叠在胸前，盯着秘书长系好蓝色睡袍的腰带，穿上鹿皮拖鞋。

"这可是位大人物。"莫利纳里对埃里克低声说，然后冲玛丽一摆头，"要是光听她的话，你会以为一切都是她在管。"

"你就非得听她的话不可吗？"埃里克问道。

莫利纳里大笑起来，"当然了，不然呢？"

"如果不听又会怎么样？她会让天塌下来吗？"

"是啊，她会把房子都拆了。"莫利纳里点点头，"这是她的超能力……女人就是这样。你妻子凯茜也一样。我愿意让她待在我身边，我喜欢她。我不介意她对我大喊大叫——毕竟我确实起床了，也没觉得疼，她说得没错。"

"你每次装病我都能看出来。"玛丽说。

"跟我来，医生。"莫利纳里对埃里克说，"他们有东西要给我看，我想让你也一起去看看。"

他们在特工队的跟随下穿过走廊，走进一间有人把守的上锁的房间。埃里克意识到，这里是放映厅。屋里远处的墙面上装有一面面积庞大的固定可视屏。

"是我的演讲。"两人坐下后，莫利纳里对埃里克解释道。他挥了下手，录像带开始放映，影片被投射在大屏幕上。"明晚将在所有电视频道上播出。我想提前听听你的意见，看看有什么地方需要改。"他狡黠地瞥了埃里克一眼,仿佛话里有话。

他为什么想听我的意见?埃里克暗自思考,看着联合国秘书长的影像占据了整张屏幕。作为地球武装力量的总元帅,"鼹鼠"衣着正式,佩戴着无数勋章、臂章和绶带,最显眼的还是头上呆板僵硬的元帅帽。帽舌遮住了他下颌宽大的圆脸,只露出脏兮兮的下巴,神色阴沉得令人不安。

不可思议的是,他下颌上的肉并不松弛,相反很紧致,显出他是个意志坚定的人。埃里克实在想不出造成这种变化的原因。屏幕上这张脸如岩石般凝重肃穆,一种埃里克从未在"鼹鼠"身上见过的内在的威严使其显得更加严厉……他见过这种威严吗?

见过吧,他心想。但那已经是多年以前的事了,"鼹鼠"那时刚刚上任,比现在年轻得多,肩上也还没担起那些令人崩溃的责任。屏幕上的"鼹鼠"开始讲话,他的声音——那是来自过去的原声,和他十年前的嗓音一模一样,那时这场败局已定的残酷战争还没开始。

在埃里克身边,莫利纳里坐在海绵乳胶的大椅子里一边吃吃笑,一边对他说:"我的样子不错吧?"

"确实不错。"演讲还在继续,他的话音铿锵有力,有时甚至还流露出些令人敬畏的雄伟气势。那正是如今的莫利纳里失去的东西。他变成了一个令人怜悯的对象。屏幕上，一身军装的成熟男人极富威严地慷慨陈词，话语间毫无停滞，清晰地表达着意见。录像带中的联合国秘书长时而解释情况、时而发号施令，毫无恳求之意，也没有请求地球选民的协助……他直截了当地告诉大家，他们应该怎样做，才能应对如今的危机。这才是他应当展现的样子。可这效果是如何达到的？这位整日忧心忡忡、哀求不止、长期饱受病痛折磨的重症患者，是如何打起精神完成这场演讲的？埃里克大惑不解。

莫利纳里在他身边说："那是个冒牌货，不是我。"他愉快地笑着，看着埃里克。后者瞪着他，又看了看屏幕。

"那他是谁？"

"谁也不是。它是个机器人，通用机器仆人总公司特别为我造的。这次演讲是它第一次在世上亮相。造得相当不错，和以前的我一模一样。光是看它讲话，我就觉得年轻多了。"埃里克注意到，联合国秘书长的样子确实更像以前的他了。光是坐在那里看仿生人演讲，他就变得振奋起来。"鼹鼠"完全沉迷在赝品的演出中，比其他任何人都陷得更深。他是这位仿生人在世上的第一个信徒。"想不想亲眼看看这东西？当然，这是最高机密，只有三四个人知道这件事。当然，还有 GRS 公司①的道森·卡

---

① 上文中通用机器仆人总公司的缩写。

特。但他们会保密，他们已经习惯了在承包战争相关合同的时候处理机密情报。"他拍了拍埃里克的后背，"这下你也成了知道国家机密的人，这感觉怎么样？这就是现代国家的运转方式。总有些选民不知道、也不应该知道的事情，这是为了他们好。不止我的政府，所有政府都这样。你以为只有我才会这么干吗？如果你真的这么想，你要学的东西还多着呢。我之所以要让机器人代我演讲，是因为此刻的我无法——"他挥了下手，"呈现出恰当的视觉形象，就算化妆师再怎么努力也没用。办不到的就是办不到。"他变得阴沉起来，语气中的笑意也消失了，"所以我放弃了。我一直很现实。"他闷闷不乐地坐回椅子里。

"讲稿是谁写的？"

"我写的。别看我这样，写个政治宣言还没问题。告诉大家我们如今立场如何，前景如何，即将采取哪些行动。我的脑子还好好的。""鼹鼠"敲了敲自己高高凸起的额头，"当然，我也找了人帮忙。"

"帮忙？"埃里克重复。

"这人我想让你也见见。他是位年轻律师，非常聪明，无偿担任我的机密顾问。这位奇才名叫唐恩①·费斯顿伯格。相信你会和我一样欣赏他。他的天赋在于将需要表达的意思进行重组、浓

---

① 唐纳德的简称。

缩和提炼，再用短短几句话准确地讲出来……大家都知道，我总会不知不觉就讲得太啰唆。但现在不会了，因为有费斯顿伯格帮我。是他设定好了这个仿生人。说真的，他救了我的命。"

屏幕上，他的人造形象还在以不容分说的口吻讲着："——将不同民族，不同社会的精英集中在一起，我们地球人就能组成一道不可逾越的屏障，远不止表面上看起来只有一颗行星那么简单。必须承认，我们目前的规模还赶不上利利星那样的星际帝国……然而——"

"我——我还是不看仿生人的好。"埃里克下了决定。

莫利纳里耸耸肩，"这是个好机会。但如果你不感兴趣，或者觉得难以接受——"他斜眼瞥着埃里克，"你宁愿保留着我在你心中的理想形象，宁愿把屏幕上讲话的那东西当成真的我。"他大笑起来，"我还以为医生和律师、牧师一样，能直面生活真实的样子，承受它所带来的打击呢。我还以为真相对你来说就和每天吃的面包一样不可或缺。"他热切地向埃里克俯过身，椅子在他体重的压力下吱呀作响，"我太老了。我没法再发表出色的演讲，尽管老天知道我有多么渴望。这是一种解决方式。难道干脆放弃会更好么？"

"不会。"埃里克承认。那样没法解决他们所面临的问题。

"所以我用机器人替身，让他念出唐恩·费斯顿伯格设定好的台词。重点在于：我们会不断往前走。这才是最重要的。所以你最好学会接受现实，医生，成熟一点儿吧。"他的表情变得冷酷无情，坚不可摧。

"好。"过了片刻，埃里克说。

莫利纳里拍了拍他的肩，低声说："利利星人不知道这个仿生人的存在，也不知道唐恩·费斯顿伯格所做的事。我不希望他们发现，医生，因为我想让他们也大开眼界。你明白吗？其实我已经把这份录像带给利利星寄了一份，现在已经在路上了。你想听实话吗，医生？老实说，比起我们自己的人民，我更在乎利利星人的看法。对此你怎么想？可以跟我实话实说吗？"

"我觉得，"埃里克说，"这准确地说明了我们目前所处的困境。"

"鼹鼠"阴沉地看着他，"也许是吧。但你还没意识到的是，这种事根本算不了什么。如果你知道——"

"别再告诉我更多信息了。至少现在别讲了。"

基诺·莫利纳里的仿制品在屏幕上声若洪钟地提出种种告诫，对看不见的观众做着各种手势。

"好，好。"莫利纳里表示同意，态度缓和下来，"抱歉拿我的麻烦事让你烦心。"他的脸在沮丧中变得比之前更加疲惫，皱纹也增多了。他将注意力转回屏幕上，看着那个健康而活力充沛的形象,看着那个彻头彻尾人工制造的曾经的自己。

在共寓的厨房里,凯茜·斯威特森特艰难地拿起一把小刀,想切紫洋葱。她随即难以置信地发现,自己不知怎的切到了手指。她无语地拿着刀,看着猩红色的血珠从手指上滑落,与溅在手腕上的水滴汇在一起。她连最普通的物体都控制不了了。可恶的毒品!她怨愤地想。每过一分钟,它都让我变得更加无力。现在一切都超出了我的掌控。这他妈让我怎么做晚饭?

乔纳斯·艾克曼站在她身后,担忧地说:"我们得替你想点儿办法了,凯茜。"他看着凯茜走到卫生间去拿创口贴,"你又把创口贴撒了一地,你连这东西都拿不稳。"他抱怨道,"如果你告诉我到底是怎么回事,是什么——"

"帮我把创口贴贴上,行吗?"凯茜沉默地站着,让乔纳斯包扎好她流血的手指。"是JJ-180。"她突然毫无预兆地脱口而出,"我上瘾了,乔纳斯。是利利星人干的。救救我吧,帮我戒掉它,好吗?"

乔纳斯大为震惊。他说:"我——我不知道该怎么做。它才刚刚开发出来。当然,我们可以立即联系那家分公司。全公司都会帮你的,包括维吉尔。"

"那你现在就去找维吉尔谈谈。"

"现在？你已经没有时间观念了，凯茜。是这毒品让你觉得一刻也等不了。我明天见他也不晚。"

"去他的，我才不要死在这种毒品上。你最好今晚就去见他，乔纳斯，听见了吗？"

过了片刻，乔纳斯说："我给他打个电话。"

"有人监听。是利利星人。"

"你这是毒品造成的妄想。"

"我怕他们。"凯茜浑身颤抖，"他们无所不能。你必须亲自去见维吉尔，乔纳斯，光打电话可不行。还是说，你根本不在乎我会怎么样？"

"我当然在乎！好吧，我现在就去见老家伙。可你一个人待在这儿没问题吗？"

"嗯。"凯茜说，"我就坐在厅里，什么也不干。我就在这儿等你回来，等你想办法来帮我。我就坐着什么也不干，会有什么事儿？"

"你可能会陷入病态的过激状态，陷入恐慌……拔腿就跑。如果你真的吃了JJ-180——"

"是真的！"凯茜大声说，"你以为我在开玩笑？"

"好吧。"乔纳斯妥协了。他领着凯茜走到客厅的沙发旁边，扶她坐下，"老天，但愿你会没事——但愿我的选择没错。"他大汗淋漓,脸色苍白,忧虑得整张脸都皱了起来,"半小时后见,凯茜。老天爷,万一出了什么意外,埃里克永远也不会原谅我,我也不会因此怪他。"共寓的门在他身后关上了。他连句再见都没说。

只剩下凯茜一个人了。

她立即走到可视电话边,拨了号。"出租车。"她说了地址,挂了电话。

不久,她就将外套搭在肩上,快步走出大楼,走上了夜色中的人行道。

全自动出租车到达后,她拿出康宁给的名片,把上面的地址告诉了它。

如果我能拿到更多的药,她心想,我就能变得头脑清醒,理智地考虑接下来该怎么做。现在我根本无法思考。在这个状态下,我做的任何决定都只会大错特错。我至少也要先恢复正常状态——不,恢复理想状态,否则我就无法做计划、无法活下去,注定死路一条。我知道,她恨恨地想,摆脱这一切的唯一出路就是自杀,最长也只需要几个小时。在那么短的时间里,乔纳斯不可能救得了我。

她意识到:唯一能甩开他的方法就是像我所做的那样,把上瘾这件事坦白告诉他。不然他会一直待在我身边,我永远也没有机会去找康宁。我为自己制造了机会。但现在两位艾克曼知道了我到底是怎么回事，他们会更努力地阻止我去夏延郡找埃里克。也许我今晚就该动身出发，连家都别回了。拿到胶囊就走。抛下属于我的一切。

一个人能发狂到什么程度？她如此问自己。只吃了一次JJ-180，我就已经这样了。如果连续服药……如果吃了第二次，又会怎么样呢？

天可怜见，眼前的未来一片混沌。她根本无从猜测。

"您的目的地已到达，小姐。"出租车停在了一座建筑的屋顶停靠站上，"总共收费一美元二十美分，外加二十五美分的小费。"

"你可以和你的小费一起去死了。"凯茜说，打开钱包，双手不停地颤抖，差点儿连钱都拿不出来。

"是，小姐。"全自动出租车顺从地说。

她付钱下了车。一盏昏暗的指示灯指出了下楼的通道。利利星人住的楼也太破了吧，她心想。这里的规格对他们来说实在太低，他们肯定在假扮地球人。唯一能让人感到安慰的是，和地球一样，利利星也一样是战争中的输家，终将一败涂地——尽管这种安慰里也掺杂着苦涩。凯茜反复咀嚼着这个念头，加快了脚步，感到更加自信了。她对利利星人的感情不仅是仇恨，在这一瞬间，她蔑视他们。

如此做好心理准备后，她来到了利利星人的共寓前，按响了门铃。

开门的是康宁本人。凯茜看到,他身后还有其他几位利利星人。他们显然正在开会。这是场秘密集会,她在心里说。我打扰他们了。活该,是他让我来的。

"斯威特森特夫人。"康宁转向后面的几个人,"这名字很不错吧①? 进来吧,凯茜。"他将门完全打开了。

"我就待在这儿,把药给我。"凯茜站在走廊里没动,"我正在去夏延郡的路上,你应该高兴才对。别浪费我的时间。"她伸出手。

难以置信的是,康宁脸上闪过一丝怜悯。他随即极富技巧地掩饰住了自己的表情,但凯茜还是看到了。比起之前发生的一切,包括成瘾和药效褪去所带来的痛苦,没有什么比康宁的怜悯更让她震惊。连利利星人都会为此动容……她整个人都畏缩起来。哦,老天啊。她心想,我真的惹上大麻烦了。我一定离死不远了。

"听着,"她理智地说,"我总有一天能戒掉毒瘾。我知道你们撒了谎。这种毒品产自地球,根本不是敌军造的。我们的分公司迟早会想出办法,让我重获自由。所以我一点儿都不怕。"她等在门口,康宁去拿药了。至少她希望他是去拿药了,反正他

① Sweetscent,意为"甜美的气味"。

消失不见了。

另外一个利利星人悠闲地看着她说:"就算让那药在利利星上流通十年,也没有一个人会沦陷。没有谁的精神会如此脆弱。"

"是啊。"凯茜表示同意,"这就是你们和我们的区别。我们外表长得差不多,但你们内心坚强,我们则脆弱不堪。哇哦,真嫉妒你们。康宁先生还要多久才会回来?"

"马上。"利利星人说。他转向一个同伴,"她长得挺漂亮。"

"是啊,和动物一样漂亮。"另外那个利利星人回答,"你喜欢漂亮动物?所以他们才把你派到这里来?"

康宁回来了,"凯茜,我给你三颗胶囊。你一次只能吃一颗,否则它的毒性会对你的心脏运转造成致命的影响。"

"好。"她接过胶囊,"我现在就吃一颗,能给我杯水吗?"

康宁倒了杯水给她,同情地看着她吞下胶囊。"我吃它,"凯茜解释道,"是为了让头脑保持清醒,好计划下一步怎么做。我有朋友会救我。但我还是会去夏延郡,因为一言既出,驷马难追,就算对方是你也一样。能不能告诉我那边的联系人是谁?你懂我的意思,如果我需要更多的药,谁来提供?我是说,万一我需要的话。"

"夏延郡没有人能帮你。如果你的三颗胶囊都吃完了,恐怕得自己回到这里来。"

"看来你们在夏延郡的卧底还不够多嘛。"

"是啊。"她的话看起来没能影响到康宁。

"再见。"凯茜边说边往外走,"瞧瞧你们那德行。"她冲共寓里的那几个利利星人说,"老天,你们真让人恶心,这么狂妄自大。这算什么胜利——"她没再说下去,说下去又有什么用呢?"维吉尔·艾克曼已经知道我的情况了。我打赌,他会有办法的。他是个大人物,根本不怕你们。"

"好吧。"康宁点着头说,"好好珍惜这种令人心安的幻想吧,凯茜。但你不许再告诉其他人,如果你说了,之后就没有胶囊了。你本来也不该告诉那两位艾克曼先生,但这次我不会追究。毕竟药效消退会让你神志恍惚,我们也预想到会发生这种情况。你是在恐慌的状态下告诉他们的。祝你好运,凯茜。过不了多久,我们再联系。"

"你为什么不把下一步指示告诉她?"另一个利利星人在康宁背后说。他长得像只蟾蜍,睡眼惺忪,语速缓慢。

"她没法再记住其他东西了。"康宁说,"现在她就已经很辛苦了,你看不出她已经不堪重负了吗?"

"给她一个告别吻吧。"他身后的利利星人拖着步子向前走,提议道,"如果那还不能让她振作起来——"

共寓的门在凯茜面前砰然关上。

她在原地站了片刻,随即开始沿走廊走向上楼的斜坡通道。头真晕啊,她心想。我很快就会迷失方向,希望能及时叫来出租车。只要上了出租车,我就没事了。老天爷,她心想,他们对我的态度真是糟糕透顶。我应该在乎,但我实在没力气在乎了。毕竟我还有那两颗JJ-180;毕竟我还可以搞到更多。

这些胶囊就像是浓缩的生命本身,然而与此同时,它们所包含的一切都是由彻头彻尾的幻觉组成的。真是一塌糊涂。她麻木地想着,爬上屋顶,左右张望,寻找全自动出租车不断闪烁的红光。一塌——糊涂。

她找到了一辆出租车。在去夏延郡的路上,她感觉到JJ-180开始生效了。

最开始的效果令人莫名其妙。凯茜不禁想知道,能否根据这种效果推导出JJ-180真正的起效机制。她认为这一点至关重要,绞尽脑汁地想要弄个水落石出。药效清晰明了,却又意味深长:

她手指上的伤口消失了。

她坐在车里,对着原本受伤的地方看来看去,抚摸着那一小块光滑完整的皮肤。没有伤口,没有疤痕。她的手指变得和以前一模一样……仿佛时间倒流回了受伤之前。创口贴也不见了。

虽然她的理解力正在迅速退化，但创口贴消失这一点令她坚定了自己的猜想，让一切显得证据确凿。

"看我的手，"她对出租车命令道，举起自己的手，"看得出有哪儿受伤了吗？你会相信，我半小时之前刚割伤过手吗？"

"不，小姐。"出租车说道。它飞过亚利桑那州平坦的沙漠，向北驶往犹他州，"您看起来并没受伤。"

这下我明白这药有什么作用了，她心想，为什么它会让物体和其他人看起来仿佛失去了实体。它既不神奇，也不是简单的致幻药。我的伤口真的消失了——这不是幻觉。之后我还能记得这一点吗？也许这药会让我忘掉。要不了多久，等药效逐渐扩散，将我慢慢吞噬，我会发现——从来就没有过什么伤口。

"你有铅笔吗？"她问出租车。

"在这里，小姐。"她面前的椅背上有个空槽，里面吐出了便笺纸和夹在上面的笔。

凯茜小心翼翼地写道：JJ-180将我带回了割伤手指之前。"今天几号了？"她问出租车。

"五月十八日，小姐。"

她试图回忆这日期是否正确，但头脑一片混乱。她是不是已经忘了？还好她写了下来。她写下来了吗？便笺纸和笔一起躺在她的腿上。

便签上写着:JJ—180将我。

只有这几个字。剩下的笔迹越来越吃力、越来越潦草,和乱写乱画一样毫无意义。

凯茜心里清楚,不管她写的是什么,她已经完整地写下了那句话。她也许能回忆起那句话。她本能地看了看自己的手。但她的手和这字条有什么关系?"出租车,"她语速匆忙地问道,感觉自己的精神平衡正逐渐被侵蚀掉,"我刚才问你什么来着?"

"日期。"

"再往前呢?"

"您要了笔和纸,小姐。"

"再往前呢,还有吗?"

出租车似乎犹豫了一下,但这也可能只是她的想象。"没了,小姐,再往前就没有了。"

"关于我的手,我没说什么吗?"

这一次,出租车的电路出现了明显的停滞。最后它嘎吱作响地说:"没有,小姐。"

"谢谢你。"凯茜靠回座位上,揉着自己的额头心想,看来它也陷入了困惑。这说明这一切并非只是我的主观感受,而是某种混乱真的发生了,我和周围的环境都身处其中。

出租车开了口,仿佛在为未能帮上她的忙而道歉。"本次旅途将会持续好几个小时,小姐。您想不想看电视? 屏幕就在您面前,碰一下踏板即可激活。"

凯茜反射性地用脚趾尖一踩,屏幕瞬间亮了起来。出现在凯茜面前的是她熟悉的形象,人民的领导莫利纳里。他正在发表讲话。

"看这个台可以吗?"出租车问道,语调仍然充满歉意。

"哦,当然。"她说,"反正有他在那儿长篇大论,所有台放的东西都一样。"法律就是这样规定的。

但在这熟悉的景象中,仍然有什么地方让她感到说不出的诡异。她紧盯着屏幕,心想,他看上去年轻多了。我小时候看到的他就是这个样子——激情洋溢,活力充沛,用兴奋的语调大声讲话,双眼炯炯有神,目光中饱含强烈的情感。这是他最初的模样,没有人忘记,但在很久以前就已经不复存在。虽然事实如此,但她正亲眼看着他过去的形象重现在屏幕上,这让她陷入了极度的困惑。

这也是JJ-180干的好事吗? 她问自己,却得不出一个答案。

"您爱看莫利纳里先生吗?"出租车问道。

"嗯,"凯茜说,"我爱看。"

"请允许我冒昧猜测,"出租车说,"他会赢得这场竞选,坐上联合国秘书长的席位。"

"你个愚蠢的全自动机器。"凯茜语气轻蔑地说,"他都干了好多年了。"竞选?她心想。确实,"鼹鼠"的样子看起来像是几十年前,在竞选期间的那个他……也许是这一点导致了出租车的电路混乱。"抱歉,我不该那么说。"她说,"但你之前这二十二年上哪儿去了?一直在自动修理车间停着吗?"

"没有,小姐,我一直都在值勤。请允许我这么说,您的头脑似乎有些混乱。需要寻求医疗帮助吗?我们此刻还在沙漠地带,但很快就会经过犹他州的圣乔治镇。"

凯茜感到极度烦躁,"当然不需要,我很健康。"但出租车说得对。JJ-180已经开始全面起效。她觉得恶心想吐,于是闭上眼睛,用手指按住额头,仿佛想要抵挡住精神世界的不断扩张,阻止自己的主观存在进一步膨胀。我很害怕,她意识到。感觉我的子宫都要掉出来了。这次的药效比上一次的冲击力更大,感觉完全不一样,也许是因为上次还有别人,而现在只有我自己。但我必须忍住,如果我能做到的话。

"小姐,"出租车突然说,"能把目的地再告诉我一遍吗?我忘记了。"它的电路快速地运转,发出"咔咔"的响声,仿佛陷入了机械特有的焦虑,"请您帮帮我吧。"

"我不知道你要去哪儿。"凯茜说,"那是你的事,你自己想去。如果不记得,就绕着圈儿飞吧。"她为什么要在乎出租车去哪儿？那和她有什么关系？

"是C打头的地名①。"出租车怀着希望地提示道。

"芝加哥。"

"我觉得不是。但既然您确定的话——"出租车改变了方向，机械部件发出阵阵轰鸣。

你和我一样卷了进来，凯茜意识到，都患上了毒品引发的神游症。你犯了一个错误，康宁先生，你给了我，却又不派人看着我。康宁？谁是康宁？

"我知道我们要去哪儿了。"她大声说，"去康宁。"

"没有这个地名。"出租车断然说道。

"一定有。"凯茜感到一阵恐慌，"再查查你的数据库。"

"真的没有！"

"那我们就迷路了。"凯茜感到力不从心，"老天，这可糟透了。我必须今晚就赶到康宁去，可是却没有这个地方。我该怎么办？提点儿建议啊。我还指望着你呢，别让我一个人在这儿急得团团转——我觉得我快疯了。"

"我会向纽约的最高调度中心请求管理协助。"出租车说，"请稍等。"它沉默了一会儿，"小姐，纽约没有最高调度中心。就算有，我也无法成功联络上他们。"

①芝加哥和夏延郡都以C打头。

"那纽约有什么?"

"广播电台,很多广播电台。但没有电视信号,也没有FM广播或超高频广播,在我们使用的波段上,什么也没有。现在我收到了一家广播电台的信号,他们正在播放一个叫《玛丽·马林》的节目①,用德彪西的钢琴曲做主题曲。"

凯茜的历史知识非常丰富。她毕竟是位古董收集员,了解历史就是她的工作。"用你的音响放出来,给我听听。"她下令道。

没过多久,一个女声响起,讲述着某位不知名女性悲惨的命运。这故事十分沉闷,但凯茜却陷入了癫狂的兴奋状态。

他们错了,她想道,大脑飞速运转着。这一切毁不了我。他们忘了,这个年代的一切都属于我的专业领域,我熟悉它就像熟悉自己的年代。这样的经历既不构成威胁,也不会令我崩溃。老实说,这是给我的好机会。

"就这么放着广播,"她吩咐出租车,"继续飞吧。"出租车继续向前行驶,她全神贯注地听着电台里的肥皂剧。

---

① 二十世纪五十年代的广播肥皂剧。

8

　　出租车的外面变成了白天,完全无视自然规律和逻辑。连全自动出租车也知道这根本不可能。它痛苦而尖利地向凯茜喊道:"在我们下方的高速路上,小姐!有一辆不可能存在的古董车!"它降低了飞行高度,"不骗您!快看啊!"

　　凯茜凝神细视,表示赞同,"确实,是一辆1932年的A型福特。你说得没错,A型福特已经停产几十年了。"她赶忙开动大脑,仔细思索,然后说:"你着陆吧。"

　　"在哪儿着陆?"全自动出租车明显不喜欢这个主意。

　　"前面那个小镇,找个屋顶降落。"凯茜感到了平静。但她深知,这是毒品的效果。百分百都是毒品的效果。只有JJ-180在参与她脑内的新陈代谢时,这种状态才会持续。JJ-180毫无预警地把她带到了这里,最后也会同样毫无预警地将她送回原本的时代。"我要找家银行，"凯茜说，"开个储蓄账户。这样一来——"然后她意识到，她并没有这个时代的货币，所以她根本做不了交易。她能做什么呢？什么都做不了？不如给罗斯福总统打个电话，提醒他会发生珍珠港事件，她自嘲地想，我来改变历史。告诫他们不要在几年后造出原子弹。

她感到什么也做不了，但同时又无所不能，因为她拥有种种可能性。她同时体会着这两种感觉，它们混在一起，让人极为不适。带些手工艺品回去，给华盛-35添砖加瓦？见证一些学术研究方面的真相，解决史学上的几桩疑案？绑架贝比·鲁斯①，把他带回去，让他住到我们的火星分部去？这才叫实景还原。

"维吉尔·艾克曼，"她一字一句地说，"在这个时候还只是个小男孩。你知道这意味着什么吗？"

"不知道。"出租车说。

"说明我可以随意操控他。"她打开手提袋，"我可以给他点儿什么东西。硬币，纸币。"偷偷告诉他美国参战的日期，她心想。之后他一定可以利用这知识做些什么……他会想出办法的，他一直都那么聪明，比我聪明多了。老天，她心想，可我得能记得那日期！叫他投资？投资什么？通用动力公司②？给乔·路

---

① 美国职业棒球选手。

② 美国国防企业。

易斯[1]的每场比赛下注？在洛杉矶购买房地产？如果你知晓接下来一百二十年的全部历史，你会对一个八九岁的男孩说什么？

"小姐，"出租车悲哀地说，"我们飞得太久，我快没油了。"

凯茜冷静下来说："你应该能飞十五个小时才对。"

"一开始，我的油就不多。"出租车不情愿地承认，"是我的错，对不起。您联系我时，我正在去加油站的路上。"

"你个该死的蠢机器。"她愤怒地说。但事实就是如此，他们飞不到华盛顿特区了。现在他们离那里至少还有一千英里[2]。想也知道，这个年代没有这辆出租车所需的高级精炼普洛通燃料。就在这时，她突然知道该怎么办了。出租车无意之间给了她灵感。普洛通是有史以来质量最好的燃料，是从海水中提炼出来的。她只要把一罐普洛通寄给维吉尔·艾克曼的父亲，叫他去分析成分，并申请专利即可。

但她没法寄邮件，毕竟她连买邮票的钱都没有。她钱包里倒是有一小叠边角弯折的邮票，但那当然都是2055年的。我×，她狂怒地骂了一句，束手无策。我知道该怎么办，解决办法就摆在眼前，可就是做不到。

"如果没有这个年代流通的邮票，"她问出租车，"要怎样才

---

[1] 美国拳击手。

[2] 1英里约为1.609千米。

能寄信？快告诉我。"

"不贴邮票，也不写退信地址，这样邮局就会往信上贴一张到付邮票，送到目的地。"

"哦，"她说，"原来如此。"但她没法把普洛通燃料塞进普通信封，只能以包裹的形式邮寄。如果没付邮资，包裹可送不出去。"听着，"她说，"你的电路里有晶体管吗？"

"有几个，但晶体管已经淘汰很久……"

"给我一个。我不管没有它你会怎么样，拔一个给我，越小越好。"

过了一会儿，一个晶体管从她面前座椅的凹槽里滚了出来，她及时接住了。

"这样我的无线电发射器就无法工作了。"出租车提出抗议，"您必须支付相应的费用。这东西价格不低，因为——"

"闭嘴。"凯茜说，"赶紧飞到那个小镇去，找到地方就停下。"她在纸上匆匆写道："维吉尔·艾克曼：这是来自未来的无线电零件。别拿给任何人看，好好保存，等到二十世纪四十年代初期，带它去西屋电气公司，或通用电气公司，或其他任何电器（广播）公司。这会让你挣到一大笔钱。我是凯瑟琳·斯威特森特。别忘了我。"

出租车在小镇中心找了座办公楼，小心翼翼地停靠在屋顶上。楼下的人行道上，身着历史服饰的乡下人都瞪大了眼睛抬头呆望着。

"停到街上去。"凯茜重新命令出租车，"我得把信寄了。"她在手提袋里找出个信封，匆匆写好维吉尔在华盛-35上的地址，把晶体管和纸条放进去，封好了信。停满老式古董车的街道离出租车越来越近，似乎正在缓慢地升起。

没过多久，凯茜下车狂奔到邮筒前，把信扔了进去，然后大口喘着气休息。

她做到了。她保证了维吉尔富裕的未来，也就因此保证了自己的未来。这封信将会决定维吉尔和她的职业道路。

见鬼去吧，埃里克·斯威特森特，她在心里说，我再也不用嫁给你了，你已经是过去时了。

但随即她就沮丧地意识到：为了得到斯威特森特这个姓，我还是得嫁给你。否则未来的维吉尔就无法在我们的时代认出我了。这也就意味着，她所做的这一切都是徒劳。

她慢慢地走回出租车边上。

"小姐，"出租车说，"能麻烦您帮我找到加油的地方吗？"

"你在这儿加不上油。"凯茜说。出租车要么是固执地拒绝接受现实，要么是没有能力理解眼前的情况，无论哪一种都气得她发疯。"除非你加了六十号辛烷汽油也能飞，我看不能吧。"

一个戴着草帽的中年男人从旁边走过,看见全自动出租车,一瞬间僵住了,然后冲她喊道:"嘿女士,那是什么玩意儿?美国海军陆战队为打仗准备的秘密武器?"

"没错。"凯茜回答道,"不仅如此,再过几年,它还会阻止纳粹入侵。"她坐上出租车,对周围谨慎地保持着距离的看客说,"好好记住1941年12月7日①吧,那将是个值得记住的日子。"她关上了车门,"走吧。我有那么多东西可以告诉这些人……但没这个必要。一帮中西部乡下佬。"就这个镇的样子来看,她判断这里不是堪萨斯州就是密苏里州。老实说,这地方让她心生厌恶。

出租车忠实地依言升空。

利利星人应该来看看1935年的堪萨斯州,凯茜在心里说。看过这里,他们也许就不会占领地球了,因为这地方看起来根本不值得占领。

她对出租车说:"找个牧场停下吧。等一阵子,我们就会回到原来的时代。"应该要不了太久。她感觉到这个时代正在逐渐失去实质,变得空空如也。出租车外面的现实显出气体般缥缈的质感,这在她之前那次服药时也出现过。

"您是在开玩笑吗?"出租车说,"难道我们真的——"

"真正的难题,"她语气刻薄地说,"并不在于回到我们自己

---

① 珍珠港事件发生日期。

的时间里。真正的难题在于,如何才能找到一种方法,让药效能持续到我有机会干点儿有价值的事。"现在的药效实在太短了。

"什么药,小姐?"

"管你鸟事。"凯茜说,"你个多管闲事的自动机器,只会拖着一堆电路晃来晃去,什么事都想掺一脚。"她点了支烟,向后靠到椅背上,感到疲惫不堪。这是无比艰难的一天,她心里清楚,还有更多的艰难日子在后头。

年轻人脸色蜡黄,年纪不大,肚子却已经显眼地凸了出来,仿佛在身体力行地说明他有多么享受这个全球政治与经济之都的奢华生活。他伸出湿乎乎的手与埃里克·斯威特森特握了握,说:"医生你好,我是唐恩·费斯顿伯格。很高兴听说你也加入了我们的队伍,来杯古典鸡尾酒怎么样?"

"不用了,谢谢。"埃里克说。费斯顿伯格身上有种令他反感的东西,但他说不上来具体是什么。尽管费斯顿伯格大腹便便、脸色不佳,但他相当友善,而且显然颇有能力。说到底,能力才是最重要的。可是——埃里克看着费斯顿伯格调酒,暗自思索,也许我不喜欢他,是因为我认为没人该代替秘书长发言。只要是做费斯顿伯格这份工作的人,无论是谁,我都会一样讨厌他。

"既然现在只有你我两人,"费斯顿伯格左右环顾房间后说,

"我想提出一种假设,也许你听了以后会觉得我更顺眼一点。"他露出了然于胸的微笑,"我知道你怎么看我。我虽然是个矮胖子,医生,但我很敏感。假设一场精心策划的骗局已经成功实施,连你也被骗倒了。那个老态龙钟、垂头丧气、整天怀疑自己生了病的基诺·莫利纳里,那个你亲眼见过、并以为是联合国秘书长的基诺·莫利纳里——"费斯顿伯格懒懒地搅拌着鸡尾酒,瞥着埃里克,"他才是机器仿生人。而你不久前在录像带上见过的那个活力四射的形象,才是真正的活人。而这场骗局必须成功维持下去,目的是为了误导我们亲爱的盟友,利利星人。"

"什么?"埃里克吃了一惊,双目圆睁,"为什么要——"

"利利星人之所以认为我们不足为惧,不值得动用他们的军事力量,是因为我们的领袖病入膏肓。看一眼就知道,他根本无法履行职责。换句话说,他根本算不上对手,也构不成威胁。"

埃里克沉默片刻,说:"我不信。"

"好吧。"费斯顿伯格耸了耸肩,"在象牙塔里的人来看,也就是说从纯学术角度来说,这是个蛮有意思的假说。你不觉得吗?"他向埃里克走来,摇晃着酒杯里的液体。然后他站在离埃里克近在咫尺的地方,酒气熏天的呼吸直喷到埃里克脸上。他说:"这种可能性确实存在。你也无法判断,除非你亲自给基诺做全套体检。你读的那些报告,它们可能都是假的,是这场精心策划的恶劣骗局中的一环。"他的双眼闪着冷酷而兴奋的光,"你是不是觉得我是个疯子? 觉得我像个精神分裂征患者,用这种方式给自己找乐子,却没有考虑过如果真是这样,会有什么后果? 也许吧。但你无法证明我的猜想是错误的。只要你没法证明——"他喝了一大口酒,做了个鬼脸,"就别对那盘安培录像带上的东西那么排斥,好吗?"

"但你也说了,"埃里克说,"只要给他做个体检,我就会知道真相。"他心想,这很快就会实现,"所以请别介意,我们的对话就到此为止吧。我还没收拾完我的共寓呢。"

"你老婆——她叫什么名字来着? 凯茜? 她不来对吧?"唐恩·费斯顿伯格冲他眨了下眼,"好好享受吧。我可以助你一臂之力。我可是这方面的专家,专攻那些不合法律、不守规矩,有违人——离经叛道的东西。'有违人伦'言重了些。不过你是从蒂华纳来的,我恐怕也没什么新东西可以教你。"

埃里克说:"你叫我不仅排斥那盘录像带上的东西,还排斥——"他住了口。说到底,费斯顿伯格的私生活不关他事。

"还排斥它的始作俑者。"费斯顿伯格替他说完,"医生,你知道吗? 在中世纪,当权的贵族会将一些人养在瓶子里,让他们在里面度过一生……当然了,因为他们还是婴儿的时候就被放进了瓶子里,所以他们的体积都缩小了。和婴儿时期比,只稍微大一点儿。现在已经不存在这种东西了。但是呢——夏延郡就是现代的王室宝座所在地。如果你感兴趣,这里有很多东西可以给你看。也许你可以站在纯粹的医学角度,用不带私人感情的专业眼光——"

"我想不管你想带我看什么,那只会让我更加后悔来夏延郡。"埃里克说,"坦白地说,我不明白这能带来什么好处。"

"别急,"费斯顿伯格举起一只手,"就看一个。一件特别的展品。它处于彻底的密封状态,浸泡在某种溶液里,永久保存。你可能会觉得令人作呕。我带你去吧?就在白宫中被称为3-C的房间里。"费斯顿伯格走到门边,打开门等着埃里克。

埃里克略一犹豫,随即跟上。

费斯顿伯格将手揣在皱巴巴的长裤口袋里,在前面带路。他们走过一条又一条的通道,最后来到位于地下的一扇加固的金属门前。门前守着两位高级特工,门上标着"最高机密""闲杂人等严禁入内"。

"我不是闲杂人等。"费斯顿伯格亲切地说,"基诺把这地方都交给我负责了。他非常信任我,所以你才有幸见到这一国家机密。否则再过一千年,你也没这个眼福。"他穿过两位全副武装的特工,推开了门,又补充道,"不过,有一点不尽人意的地方——我会带你看,但我不会给你解释。如果能解释,我当然愿意了。但我解释不了。"

在昏暗、冰冷的房间中央,埃里克看见了一口棺材。正如费斯顿伯格所说,它被彻底地密封了。一台泵在旁边沉闷地震动着,维持着棺材中的超低温。

"看看吧。"费斯顿伯格尖声道。

埃里克故意不急不缓地点了支烟,然后才走过去。

棺材里基诺·莫利纳里仰面躺着,满脸痛苦。他已经死了。他脖子上有干涸的血滴痕迹,制服多处被撕破,沾满了泥巴。他的双手都在身前抬起,手指扭曲僵硬,仿佛至今还在与杀死他的凶手搏斗,不管那是人还是什么东西。毫无疑问,埃里克心想,这是一场暗杀的结果。领袖的尸体被子弹穿透,歪七扭八。枪口速度显然极快,以至于他的身躯整个扭曲起来,几乎分崩离析。这是一场毫无人性的谋杀,而且它成功了。

"嗯,"过了一会儿,费斯顿伯格深深吸了口气说,"对于这件——我个人将它称为'夏延郡畸形人展览的一号展品',有几种可能的解释。不如让我们假设,它是一个机器人。它平时就这样躲在幕后,等待基诺需要它时再出场。它由GRS公司制造,出自极富创造力的道森·卡特之手,你迟早得和他见个面。"

"莫利纳里为什么会需要这东西?"

费斯顿伯格挠了挠鼻子,说:"有很多原因。如果有人进行了暗杀,结果失败了,这东西就可以上场,让基诺暂时避过风头。或者,这也许是为了我们那些乐观的盟友而制造的。基诺可能隐约料想到,未来他也许会在盟友施加的种种压力下退位,这便需要有一项复杂周密的计划。"

"你确定这是机器人?"在埃里克眼里,棺材里的尸体显得无比真实。

"我压根儿就不觉得它是机器人。我怎么能确定?"费斯顿伯格摆了下头,埃里克看到守在门口的两名特工也进了屋。显然,要开棺验尸是不可能的。

"它在这里多久了?"

"只有基诺知道,但他不肯说,只会狡猾地向你微笑。'你等着瞧吧,唐。'他用那种神秘兮兮的口吻说,'它总有一天会派上大用场。'"

"如果这不是机器人——"

"那躺在这里的就是基诺·莫利纳里,还被机关枪射成了筛子。机关枪是种原始、落伍的武器,但它一样可以杀人。而且无论移植多少器官,受害人都活不过来。你看,头盖骨已经打穿,大脑彻底完了。如果这真的是基诺,那它是从哪儿来的?未来吗?有一种理论,和你的公司TF&D也有关。他们说,有家分公司已经开发出一种药物,吃了它的人能自由穿梭时空。你知道这件事吗?"他紧紧地盯着埃里克。

"不知道。"埃里克坦白,他恐怕是第一次听到这个传言。

"总之,有这么一具尸体,"费斯顿伯格说,"它日复一日地躺在这里。我快被逼疯了。也许它来自某个平行现实。在那里,基诺被人暗杀了,一小支得到利利星人支持的地球政治团体用这种方法把他赶下了台。但如果接受这个假说,就能得出另一个推论。那才是真让我不得安宁的部分。"费斯顿伯格的语气变得十分严肃,没有丝毫开玩笑的意思,"录像带上那个威严自负的基诺·莫利纳里,也许也不是GRS公司制造的机器人,而是从另一个平行现实来的、真正的基诺·莫利纳里。在那个平行现实里,战争没有爆发。甚至或许地球根本没和利利星扯上关系。基诺·莫利纳里去了一个更加光明的世界,带回一个身体健康的自己来辅佐自己。你觉得呢,医生? 有没有这种可能?"

埃里克没有答案。他说:"要是我早点儿知道那种药物的存在——"

"我还以为你知道呢。真令人失望,我以为你知道才带你来这里的。不管如何吧,根据这具被人暗杀的尸体,逻辑上还存在着另外一种可能性。"费斯顿伯格迟疑片刻,"我不是很想说出来,因为这太离奇了,相比之下,其他猜想都不值一提。"

"你说吧。"埃里克声音紧绷。

"基诺·莫利纳里根本不存在。"

埃里克嗤了一声。真见鬼,他心想。

"他们所有人都是机器人。录像里的健康人,你见到的那个有气无力的病人,还有棺材里的这个死人——有人造出了他们,以阻止利利星人占领我们的星球。可能是GRS公司。迄今为止,他们一直在用病重的那个。"费斯顿伯格做了个手势,"现在他们把健康的那个也拖出来了,让他上了镜。也许还有其他的。从逻辑上来看,没有理由不造好几个。我甚至想象过其他几个会是什么样子。你说说看。除了我们已知的这三个,还应该有什么样的?"

埃里克说:"当然要有一个力量超乎常人的,仅仅是健康还不够。"他随即想起莫利纳里得过数次绝症又康复的事,"说不定已经有了。你读过病历了吗?"

"读过。"费斯顿伯格点点头,"其中有一点非常有趣。给他做过检查的医生都已经不在职了。没有一项检查是提加登做的,全都是在他上任前发生的事。就我所知,提加登和你一样,从来没说服过基诺接受任何检查,哪怕只是最初步的体检。我想他永远也成功不了。我想你也成功不了,医生。不管你在这儿待多少年。"

"你的头脑,"埃里克说,"确实过分活跃了。"

"我会不会是得了腺体疾病?"

"头脑活跃与腺体无关。不过你的那颗脑袋确实想出了不少特别的假设。"

"这些假设都是有现实依据的。"费斯顿伯格提醒他,"我想知道基诺有什么计划。我认为他绝顶聪明,凡事都能比利利星人多想一步。如果他能拥有他们的经济资源和人口基数,发号施令的就是他。这根本没有悬念。但现状是,他手里只有一颗微不足道的小行星,而他们却坐拥包含了十二颗行星和八颗卫星的星系帝国。老实说,他能走到如今这一步就已经是个奇迹了。要知道,医生,你到这里来是为了找出基诺的病因。但要我说,那根本不重要。他的病因很清楚,就是眼前这一切。真正该问的是:他是靠什么活下来的? 那才是未解之谜,那才是奇迹所在。"

"我想你说得对。"虽然不情愿,埃里克不得不承认,费斯顿伯格虽令人厌恶,但具备相当的智慧和创造力。他准确地看到了问题所在。难怪莫利纳里会雇佣他。

"你见过那个学生泼妇了吗?"

"玛丽·赖内克?"埃里克点点头。

"老天,我们这位病人面对这么悲惨、复杂的烂摊子,背负着整个世界、整个地球的重担艰难前行,明知道这场战争要输了,明知道就算发生什么奇迹,利利星人没能让我们臣服,雷格人也一样会来——玛丽还在这儿给他添乱。最他妈讽刺的是，玛丽头脑简单、自私自利、待人苛刻——总之，你能想到什么形容人格缺陷的词，往她身上套就对了。就是这么一个泼妇，却可以让莫利纳里站起来。你也见过她把他赶下床，让他穿好制服，重新开始工作。你了解禅宗吗，医生？这就是一个禅宗悖论。因为从逻辑上说，玛丽本该是彻底摧毁基诺的最后一根稻草。这不禁让人重新思考，灾难在人的一生中究竟起到哪些作用。说实话，我讨厌她。当然，她也讨厌我。我们唯一的共通点就是基诺，我们俩都希望他能挺下去。"

"她看过那个健康的莫利纳里的录像带吗？"

费斯顿伯格迅速瞥了他一眼，"睿智的提问。玛丽看过录像带吗？也许看过，也许没看过——你挑一个答案吧。就我所知，她没看过。但如果沿用我的平行现实假说，也就是录像带上的不是机器人，而是真实的人类。如果玛丽看到了它——那个充满魅力、激情洋溢、咄咄逼人的半人半神，那想都不用想，另一个莫利纳里就会消失。因为你在录像带上看到的那个基诺，正是玛丽·赖内克想要的基诺，也是她坚持要基诺成为的人。"

这是个多么富有洞察力的想法。埃里克不知基诺是否意识到了事情的这一面。如果他确实了解，这也许可以解释为什么他等了这么久，才采取用录像带这种策略。

"我在想,"他对费斯顿伯格说,"考虑到玛丽·赖内克的存在,我们所知道的这个生病的基诺,恐怕不可能是个机器人。"

"什么意思? 为什么不可能?"

"委婉点儿说……当一个GRS公司产品的情妇,玛丽难道不会生气吗?"

"我有点儿累了,医生。"费斯顿伯格说,"这场讨论就告一段落吧。你上楼去收拾你那崭新的共寓吧,那是对你在夏延郡忠诚服务的奖赏。"他走向门口,两位高级特工让到一边。

埃里克说:"告诉你我怎么想吧。我见过基诺·莫利纳里本人,我不相信GRS能造出这么有人情味、这么——"

"但你没见过录像里的那一个。"费斯顿伯格轻声说,"多有意思啊,医生。只要能通过时空错乱,找来平行现实里的自己,基诺就能组成一支队伍,来应付我们的盟友。三四个基诺·莫利纳里组成的委员会,那可相当强大……你不觉得吗? 想想看,他们的聪明才智结合在一起,能想出多么异想天开、天才又疯狂的计划啊。"他推开门,又说,"你遇到过生病的他,也看过健康的他的影像——你就不觉得佩服吗?"

"觉得。"埃里克承认。

"你应该不会与那些想让他倒台的人一伙吧? 可是如果你想准确地说出他到底做了什么,能让人那么佩服,你又什么都说不出来。比如说我们即将赢得这场战争，或逼得利利星收回在我们星球上的投资……可我们都没有。所以医生，基诺到底做了什么，让你感到佩服呢？告诉我吧。"他站在门口等着。

"我——恐怕说不出太具体的东西。可是——"

身着制服的白宫机器人雇员出现在埃里克·斯威特森特面前，"莫利纳里秘书长在找您，医生。他在办公室里等您，请允许我带路。"

"哎呀。"费斯顿伯格显得懊恼又紧张，"看来我耽误你太久了。"

埃里克没搭腔，跟着机器人沿走廊走向电梯。他本能地感觉到，莫利纳里找他要说的事很重要。

办公室里，莫利纳里坐着轮椅，膝上搭着毯子，脸色灰白憔悴。"你去哪儿了？"埃里克一现身，他就问道，"哎，无所谓了。听着，医生。利利星人说要见面，我要你陪我一起去。为了以防万一，我需要你一直待在我身边。我感觉很不舒服，但愿这场见鬼的会面能彻底取消，至少也延期几周，但他们坚持要见。"他转动轮椅离开办公室，"走吧。会面随时有可能开始。"

"我见到唐恩·费斯顿伯格了。"

"很聪明的小子吧？有他在，我相信我们终将成功。他带你看了什么东西吗？"

直接说看了他的尸体恐怕不妥,毕竟莫利纳里刚说过他很不舒服。所以埃里克只说:"他带我在楼里逛了逛。"

"这地方都由费斯顿伯格负责,我就是这么信任他。"在走廊的拐角处,由速记员、翻译、国务院官员和武装警卫组成的队伍围住了莫利纳里。他和轮椅一起消失在人群里,没有再出现。但埃里克还能听见他在交谈,在解释接下来的安排。"弗莱涅柯西来了。这场会面会很难熬。我大概知道他们有什么目的,等着瞧吧。但最好别事先说出来,否则就等于帮了他们的忙,搬起石头砸了自己的脚。"

弗莱涅柯西,埃里克感到一丝恐惧,心想,利利星的部长亲自到地球来了。

难怪莫利纳里会身体不舒服。

9

在紧急会面的现场，地球代表团占据了橡木长桌的一侧。利利星代表团从外面的走廊鱼贯而入，在长桌另一头依次就座。他们看起来一点儿也不邪恶，而是和地球人一样劳累过度、疲惫不堪，被战争压得不堪重负。他们显然没有时间可以浪费，也一样是终有一死的普通人。

"本次会议的翻译将不用机器，而是由真人完成。"一名利利星人用英语说，"因为不管什么机器都有可能会留下永久记录，我们并不希望这样。"

莫利纳里哼了一声，点点头。

弗莱涅柯西现身了，他是个身材干瘦的光头，头盖骨圆得出奇。利利星代表团和几个地球人起身以表敬意。当弗莱涅柯西在他们中央坐下来，一言不发地打开装满文件的公文包时，利利星人鼓起了掌。

弗莱涅柯西抬头瞥了莫利纳里一眼，露出微笑，算是打了个招呼。因为这一瞥，埃里克注意到，弗莱涅柯西有一双他所认为的——并且被弗莱涅柯西的行为证明的——偏执狂的眼睛。一旦发现了这点，之后想要大体上了解这个人，就很简单了。那并不是普通人有所疑虑时不安、闪烁的眼神，而是一种静如死水的目光，汇聚起全身的力量才能得到这种精神上的纯粹的专注。弗莱涅柯西并不是自主决定这样做的。他身不由己。无论是同胞、还是敌人，他都只能一视同仁地以偏执的态度对待，毫无转圜的余地。他太过自我，以至于不可能靠同理心理解他人。这双眼睛反映不出任何内心真实的情感；这双眼睛只会将观者本身原原本本地反馈给观者；这双眼睛阻止了交流的可能，是道封墓石般的不可突破的屏障。

弗莱涅柯西并非官僚，就算他努力尝试，也无法认同他的头衔比他本身的人格更重要。弗莱涅柯西始终是个独立的个体，而这并不是什么好事。他在处理繁忙政务的同时，保持着作为人的纯粹本质。在他眼里，仿佛一切都是有人刻意为之，一切争端都是人和人之间的冲突，而非来自抽象的概念或理想。

埃里克意识到，弗莱涅柯西部长的存在会使其他人的头衔失去神圣的光环，而那由头衔所制造出来的安全无忧的现实也会破灭。在弗莱涅柯西面前,所有人都变得如婴儿一般赤裸坦诚,变回了孤立而独特的个体,无法再依附于他们所代表的组织。

就拿莫利纳里来说吧。一般情况下,"鼹鼠"就等同于联合国秘书长,他作为个人的存在隐没在工作职能之后。事情本该如此。但在弗莱涅柯西部长面前,他被打回了原形,重新变回了一个脆弱孤独的可怜人,还要在这样凄惨的状态中硬着头皮应付部长。平日里正常的、或多或少是安全的人际关系消失了。

可怜的基诺·莫利纳里,埃里克心想。在弗莱涅柯西面前,"鼹鼠"还不如别是联合国秘书长。与此同时,弗莱涅柯西部长变得更加冷漠无情。他并没有要毁灭或统治对手的强烈欲望,只是要拿走对手所拥有的一切而已。让对方真正的一无所有、无处容身。

到了此时,埃里克终于彻底明白,为何莫利纳里得了那么多次绝症,还能好好地活着。那些疾病不仅仅是他所遭受的压力的表现,同时也是解除压力的方法。

他暂时还不能准确判断,作为应对弗莱涅柯西的一种策略,莫利纳里的病情到底会如何变化。但他在心底深处有种强烈的预感——他很快就会知道了。弗莱涅柯西和莫利纳里的对峙眼看就要开始,如果"鼹鼠"想活下去,他必须亮出一切底牌。

在埃里克身边,一位职位不高的国务院官员喃喃道:"这里真让人胸闷，你说呢？真希望他们能开扇窗，或者把通风系统打开。"

埃里克心想，世上没有哪种通风系统能让这里的气氛变得轻松。这种压迫感来自于坐在我们对面的那些人，等他们离开才会消散。也许，就算他们离开了也一样。

莫利纳里向埃里克俯过身，说："坐到我身边来。"他拉开了旁边的椅子，"听着，医生，你带器材包来了吗？"

"在我共寓里。"

莫利纳里立刻派了个跑腿的机器人。"我要你随时把器材包带在身边。"他清了清嗓子，随即转回去面对着桌子另一端的人，"弗莱涅柯西部长，我，嗯，我这里有份声明想念给你听听，里面总结了地球现在的立场，对于——"

"秘书长，"弗莱涅柯西突然用英语说，"在你读声明之前，我想先讲讲A战线的战况。"弗莱涅柯西站起身，一位助手立即打开地图投影。地图被映射在房间另一头的墙壁上。阴影笼罩了整个房间。

莫利纳里哼了一声，将书面声明塞回制服的内侧口袋里。他没机会再读它了。对方已经先发制人。作为一名政治策略家，这足以称得上是一次重大失败。就算他一开始抢占过先机，现在也已经让它溜走。

　　"出于战术考虑，"弗莱涅柯西说，"我们的联合军正在缩短战线。在这片区域，雷格人投入了异乎寻常的人力和资源。"他指向地图上的一个地方，它处于阿尔法星系的两颗行星正中间。"他们这样做持续不了多久。据我预测，从现在算起，要不了一个月——地球时间的一个月，他们的资源就会枯竭。雷格人不明白这将是一场持久战。对他们来说，要么马上打赢，要么就只有输。但我们不一样——"弗莱涅柯西挥了下指示棒，示意整幅地图，"我们非常了解这场对战的战略意义，也明白这个地区有多少地方必须留在我们手里、留多久。此外，雷格军分得太开了。如果在这里爆发重大战役，"弗莱涅柯西指出一个具体的点，"他们将无法及时支援已经开战的军队。不仅如此，到这个地球年结束的时候，我们会再派二十支一线战队上战场。这是对你的承诺，秘书长。在地球上，我们还能招募到几个班的人，而雷格人早就山穷水尽。"他顿了顿。

　　莫利纳里低声说："你的器材包拿来了吗，医生？"

　　"还没有。"埃里克环顾四周，寻找跑腿的机器人。它还没回来。

　　"鼹鼠"俯身靠近埃里克，在他耳畔低声道："听着。你知道我最近出现了什么症状吗？我出现幻听了。我耳朵里有像什么东西冲过去一样的声音，'唰唰唰'的。你觉得这是什么毛病？"

弗莱涅柯西部长继续说："我们还有新造的武器，来自帝国第四行星。等你拿到录像带，看到这些武器在战术行动中的表现，秘书长，你一定会大开眼界。它们的准确度无与伦比。我就不在这里详细描述它们的细节了，还是等录像带做好再说吧。它们的设计和施工由我亲自监督完成。"

莫利纳里的头近得几乎要贴上埃里克的脑袋了。他耳语道："如果我左右转头，我能听见脖子根部传来清晰的'咔咔'声。你听得见吗?"他左右转动头颅，然后动作僵硬而缓慢地低头抬头，"这是什么声音? 在我耳朵里还有回音，特别刺耳。"

埃里克什么都没说。他一直盯着弗莱涅柯西，几乎没注意身边的男人到底在说什么。

"秘书长，"弗莱涅柯西顿了顿，"由于我们的共同努力，W型炸弹大获成功，雷格人的太空驱动器产量受到了极大限制。MCI[1]通知我们，最近敌方生产线上制作出的产品相当不稳定，好几艘深空战舰上还出现了毁灭性的污染事故。"

跑腿机器人带着埃里克的器材包进了房间。

弗莱涅柯西无视了机器人，继续用严厉而迫切的语气说道："我还要指出，秘书长，地球军团在蓝色战线的表现并不好，毫无疑问是因为缺乏恰当的装备。不用说，我们终将取得最后的胜

---

① 作者杜撰的情报机构。

利。但目前,我们必须确保在最前线与雷格人作战的军队不会陷入物资匮乏的窘境。让他们在那样艰苦的条件下打仗简直是种犯罪,你难道不这么觉得吗,秘书长?"弗莱涅柯西没等他回答又说,"相信你也能明白,增加地球的战略性战争产品及武器的产出有多么迫在眉睫。"

莫利纳里看见埃里克的器材包,如释重负地点点头。"终于来了,"他说,"很好。把它准备好吧,以防万一。你知道我怎么想吗? 我脑袋里出现这些声音,可能是因为高血压。"

埃里克语带保留地说:"有可能。"

弗莱涅柯西部长终于停下了讲话。他毫无表情的脸显得更加严厉、更加孤僻,完全沉浸在自我当中,周遭一切成了真空,将他包裹其中。他整个人仿佛都陷入了虚无。在埃里克看来,莫利纳里的漫不经心让弗莱涅柯西感到恼火。于是他就从自身那反对一切存在的态度中攫取力量,然后将自己的气场强压在房间里所有人身上。每个人都仿佛被某种力量推得离彼此越来越远。

"秘书长,"弗莱涅柯西说,"这是眼下至关重要的事。我手下那些正在战场上作战的将军告诉我,雷格人的新型攻击性武器——"

"等一下,"莫利纳里声音嘶哑地说,"我要和身边这位同僚商量点儿事。"他靠得离埃里克更近了,汗湿的柔软脸颊整个贴到了他的脖子上。他对埃里克低声说:"你知道吗?我的眼睛好像也有问题,我感觉快瞎了。听着,医生,我要你现在就给我量量血压,确定它的数值没高到危险的地步。老实说,我感觉已经危险了。"

埃里克打开了器材包。

弗莱涅柯西部长站在墙上的地图投影旁边,说:"秘书长,我们必须就这一决定性的细节达成共识,才能继续商讨其他事宜。面对雷格人新研发的稳态炸弹,地球人毫无抵挡之力。因此我提议,在我们自己的工厂里征召一百五十万工人入伍,再让地球人进入帝国工厂,顶替利利星工人的岗位。这样做对你而言有好处,秘书长,这样地球人就不必在前线作战、不必牺牲,可以待在帝国工厂里安全无虞。但这件事要做就得赶紧做,否则就没有意义了。"他又补充道,"我之所以会如此紧急地召开高层会议,就是为了这一目的。"

埃里克在体检盘上读到莫利纳里的血压:290,一个高得异乎寻常的数字,充满不祥之兆。

"很糟糕吧?"莫利纳里说,把头靠到胳膊上,"叫提加登过来。"他吩咐一个机器人,"我要他和斯威特森特医生一起会诊。让他准备好,来了以后必须当场做出诊断。"

"秘书长,"弗莱涅柯西说,"你必须注意听,否则这场会谈就无法继续下去了。我要你派一百万名地球男女到帝国工厂去工作——你听见了吗？ 这一重大要求必须立即得到满足,这些人必须在本周内就动身,我说的是地球时间。"

"嗯,"莫利纳里喃喃道,"哦,部长,我都听见了。我正在考虑你的请求。"

"没什么可考虑的。"弗莱涅柯西说,"雷格人在C战线攻势最猛,如果我们想要守住阵线就必须尽快完成这件事。他们很快就会突破战线,而地球军队并不具备——"

"我必须和劳工部长商量一下,"莫利纳里沉默了很久后说,"取得他的允许。"

"我们必须要到一百五十万地球人!"

莫利纳里把手伸进口袋,掏出对折的讲稿,"部长,我这份声明——"

"能答应我吗?"弗莱涅柯西质问道,"这样我们就可以继续商量下一件事了?"

"我病了。"莫利纳里说。

室内一片沉默。

最后弗莱涅柯西若有所思地说:"我知道,秘书长,很多年以来,你的健康情况都令人担忧。所以我自作主张,带了一位帝国医师来参加这次会谈。这位是戈梅利医生。"桌子另一头,一位脸形狭长的利利星人冲"鼹鼠"点头示意,"我想让他给你做些检查,以便永久性根治你的病。"

"谢谢你,部长。"莫利纳里说,"非常感谢你如此费心,带戈梅利医生一同前来。但我有自己的医生,就是这位斯威特森特医生。他和提加登医生马上就会给我做个全面检查,找出导致我高血压的病因。"

"现在?"弗莱涅柯西第一次忍不住流露出真实的情绪——难以置信的愤怒。

"我的血压高得危险。"莫利纳里解释道,"如果放着它不管,我会彻底变瞎。老实说,我现在的视力已经受损了。"他低声对埃里克说,"医生,周围的一切都变暗了。我觉得我可能已经瞎了。妈的,提加登到哪儿去了?"

埃里克说:"我可以找出高血压的病因,秘书长。诊断所需的工具就在我手边。"他又把手伸进了器材包,"我先给你打一针放射性盐试剂,它会通过血液循环——"

"我知道,"莫利纳里说,"通过血液循环聚集到血管收窄的地方。打吧。"他卷起衣袖,伸出毛茸茸的胳膊。埃里克把注射针管的自动清洁针尖抵在他手肘附近的静脉上,轻轻地按入。

弗莱涅柯西部长语气严厉地说:"这是怎么回事,秘书长?我们还能不能开会了?"

"没关系,请继续。"莫利纳里点头说,"斯威特森特医生只是在检查——"

"医学上的事让我觉得无聊。"弗莱涅柯西打断了他,"秘书长,我还有个提议。首先,我想让戈梅利医生留在这里,作为你的长期雇员,主管医疗服务。第二,驻扎地球的帝国反间谍机构向我报告,有一群心怀不满的人想阻止地球参战,他们正计划要暗杀你。因此,为了你的安全着想,我想派一支利利星武装突击小队给你,他们无比勇敢、忠诚、高效,会随时随地保护你的人身安全。这支小队共有二十五名队员,考虑到他们的特殊性质,这个数字十分恰当。"

"什么?"莫利纳里打了个寒噤,"你发现什么了吗,医生?"他一脸茫然,没法同时兼顾埃里克的检查和会议的进展,"稍等片刻,部长。"他对埃里克耳语,"你到底发现了什么,医生? 还是你已经跟我说过了? 抱歉。"他揉了揉前额,"我瞎了!"他的声音里充满恐慌,"快做点儿什么啊,医生!"

埃里克检查着记录放射性试剂在莫利纳里循环系统中移动情况的图表,说:"看来你右侧肾脏的肾动脉出现了收窄。血管环[①]——"

"我知道。"莫利纳里点点头,"我就知道是右肾,以前也出现

---

① 医疗术语。

过。你必须赶紧做手术,医生,把血管环切掉,否则我会死的。"他看上去极其虚弱,没力气抬头,瘫倒在椅子里,双手捂脸。"老天,我难受死了。"他发出低喃,随即抬头对弗莱涅柯西说,"部长,我必须立即做手术,解决动脉收窄的问题。我们只能延期再讨论了。"他站起身来,摇晃了两下,失去平衡向后摔去,发出巨大的声响。埃里克和国务院官员抓住了他,扶他重新坐下。"鼹鼠"的身体沉重僵硬,就算旁边有人帮忙,埃里克也险些扶不住他。

弗莱涅柯西宣布:"会议必须继续。"

"好吧。"莫利纳里喘着气,"我一边做手术,一边听你说。"他冲埃里克虚弱地点点头,"别等提加登了,开始吧。"

"在这儿?"埃里克说。

"只能这样了,"莫利纳里呻吟道,"把血管环切掉,医生,否则我就会丧命。我快死了,我能感觉到。"他再次瘫倒在桌子上。这次他没再坐起来,就那么倒在桌上,像个被人遗弃的沉重麻袋。

坐在长桌另一头的联合国副秘书长瑞克·普林德尔对埃里克说:"开始吧,医生。如他所说,情况很紧急,这你也清楚。"显然,他和在场的其他人对这样的场面都已经见怪不怪。

弗莱涅柯西说:"秘书长,你是否愿意授权普林德尔先生作为你的官方代表,继续进行地球与利利星之间的洽谈?"

莫利纳里毫无反应,他已经晕了过去。

埃里克从器材箱里拿出一个小型手术稳态机器,暗自希望它足以应付这场精细的手术。这个机器会在人体内自动钻出一条通路,并重新缝合被划开的组织。它将穿透皮肤和体内网膜结构,最后抵达收窄的肾动脉。如果到达时它还在正常工作,它会开始在收窄处搭建起塑料制的支架。就目前的情况考虑,这样做要比切除血管环更加安全。

门开了,提加登医生走了进来。他快步走到埃里克身边,看到莫利纳里倒在桌上不省人事的样子,说:"已经准备好手术了吗?"

"器材已经就绪,我也准备好了。"

"没有人造器官对吧?"

"没有那个必要。"

提加登抓起莫利纳里的手腕量了量他的脉搏,然后又抽出听诊器,解开秘书长的外套和衬衫,听了听他的心跳。"心跳很弱,不规律。最好给他降温。"

"是。"埃里克表示赞成,从器材箱里拿出冰冻组合包。

弗莱涅柯西走过来看着这一切,说:"你们要在手术中降低他的体温?"

"对，我们会让他陷入冰冻状态。"埃里克说，"新陈代谢系统——"

"我不想听。"弗莱涅柯西说，"我对生理机制不感兴趣。我所在意的只有一件事：秘书长的状态显然无法继续参与这场讨论。我们可是赶了好几个光年的路，特地来开这个会。"他的脸上再次流露出无法抑制的情绪，带着困惑的愤怒，脸色显得更为阴沉。

埃里克说："我们别无选择，部长。莫利纳里正处于生死关头。"

"我明白。"弗莱涅柯西说，紧握着双拳走开了。

"从理论上说，他已经死了。"提加登还在听莫利纳里的心跳，"赶快进行冰冻吧，医生。"

埃里克迅速将冰冻包贴到莫利纳里脖子上，激活了它自带的压缩电路。寒意迅速蔓延开来，埃里克放开手，把注意力转回手术机器上。

弗莱涅柯西部长用自己的语言和帝国医师谈了几句，随即仰起头，语速飞快地说："我要戈梅利医生也参加这场手术，予以协助。"

普林德尔副秘书长开了口："不行。莫利纳里下过严格命令，能接触他的只有由他亲自挑选出的医护人员。"他冲汤姆·乔纳森和他的特工队点点头,他们缩短了与莫利纳里之间的距离。

"为什么?"弗莱涅柯西问道。

"他们熟悉他的病史。"普林德尔语气平平。

弗莱涅柯西耸耸肩,走开了。他显得比之前更加困惑,甚至有些不知所措。"我实在难以理解,"他背对着长桌大声说,"你们怎么能让事态发展到这一步,莫利纳里秘书长怎么会让自己的健康退化到如此境地。"

埃里克问提加登:"这种事以前发生过吗?"

"你是指,莫利纳里在和利利星人开会的时候猝死?"提加登不假思索地微微一笑,"这已经是第五次了。就在这个房间里,连椅子都是同一把。你可以启动'钻虫'了。"

埃里克将稳态手术机器按到莫利纳里右侧小腹上,打开了它的开关。和烈酒杯大小相仿的机器立即运转起来,首先给莫利纳里局部注射了强效麻醉剂,随即切割起皮肤,一路向肾动脉钻去。

整个房间安静下来,只剩下手术机器的嗡嗡运转声。包括弗莱涅柯西部长在内,所有人都盯着它钻入莫利纳里瘫软的沉重身躯,就此消失不见。

"提加登,"埃里克说,"我认为我们应当留心——"他站起身,点了根烟,"看看白宫里是否有人犯了高血压,可能同样是肾动脉堵塞,或者——"

"已经出现了,是三楼的一名女仆。当然了,她是因为有遗传性的血管畸形。这位女士之所以在过去二十四小时内突然发作,是因为她过量服用了安非他命。她的视力逐渐下降,我们决定给她动手术——莫利纳里叫我来的时候,我正在那边给手术收尾。"

"这么说,你也明白。"埃里克说。

"明白什么?"提加登的声音很低,避免被长桌对面的人听见,"我们回头再谈。但我可以向你保证,我什么也不明白。你也一样。"

弗莱涅柯西部长走回他们面前,问道:"还要多久,莫利纳里才能继续参与这场讨论?"

埃里克和提加登瞥向对方,目光在空中交汇。

"很难讲。"过了片刻,提加登说。

"几个小时?几天?几周?上次是十天。"弗莱涅柯西的脸因无可奈何而皱成一团,"我没办法在地球上待那么久。如果要等的时间超过七十二小时,这场会议只能延期再开。"在他身后,包括军事、工业和谈判等领域的顾问团已经开始把笔记本装回公文包里,准备收拾走人。

埃里克说:"这种手术的恢复期一般是两天,但他的情况恐怕没那么乐观。他的整体健康太——"

弗莱涅柯西部长转向普林德尔,说:"而你拒绝代表他,以副秘书长的名义参与会谈?简直胡闹!难怪地球——"他住了口,"莫利纳里秘书长是我的好朋友。"他说,"我非常关心他的健康。但在这场战争中,凭什么要利利星来背负大部分重担?地球凭什么可以这样没完没了地拖后腿?"

普林德尔和两位医生都一言不发。

弗莱涅柯西用利利星语对代表团说了些什么,他们全部站起身来,显然准备要走。

由于莫利纳里突然犯了威胁生命的急病,这场会议就这样取消了。至少是暂时的。埃里克感到如释重负。

莫利纳里利用自己的病成功脱了身。当然,这只是他的缓兵之计。

但至少他们获得了暂时的安宁。这就够了。一百五十万地球人不必像利利星人要求的那样,被迫到工厂去做苦工……埃里克瞥向提加登,两人交换了一个心照不宣的眼神。与此同时,做手术的"钻虫"还在嗡嗡叫着,埋头继续着自己的工作。

一场纯粹由心理因素引起的心身疾病救下了无数人的命。这让埃里克不禁思考起医学的价值,思考起"治愈"莫利纳里将带来的后果。

他听着"钻虫"工作的声音,看着瘫倒在长桌上不省人事、不必再操心应付弗莱涅柯西部长的莫利纳里,终于开始明白这位体弱多病的联合国秘书长到底想要他做些什么。

稍后,在他警戒森严的卧室里,基诺·莫利纳里靠着枕头半躺在床上,对着面前的新闻仪,虚弱地读着《纽约时报》。

"我读读报纸应该没问题吧,医生?"他声音含糊地嘟囔。

"没问题。"埃里克说。手术非常成功,莫利纳里的血压已经降回了他这个年纪的人的健康值。

"瞧瞧这些该死的报纸听到了什么风声。"莫利纳里把头版拿给埃里克看。

弗莱涅柯西带领利利星代表团秘密抵达地球。政策会议因秘书长生病紧急中止。

"他们从哪儿得到消息的?"莫利纳里恼火地抱怨,"老天,这太有损于我的形象了,这下所有人都知道我在关键时刻掉了链子。"他瞪着埃里克,"如果我有胆子,我就应该在弗莱涅柯西提出强制征用劳动力的时候直接拒绝他。"他疲惫地闭上了眼睛,"我知道他会提出那样的要求,上周就知道了。"

"别太自责。"埃里克说。对于自己这种赋格曲般复杂的生理机制,莫利纳里到底了解多少呢?就目前的情况看,他显然一无所知。莫利纳里不仅没有搞懂自己生病的目的,甚至还因为生病而不满。正因为这样,这套机制才能在他的潜意识层面上持续运转。

但这样的状态能持续多久呢?埃里克暗自思考。这两股力量是如此矛盾,水火不容:积极向上的理智,和一心想逃的潜意识……也许总有一天秘书长会患上无法治愈的疾病,致命一击。

房门开了,玛丽·赖内克站在门口。

埃里克抓住她的胳膊,拽她回到走廊上,顺手带上了门。

"我看看他都不行?"她生气地说。

"耽误不了你多久。"埃里克打量着她,仍然无法判断她到底有多了解目前的情况,"我有事想问你。就你所知,莫利纳里接受过精神治疗或精神分析吗?"病历里只字未提,但他凭直觉认为有。

"为什么?"玛丽把玩着裙子的拉链,"他又没疯。"

这倒是真的,埃里克点点头,"但他的身体——"

"基诺就是运气不好,所以他才老是病个不停。精神医师可没办法帮他转运。"玛丽·赖内克又不情愿地补充道,"不过确实有,他去年去过几次精神分析师那儿。但那是顶级机密,如果让报纸知道了——"

"把那个分析师的名字告诉我。"

"凭什么告诉你。"她的黑眸中有恶毒的优越感。她目不转睛地瞪着他,"我连提加登医生都没说,而且我还蛮喜欢他的。"

"我看到了基诺犯病的现场,我觉得——"

"分析师已经死了。"玛丽打断了他,"基诺杀了他。"

埃里克直瞪着她。

"你猜为什么?"她露出青春期少女不时会出现的恶毒微笑,那种毫无缘由的甜美和残忍让埃里克一瞬间仿佛回到了童年,想起了这样的少女曾经给他造成的种种痛苦,"是因为分析师说错了话,有关基诺的病因。我不知道具体说了什么,但我想他应该接近真相了……而你也觉得自己的想法没错。所以你真的想表现得那么聪明吗?"

"你让我想起弗莱涅柯西部长。"他说。

她推开他,走向基诺的门口,"我要进去了,再见。"

"你知道基诺今天在会议室死过一次吗?"

"知道,他必须那样做。当然,他只死过去几秒而已,不至于损害脑细胞。你和提加登当然立刻就把他冰冻住了,这我也知道。我怎么会让你想起弗莱涅柯西呢,那个混账!"她转身走回几步,狠狠盯着他,"我跟他一点儿都不像。你只是想让我生气,好一不小心说溜嘴,告诉你点儿什么东西。"

埃里克说:"你觉得我想让你告诉我什么?"

"告诉你跟基诺的自杀倾向有关的事。"她实事求是地说，"他有过那样的念头，所有人都知道。所以他的亲戚才找我来。保证每天晚上都有人陪在他身边，在床上紧紧地靠着他，或者在他睡不着觉、四处踱来踱去的时候盯着他。不能放他一个人过夜，必须有我和他说话才行。我可以说服他，让他清醒——哪怕是在凌晨四点，也得让他恢复理智。这很难，但我办得到。"她微微一笑，"怎么样？有谁会为你这么做吗，医生？在凌晨四点，陪在你身边？"

过了一会儿，他摇了摇头。

"真遗憾。你需要这样的人。可惜我不能为你这么做，一个就够我忙的了。再说你也不是我的菜。祝你好运吧，也许总有一天，你能找到像我这样的人。"她打开门，消失了。埃里克独自站在走廊里，任由无力感上涌。突然之间，他感到无比孤独。

不知道分析师留下的档案都去哪儿了？他机械地想着，把思绪转回工作上。基诺一定销毁了所有文件，以免落入利利星人手中。

是啊，他心想，凌晨四点确实是最难熬的时候。但我没找到像你一样的人，他想。所以就这样吧。

"斯威特森特医生？"

他抬起头。一名特工正向他走来。"我是。"

"医生,外面有位女士自称是你的妻子,她想进来。"

"不可能。"埃里克恐惧地说。

"能请你跟我去一趟,确定她的身份吗?"

他不由自主地与特工并肩而行。"让她离开。"他说。但他心知,这可行不通。不能像小孩挥舞魔棒一样,凭妄想解决问题。"我很确定那是凯茜。"他说,"结果她还是跟着我过来了。看在上帝的分上——这是什么该死的破运气。你有过这种感觉吗?"他问特工,"和某个人一起生活,结果发现已经没法再一起生活下去了?"

"没有。"特工冷冷地说,继续领路。

10

会客室位于白宫之外的一座独立楼房里。他妻子站在房间一角,读着新闻仪上的《纽约时代报》。她穿着一件黑色大衣,脸上的妆很浓。尽管如此,她仍然显得脸色苍白,眼睛比平时更大,目光中充满痛苦。

埃里克走进房间,凯茜瞥了他一眼,说:"我正在读关于你的报道呢,看来你给莫利纳里做了手术,救了他的命。恭喜你啊。"她冲他微微一笑,但那笑容勉强而凄凉,"带我去喝杯咖啡吧,我有好多事要告诉你。"

"你没什么可告诉我的。"埃里克说,没法掩饰语气里的震惊和沮丧。

"你走了以后,我发现了一件很重要的事。"凯茜说。

"我也是。那就是,我们分手是正确的。"

"那可怪了,我的发现和你正好相反。"她说。

"我知道。你人都来了,意思还不明显吗?听着:根据法律,我不必非得和你一起生活。只要我——"

"你应该先听听我要说的话。"凯茜平静地说,"一走了之不符合你的道德准则,那也太便宜你了。"

他叹了口气。真是实用主义哲学,为了达到自己的目的不择手段。尽管如此,他还是被困住了。"好吧。"他表示同意,"我确实不能一走了之,也不能矢口否认你是我妻子。我们喝咖啡去吧。"他感到命中注定,无能为力。也许这是种与他的自我毁灭本能类似的反应。总之,他投降了。他拉起凯茜的胳膊,带她走下回廊,穿过几名白宫警卫,走向最近的咖啡厅。"你的脸色很差,"他说,"怎么看上去这么紧张。"

"我过得不太好,"她坦白地说,"自从你离开以后就一直不好。我想我是真的很依赖你。"

"依存关系,"他说,"是很不健康的。"

"才不是这样!"

"当然是了。你来就证明了这一点。不,如果一切毫无改变,我不会再和你在一起。"他十分坚决,至少在这一刻是这样。他准备好了要抗争到底。他看着她说:"凯茜,你好像病得很厉害。"

"那是因为你一直在'鼹鼠'身边,所以觉着周围的人都在生病。我健康得很,只是有点儿累。"

但她看起来似乎……更加瘦小了,仿佛有什么东西从她的体内流失,使她整个人都干涸了。那感觉很像变老,但还是不太一样。光是和他分手会造成这么严重的影响吗?埃里克心存怀疑。比起最后一次见面,他妻子的样子憔悴多了。对此埃里克一点儿也不高兴。尽管对她心存怨恨,他仍然为她担忧。

"你最好做个系统体检,"他说,"彻底检查一下。"

"老天,"凯茜说,"我没事。我的意思是,只要你我能解开误会,冰释前嫌,我就没事——"

"一段关系的结束,"他说,"不是因为彼此间产生了误会,而是对生活的重新梳理。"他拿了两个咖啡杯,在咖啡机上接了咖啡,给机器收银员付了钱。

在桌边坐下后,凯茜点了支烟,说:"好吧,我承认,没有你,我整个人都崩溃了。可你在乎吗?"

"我在乎,可这并不等于——"

"你就狠心让我这么渐渐衰弱下去,自生自灭?"

"我正在不分昼夜地照顾一位病人,这占据了我的全部精力。我没法同时照顾你。"他心想,何况我并非真心想要照顾你。

"但你只需要——"她叹了口气,闷闷不乐地呷了口咖啡。他注意到,她的手一直在颤抖,仿佛是得了帕金森病。"——没什么。只要让我回到你身边,我就什么事也没有了。"

"不。"他说,"坦白地说,我不信。你病得很厉害,绝对不只是因为这种理由。"我这医生可不是白当的,他心想。我可不会漏过这么明显的症状。但他无法做出进一步的诊断。"我想你很清楚自己得了什么病。"他直白地说,"如果你愿意,你可以直接告诉我。现在这样只会让我更提防你。你有事却不肯告诉我,既不诚实,对自己也不负责任,这足以让我觉得——"

"好吧!"凯茜直瞪着他,"我病了!我承认!但这是我自己的事,用不着你担心。"

"要我说,"他说,"你的神经已经出现了损伤。"

她猛然抬起头,脸上残留的一丝血色瞬间褪去,脸色苍白极了。

"我想,"他突然说,"我即将采取的行动恐怕有些欠考虑,而且过激,但我还是要这么做,看看后果如何。我要叫人来逮捕你。"

"老天爷,为什么?"她恐慌地盯着他,震惊得哑口无言。她的双手防备地举起,但随即又落了回去。

埃里克站起身,走向一位服务员。"小姐,"他说,"能麻烦你帮我叫位特工,去那张桌子那儿找我吗?"他指了指之前所坐的位置。

"没问题，先生。"女人眨了眨眼，并没露出任何困扰的表情。她转向一位勤杂工，男孩心领神会地跑进了厨房。

埃里克回到桌边，重新在凯茜对面坐下。他继续喝起咖啡，一边尽量保持冷静，一边默默为即将发生的事做好心理准备。"我的理由是，"他说，"这是为了你好。当然了，我并不能完全确定，但我觉得到了最后，这对你会有好处。你自己恐怕也清楚。"

凯茜脸色惨白，惊恐不安。她恳求道："我这就走，埃里克，我这就回圣迭戈去——行吗？"

"不。"他说，"你自己跑到这里来，这是你自找的。你把我牵扯进来，就只能承担相应的后果。你应该懂的。"他觉得自己无比理智，一切尽在掌握。眼前的情况很糟，但他能感觉到，更加糟糕的事情有可能会发生。

凯茜声音嘶哑地说："好吧，埃里克。我告诉你是怎么回事。我染上了JJ-180的毒瘾。我之前跟你讲过这种毒品，就是我和马尔姆·哈斯廷斯他们一起吃的那种。这下你知道了。我没什么别的可说了，就这些。在那之后，我又吃了第二次。光吃一次就能让人上瘾，你肯定也明白，毕竟你是当医生的。"

"还有谁知道这件事？"

"乔纳斯·艾克曼。"

"你是通过蒂华纳皮草染色公司搞到那东西的？从分公司搞到的？"

"嗯——是。"她避开了他的目光，过了一会儿又补充道，"所以乔纳斯知道，是他帮我搞到的。但你别告诉别人，求你了。"

埃里克说："我不会告诉别人。"谢天谢地，他的思维又开始正常运转了。唐恩·费斯顿伯格拐弯抹角提到的就是这种药吗？"JJ-180"这名字唤起了一些本已沉睡的记忆，他努力理清头绪。"那东西也叫弗洛芬那君，"他说，"就我对它的了解，你这下麻烦大了。它是黑泽丁造的。"

一名特工出现在桌边，"什么事，医生？"

"我只是想告诉你，这位女士确实是我的妻子。我想得到许可，让她和我一起留在这里。"

"好的，医生，我们将对她进行例行安检。不过我相信不会有什么问题。"特工点点头，离开了。

"谢谢。"过了一会儿，凯茜说。

"在我看来，对毒性这么强的药物上瘾就等于得了重病。"埃里克说，"在现在这个时代，这比癌症和心脏骤停更可怕。我不可能抛下你不管。你可能要住院才行，这你应该也想到了吧。我会联系黑泽丁，了解他们所掌握的信息……但你要明白，也许根本无法治愈。"

"嗯。"她抽搐似的猛然点头。

"无论如何,你表现得非常勇敢。"他伸出手,抓住了她的手。她的手又干又冷,感觉不到任何活力。他放开了她的手,"你绝对不是个懦弱的人,在这点上我一直很佩服你。当然,恐怕也正是这份勇气让你敢于尝试新药,结果走到了这一步。总之,这下我们又在一起了。"被你那致命的毒瘾紧紧黏在一起,他抑郁而绝望地想道。真是个维系婚姻的好理由。他实在觉得有点儿吃不消。

"你真是个好人。"凯茜说。

"你身上还有那种药吗?"

她犹豫了一下,"——没了。"

"你撒谎。"

"我不会交出来的。我宁可离开你,听天由命。"她的恐惧瞬间变成冥顽不化的挑衅,"听着,既然我对JJ-180上瘾,我就不能把手头的存货给你——上瘾就是这个意思!我不想再吃了,但我非吃不可。不过我手头上也没多少。"她全身一阵发抖,"它让我觉得还不如死了好,不用我说你也应该能想到。老天爷,我真不知道自己是怎么走到这一步的。"

"那是种什么样的体验?就我了解,好像与时间有关。"

"对,你会失去固定的时间坐标,可以在时间线上自由往来。我希望这功效能派上点儿什么用场,好好利用我前往的那个年代。秘书长用得上我吗？埃里克,也许我能避免这场战争的爆发,我可以在莫利纳里签署《和平公约》之前提醒他。"她的目光充满希望,"这是不是值得一试？"

"也许吧。"但他想起了费斯顿伯格曾说过的话,也许莫利纳里已经使用用JJ-180了。但"鼹鼠"显然没有尝试回到签署协议之前,也许他做不到。也许这种药在不同人身上会有不同的效果。许多兴奋剂和致幻药物都会这样。

"你能帮我和他取得联系吗?"凯茜问道。

"嗯——也许吧。"但他心里猛地一个激灵,他警觉起来,"这需要时间。他还处于肾脏手术后的恢复期,你应该也听说了。"

凯茜一直痛苦地低垂着脑袋,这时摇了摇头,"老天,我感觉糟透了,埃里克。也许我根本撑不过去。你明白吗……灾难近在眼前的感觉。给我些镇静剂吧,也许这会让我好受些。"她伸出一只手,埃里克再次意识到她在不停地颤抖,而且似乎比之前更严重了些。

"我先安排你住进这里的病房。"他做了决定,站起身来,"只是暂时的。我再想想该怎么办。但在这之前我不想让你吃药。药物或许反而会加强毒品的效果。对于新药,没法——"

凯茜打断了他,"当你去叫特工的时候,你知道我干了什么吗,埃里克?我往你的咖啡杯里放了一颗JJ-180。别笑,我是认真的。我说的是实话,你已经把它喝下去了。这下你也上瘾了。药效随时都会开始,你最好赶紧离开这里,回你自己的共寓去,那药效可不是闹着玩的。"她的语气平淡而沉闷,"我之所以这么做,是因为我以为你会找人来逮捕我。你自己说的,我相信了。所以这都是你自己不好。对不起……真希望我没这么做,不过无论如何,现在你更有动机来治好我了,你必须找到办法。我没法把一切都赌在你的好心肠上,我们之间存在太多问题了。你说呢?"

埃里克好不容易挤出一句:"我听说过,瘾君子都喜欢带别人一起上瘾。"

"你能原谅我吗?"凯茜也站了起来。

"不能。"他说。他感到怒气冲天,头昏眼花。他心想:我不但不能原谅你,还会竭尽所能,让你无药可救。在我眼里,一切都失去了意义,只剩下报复你这一件事。甚至连治好我自己都排在其次。他感到一股纯粹、绝对的仇恨。是啊,这就是她的做法,他妻子就是这么一个人。他想离开就是因为这个。

"这下我们利害一致了。"凯茜说。

埃里克竭尽全力保持动作的稳定,一步步走向咖啡厅门口,走过旁边的桌子和人群,离开她。

他差一点儿就成功了。就差一点儿。

环境终于恢复了正常,但又和之前的完全不同了。周遭的一切改头换面,焕然一新。

在他对面,唐恩·费斯顿伯格靠到椅背上,说:"你真走运。不过我最好还是给你解释解释。来,看日历。"他伸手一推,埃里克看着他把桌上的黄铜物品推到了自己面前。"你穿越到了一年之后。"埃里克瞪着它。那东西上面是华丽的雕刻。"现在是2056年6月17日。这药只会在一小部分人身上产生这样的功效,而你就是幸运儿之一。大多数人只会游荡到过去,陷在制造平行宇宙的混乱中。你懂的,他们扮演上帝的角色,直到神经损害得太严重,整个人退化到只会胡乱抽搐。"

埃里克努力想说点儿什么有意义的话,但他什么也想不出来。

"别费劲了。"费斯顿伯格看出他在努力挣扎,"听我说话就好。你在这儿只能停留几分钟,所以让我抓紧时间把话说完。一年前,你在咖啡厅里吃下JJ-180。还好我很快就赶到了现场。你妻子变得歇斯底里,而你当然已经消失了。特工带走了她,她承认自己染上了毒瘾,也坦白了她的所作所为。"

"哦。"埃里克条件反射地点点头。整个房间随之升起又下落。

"结果——你感觉好点儿了？总之，现在凯茜已经痊愈了，但这不是我要谈的事情，这并不重要。"

"那我——"

"嗯，至于你，你的毒瘾。一年前还没有戒除的方法，但现在有了，你听到应该很高兴吧。这方法是几个月前研究出来的，我一直在等你出现——现在我们对JJ-180的了解比一年前要多得多。非常幸运，我算出了你出现的时间和地点，几乎精确到分钟。"费斯顿伯格把手伸进口袋，掏出一个小玻璃瓶，"这就是由现在的TF&D分公司生产的解药。你想要吗？如果你现在喝下二十毫升，你的毒瘾就会彻底消失。就算你回到原本的时间，也有用。"他微微一笑，蜡黄的脸上出现了数道不自然的皱纹，"不过——会有一些问题。"

埃里克说："战争怎么样了？"

费斯顿伯格不以为然地说："你干吗关心这个？老天爷，斯威特森特，你整条命都悬在这个小瓶子上。你根本不知道对那东西上瘾是怎么一回事！"

"莫利纳里还活着吗？"

费斯顿伯格摇了摇头。"你这家伙只有几分钟时间，却只想问'鼹鼠'的健康情况。听着，"他向埃里克俯过身，嘴角不高兴地向下撇着，整张脸都因紧张激动而鼓了起来，"我想跟你做个交易，医生。我给你这些药片，作为回报，我要你做些事。我的要求非常低，请你一定要答应我。如果你没能戒掉毒瘾，下次再吃那种药的时候，你就会穿越到十年以后，那可就太晚、太远了。"

埃里克说："对你来说太晚了，但对我来说可不一定。解药一样会存在。"

"你就不想问问我要的回报是什么？"

"不想。"

"为什么？"

埃里克耸耸肩，"我觉得不舒服。你在对我施加压力，我不喜欢这样。我宁可不要你的帮助，自己冒险。"解药是存在的，对他来说知道这点就够了。这样的确信足以缓解他的焦虑，让他随心所欲地行动，"显然，我最好的选择就是在身体允许的范围内多吃几次这种药，至少两三次，每次去到更远的未来。等它的破坏性效果达到——"

"你每用一次，"费斯顿伯格咬牙切齿地说，"都会造成无法逆转的大脑损伤。你个愚蠢的白痴——你已经用得太多了。你也见过你妻子的模样了，你想让自己也变成那样吗？"

埃里克深思了片刻，说："为了得到我想得到的东西，我愿意。等我第二次服用，我就能知道战争的结果。如果结果不好，我就可以给莫利纳里提出相应的建议,避免那样的未来。与之相比,我的健康又算得了什么?"说完这句话,他沉默了。在他看来,一切都清晰无比,没什么可讨论的了。他默默地等着药效褪去,等着回到自己的时代。

费斯顿伯格打开玻璃瓶,将里面的白色药片倒在地上,伸脚将它们碾成粉末。

"你有没有想过,"费斯顿伯格说,"在接下来十年里,地球也许在战争中受到巨大的打击,以至于TF&D分公司再也无法供应解药?"

埃里克没有想到这一点。他慌张起来,但很好地掩饰住了情绪。"走着瞧吧。"他喃喃道。

"老实说,我不知道未来会怎么样。但我知道过去发生过什么——我知道过去这一年,你是如何度过的。"费斯顿伯格拿出一份自动新闻仪,摆到桌上将正面对着埃里克,"这是你在白宫咖啡厅嗑药后六个月的事。你会感兴趣的。"

埃里克扫了一眼新闻仪上的头条文章和标题。

在针对代理联合国秘书长唐纳德·费斯顿伯格的谋反行动中,

斯威特森特疑似主犯,现已被特工控制

费斯顿伯格突然抽回报纸，将它揉成一团，往后一抛，"我不会告诉你莫利纳里怎么样了。你自己调查去吧，反正你也没兴趣和我达成理性的共识。"

埃里克沉默了片刻，说："你有一整年的时间来准备一份假报纸，我记得这在政治史上并非没有先例……"

"你看看我的制服，"费斯顿伯格失控地说，他脸色涨得通红，上面的肉都在抖，仿佛随时有可能爆炸，"还有我的肩章!"

"这些就不能伪造了？我不是说它们肯定是假的，自动新闻仪也是。"反正他也无从分辨，"我只是说有这种可能性，这就足以令我起疑。"

费斯顿伯格费了好大的劲才勉强控制住自己。"好吧，你很谨慎。这一切让你晕头转向，这我能理解。可是医生，拜托你现实一点儿吧。你已经看过报纸了，你知道我通过某种方法成了莫利纳里的继任者，成了联合国秘书长。此外，以你的时间点为准，六个月后，你在密谋拉我下台时，被人逮个正着。还有——"

"代理联合国秘书长。"埃里克纠正。

"什么?"费斯顿伯格瞪着他。

"报纸的措辞表示，这只是暂时性、过渡性的情况。而且我也没有，或者说不会，'被抓个正着'。报道说的只是嫌疑，没有审判，更没有定罪。我很有可能是无辜的。有可能是有人陷害我,比如你。"

"不要班门弄斧！是,我知道你想说什么。好吧——"费斯顿伯格的声音很稳,"我承认。刚才给你看的那份报纸是假的。"

埃里克微微一笑。

"我也不是代理联合国秘书长。"费斯顿伯格继续说,"但是至于到底发生了什么——那就要你自己来猜了。你猜不到的,再过没多久,你就会回到自己的时间里,对于未来的世界一无所知。如果你和我做些交易,你也许就能无所不知。"他盯着埃里克。

"看来,"埃里克说,"我是个傻瓜。"

"不仅如此,还是个多相变态①。你完全可以带着无所不能的武器回去,拯救你自己、你妻子和莫利纳里——当然了,是比喻意义上的武器。接下来的一年里,你会饱受煎熬……前提还得是你能带着毒瘾熬过那么长的时间。走着瞧吧。"

埃里克终于感到了一丝不安。他错了吗？毕竟他甚至连费斯顿伯格想要自己做什么都不知道。但现在解药已经碎成了粉末,事已至此,无法挽回。他们说再多也只是唇舌之争罢了。

埃里克站起身,望了一眼窗外的夏延郡。

整座城市已成了一片废墟。

---

① 弗洛伊德的理论,认为人生来即属"多相变态"(polymorphously perverse),任何客体都可能成为快感之源。

他难以置信地睁着双眼,感到真实可触的房间摆设和眼里见到的一切的实体都在消融。实物从他面前慢慢地消失。他伸手去抓,想将它们留存下来。

"祝你好运,医生。"费斯顿伯格说,随即他也变成了一缕缥缈的雾,与周围灰暗的一切融为一体。桌子、墙壁和其他物体也都烟消云散,让人难以相信它们片刻前还那么稳定真实。

埃里克失去了平衡,挣扎着想站稳身体。他一头扎入了令人作呕的失重状态……等他在剧烈的头痛中仰起脸,周围出现了白宫咖啡厅的桌椅和人群。

一群人将他团团围住,面带忧色却不敢上前。他们都只是在一旁观看,不敢真的碰到他的身体。

"多谢你们的帮助。"他勉强挤出声音,摇摇晃晃地站起身来。旁观者带着愧疚逐渐散去,回到各自的桌边,剩下他自己一个人。不是一个人——凯茜还在。

"你晕倒了整整三分钟。"她说。

埃里克什么都没说。他不想再和她说话,不想与她再有任何牵扯。他感到阵阵恶心,双腿不断发抖,头部更是疼得像要裂开、要碎掉。他心想,这一定就是一氧化碳中毒的感觉,以前的教科书里就是这么描述的。那感觉仿佛是一口吸入了死亡。

"要我帮忙吗?"凯茜问道,"我还记得第一次时的感觉。"

埃里克说："我现在就带你去病房。"他抓住了凯茜的胳膊，感觉到她的手提袋抵在自己身侧，"你的药肯定就在手提袋里。"他一把抽走了手提袋。

他很快就找到了两颗细长的胶囊，然后将它们塞进自己的口袋里，把凯茜的手提袋还给了她。

"谢了。"凯茜讽刺道。

"也谢谢你，亲爱的。在这个婚姻的新阶段里，我们对彼此都付出了很多爱。"他领着凯茜离开咖啡厅，她没有抵抗。

还好我没答应和费斯顿伯格做交易，埃里克心想。但费斯顿伯格还会再来找他的，这事绝对没完。但他仍然拥有优势——在这个时间点，他知道的事情，是那个脸色蜡黄的讲稿撰写人还不知道的。

从一年后的谈话来看，费斯顿伯格在政治方面有野心。他会想办法发动政变，并收买他人的支持。联合国秘书长制服是假的，但费斯顿伯格的野心并不假。

而现在，费斯顿伯格对事业的谋划很可能还未开始。

现在的费斯顿伯格再也不可能让埃里克·斯威特森特吃惊了，因为一年后的他已经提前亮出了自己的底牌，而此刻的他对此一无所知。一年后的他也没有意识到这一举动所带来的后果，这是政治上的巨大失策，也是个无可逆转的错误。

　　何况与他同台竞艺的还有其他政治策略家，其中不乏资源丰富、能力高强的好手。

　　基诺·莫利纳里就是其中之一。

　　将妻子安排在白宫病房里住下后，埃里克给TF&D公司的乔纳斯·艾克曼打了个可视电话。

　　"这么说，你知道凯茜的事了。"乔纳斯说。他看上去一点儿也不高兴。

　　"我不会问你为什么要那么做，"埃里克说，"我只是想——"

　　"我做了什么？"乔纳斯的脸一阵抽搐，"她说是我让她染上毒瘾的，是吗？这不是真的，埃里克。我为什么要那么做？你好好想想。"

　　"这个就不讨论了。"没时间了，"我想问的是，对于JJ-180，维吉尔了解多少？"

　　"了解一些，但并不比我多多少。本来——"

　　"让我和维吉尔谈谈。"

　　乔纳斯不情愿地将电话转到了维吉尔的办公室。片刻后，老头出现在埃里克面前。看清呼叫者是谁时，他斜睨了埃里克一眼，毫不掩饰目光里的狂热。"埃里克！我已经在新闻仪上读到了你救了他一命。我就知道你会成功的。如果你每天都能这样——"维吉尔发出愉快的吃吃笑声。

"凯茜染上了JJ-180的毒瘾。我需要你的帮助,我要帮她戒掉。"

维吉尔愉快的表情消失了。"那太糟了!可是我又能怎么办呢,埃里克?当然了,如果有可能,我很乐意帮忙。我们都很喜欢凯茜。你是当医生的,埃里克,你应该能想出办法帮她。"他还想继续说下去,但埃里克打断了他。

"告诉我分公司的联系人是谁。就是制造JJ-180的地方。"

"哦,好啊。黑泽丁公司,在底特律。让我找找……你该去找谁呢?波尔特·黑泽丁本人?等一下,乔纳斯到我办公室来了,他有话要说。"

乔纳斯出现在了屏幕上,"我刚才就想告诉你,埃里克。我发现凯茜的情况后,马上联系了黑泽丁公司。他们的人已经在去夏延郡的路上了。凯茜失踪后,我猜她应该会直接去你那里。等那个人到了,有什么进展都通知维吉尔和我一下吧。祝你好运。"他从屏幕上消失了,显然因为能帮上忙而松了口气。

埃里克谢过维吉尔,挂了电话。他随即站起身,马不停蹄地去了白宫接待室,看黑泽丁公司的代表到了没有。

"哦,有的,斯威特森特医生。"负责接待的姑娘低头看着登记簿说道,"不久之前刚有两个人来过,我们正通过广播在走廊和咖啡厅里找你。"她读着登记簿上的人名,"一位是波尔特·黑泽丁先生,还有一位是巴奇斯小姐……她的字迹很难辨认,好像只留了这么个姓。我们叫他们上楼,到你的共寓去了。"

走到共寓门前时,埃里克发现门是虚掩着的。两个人坐在他狭小的客厅里。中年男人衣着整洁,披着件长外套,而另一位不到四十岁的金发女人则戴着眼镜,五官轮廓突出,看起来干练而专业。

"黑泽丁先生?"埃里克说,边进门边伸出手。

一男一女都站了起来。"你好,斯威特森特医生。"波尔特·黑泽丁和他握了握手,"这位是希尔达·巴奇斯,来自联合国毒品监控局。我必须将你妻子的情况报告给他们,医生,这是法律的规定。不过——"

巴奇斯小姐脆生生地说:"我们并不想逮捕或惩罚你的妻子,医生。我们和你一样想帮助她。我们已经准备好去看她了,但我们想在去病房之前先和你谈谈。"

黑泽丁轻声说:"你妻子身上还有多少药?"

"没了。"埃里克说。

"请让我为你解释一下,"黑泽丁说,"对毒品的适应性和上瘾有什么不同。上瘾——"

"我是个医生,"埃里克提醒他,"你用不着讲得那么细。"他坐了下来,药效仍有残留。他的头仍然很痛,呼吸的时候胸口也很疼。

"那你也应该知道,那种药进入了她肝脏的新陈代谢系统。现在这药已经成了新陈代谢继续进行的必备物品。如果不再服药,她会死于——"黑泽丁算了一下,"她吃了多少?"

"两三颗吧。"

"如果不再服药,她很可能活不过二十四小时。"

"如果继续服药呢?"

"大概还能再活四个月吧。到那时呢,医生,我们也许会研制出解药,别以为我们没在努力。我们连人造器官移植都试过了,把肝脏移除,再用——"

"这么说,她必须继续服药。"埃里克说,随即想到了自己。他也面临着同样的困境,"如果她只吃过一次,会不会——"

"医生,"黑泽丁说,"你不明白吗?JJ-180并不是作为药物而研发的,而是战争武器。从一开始,它就被设计成这个样子:吃一次就会彻底上瘾,给人带来大规模的神经和脑损伤。它无色无味,下在你的食物或饮料里,你无法觉察。从一开始我们就意识到,迟早会出现自己人不小心中招的问题。我们本来要等到研发出解药,再对敌方使用JJ-180。可是——"他看着埃里克,"你妻子并不是意外染上的毒瘾,医生。是有人故意做的手脚。我们知道她是从哪儿得到这种药的。"他瞥了巴奇斯小姐一眼。

"你妻子不可能是从蒂华纳皮草染色公司搞到的药。"巴奇斯小姐说,"黑泽丁从没把药交给过母公司。"

"是我们的盟友。"波尔特·黑泽丁说,"这是《和平公约》中的一项规定,我们必须把地球生产出的每种新武器都交给他们一份。是联合国强迫我把JJ-180邮寄给了利利星。"他的脸部肌肉松弛下来,但依然带着怨愤。不过这种怨愤他已经习以为常了。

巴奇斯小姐说:"出于安保上的考虑,寄送给利利星的JJ-180分为五批,装在五个不同的容器中,通过五趟不同的航班运送。其中有四批顺利抵达了利利星,还有一批被雷格人用自动探测机摧毁了。之后,我们安插在帝国里的特工就一直报告,说有传言利利星特工把这批药带回了地球,要用在我们自己人身上。"

埃里克点点头,"好吧,她不是通过蒂华纳皮草染色公司拿到的。"但是凯茜在哪儿得到的药很重要吗?

"所以,利利星的情报人员已经接触过你的妻子。"巴奇斯小姐说,"她不能再留在夏延郡。我们已经和特工队商量过了,他们会将她送回蒂华纳,或者圣迭戈。没有其他可能性。当然了,她不肯承认,但利利星人确实已拉她入伙,作为交换,他们向她继续提供药品。她到这里来找你可能就是因为这个。"

"可是,"埃里克说,"如果你切断她的药品供应——"

"我们不打算这么做。"黑泽丁说,"事实上,我们要做的事正好相反。为了让她远离利利星的特工,最好的方法就是由我们直接向她提供药品。面对这种情况,我们制定的策略就是……你妻子并非第一个陷入这种处境的人,医生。我们早就见过这样的例子,请你相信我的话,我们知道什么是最佳方案。当然了,是在有限可能性里的最佳选择。首先,她必须继续服药,才能存活下去。光是这一点就足以让我们保证她的药品供应。但除此之外,还有一件事应该让你知道。那批原本要送往利利星,结果被雷格探测机摧毁的药……就我们所知,雷格人成功地捞走了那艘飞船的部分残骸。他们也得到了JJ-180,数量很少,但仍然货真价实。"他顿了顿,"他们也在研制解药。"

室内一片沉默。

"现在地球上没有任何治疗方法。"沉默了一会儿后,黑泽丁继续说,"利利星则根本没在研制,虽然他们并不是这么跟你妻子说的。他们只想大量制造这种药,毫无疑问是想同时用在敌方和我们身上。这是无法避免的事实。而雷格人也许已经研制出解药了。瞒着你这事是不公平的,也是不道德的。我说这些并不是想让你叛逃到敌军那一边,也不是想提出什么建议——我只是告诉你实话。四个月以后,我们也许会有解药,也许没有。我无法预知未来。"

"这种药,"埃里克说,"会让某些吃了它的人进入未来。"

黑泽丁和巴奇斯小姐对视一眼。

"是这样没错。"黑泽丁点了点头,"你肯定也能想到,这是高度机密情报。我想是你妻子告诉你的吧。在她身上体现出的药效是进入未来吗?这种情况相对罕见,大多数人只会回到过去。"

埃里克警惕地说:"凯茜和我聊过这些事。"

"嗯,"黑泽丁说,"至少在逻辑上,这种可能性成立。进入未来,得到解药——也许得不到实体,但只要搞到配方就够了。记住配方,回到现在,把配方交给我们公司的化学家团队。万事大吉。听起来简单得有点儿过头了,你不觉得吗?这样一来,药效本身就包含着解除药效的方法,让人获得一种现在还未知的新分子,代替JJ-180进入肝脏的新陈代谢循环……我能想到的第一条反对理由是,也许永远也造不出这样一种解药,去了未来也没用。毕竟,现在连鸦片的衍生物都还没有解药,海洛因仍然是种危险的违法毒品,和一个世纪前毫无区别。但我还能想到另一条反对理由,更深层的理由。老实说——我本人亲自监督了JJ-180测试的全过程。我认为,一个人在药效影响下所进入的另一个时空,是假的。我不认为那是真正的未来,或者是真正的过去。"

"那它到底是什么?"埃里克问道。

"黑泽丁公司的观点从始至终都一样。我们认为,JJ-180是种致幻药物,也仅仅是一种致幻药物罢了。幻觉不管看起来有多真实,都不能证明那就是真的。大多数幻觉看起来都是真实的,不管引发因素是药物、精神疾病、大脑损伤,还是针对大脑某些区域给予的电流刺激。你肯定也了解这些,医生。一个出现幻觉的人并不只是认为自己看到了,比如说,一颗橘子树。他是真的看到了。对他来说,那是一段真实的体验,就像我们此刻待在你的客厅里一样真实。那些吃了JJ-180后回到过去的人从来没有带回过任何古董。他们也没有消失,没有——"

巴奇斯小姐插嘴道:"我不同意你的说法,黑泽丁先生。我和好几位对JJ-180上瘾的患者谈过,他们都讲了许多关于过去的细节,而我相信他们没有别的途径了解那些信息,除非真的亲身去过那个时代。我没法证明,但我确实相信。抱歉打断你的话。"

"深藏内心的记忆罢了。"黑泽丁不耐烦地说,"哦老天爷,也许是上辈子的事呢,也许确实有投胎转世这回事。"

埃里克说:"如果JJ-180真的能让人进行时间旅行,那它也许并不是打击雷格人的好武器,甚至或许会给他们带来意想不到的好处。而你如果还想把它卖给政府的话,你必须坚称那些都只是幻觉,黑泽丁先生。"

"你这是诋毁。"黑泽丁说,"你避开我的论点,转而攻击我的动机。我没想到你会这样,医生。"他一脸阴沉,"也许你是对的。我怎么知道? 我又没吃过。发现它的成瘾性后,我们就没有给任何人吃过,只能将动物和第一批不幸的成瘾者当作研究对象。当然,还有最近被利利星人变成瘾君子的人,比如你妻子。还有——"他犹豫了一下,随即耸耸肩继续说,"还有战俘营中的那些雷格战俘。不这么做,我们根本无法确知药物对他们的影响。"

"那些雷格人的反应是?"埃里克问。

"和我们自己人差不多。彻底成瘾,神经衰退,幻觉凌驾于一切之上,以至于对自己的真实处境变得漠不关心。"他又自言自语似的补充道,"人在战争时做的这些事啊。人们竟然还有立场批评纳粹呢。"

巴奇斯小姐说:"我们必须赢得这场战争,黑泽丁先生。"

"是啊,"黑泽丁死气沉沉地说,"哦,你说得太对了,巴奇斯小姐。正确极了。"他眼神涣散地盯着地板。

"把药给斯威特森特医生吧。"巴奇斯小姐说。

黑泽丁点点头,把手伸进口袋。"给,"他拿出一只扁平的金属罐,"JJ-180。按法律规定,我们不能给已知的成瘾者供货,也就不能直接交给你妻子。所以你拿着吧，当然，这只是走个形式。至于你拿它做什么就是你自己的事了。总之，这罐子里的药足够让她活到再也撑不下去。"他没有迎上埃里克的目光，只是继续盯着地板。

埃里克接过罐子，说："对于你公司的发明，你似乎并不开心。"

"开心？"黑泽丁跟着他重复，"哦，当然了，你看不出来吗？我没表现出来吗？你知道吗，奇怪的是，最难熬的竟然是看那些雷格战俘服药。他们只会蜷缩起来，慢慢枯萎。对他们来说，根本没有药效缓解的时候……一旦碰过JJ-180，他们就只为JJ-180而活着。嗑药让他们快乐，幻觉对他们来说——该怎么形容呢？是一种娱乐……不，不是娱乐。让他们全身心沉浸其中？我也不知道，但他们的样子仿佛看到了世界的终极。但在临床医学和生理健康的角度上，这终极同时也是炼狱。"

"生命短暂。"埃里克评论道。

"而且野蛮又污秽。"黑泽丁含含糊糊地引用了一句名言[1]，仿佛是下意识地回应，"我不信命，医生。也许你又幸运又聪明，能相信这种东西。"

---

[1] 英国政治家、哲学家托马斯·霍布斯说过的话："人生……是孤独、贫困、污秽、野蛮又短暂的。"

"不，"埃里克说，"谈不上。"谁也不想当一个抑郁的人。相信宿命不是什么才能，而是一种如影随形的疾病。"吃过JJ-180后多久会出现戒断症状？也就是说，过了多久就必须——"

"十二到二十四小时之间都有可能。"巴奇斯小姐说，"然后生理反应就会出现，肝脏的正常新陈代谢会崩溃。那感觉——很不舒服。简单说的话。"

黑泽丁声音嘶哑地说："不舒服——看在老天爷分上，讲得现实点儿吧。那感觉根本让人无法忍受。那感觉就像是快要死掉般痛苦，而且当事者本人心里一清二楚。他能感觉到，却无法说出个所以然。说到底，有多少人体验过濒死的痛苦呢？"

"基诺·莫利纳里体验过。"埃里克说，"但他是个与众不同的人。"他把JJ-180的罐子放进口袋，心想：在不得不吃下第二颗药之前，我最多还有二十四小时。最坏的情况，今晚戒断反应就会来了。

雷格人也许已经有解药了。他心想。为了我的命，凯茜的命，我会去找他们吗？很难说。他是真的不知道。

也许，他心想，等我经历过与戒断反应的第一场肉搏，我就会知道了。或者在我发现自己神经退化的第一波迹象的时候。

他仍然不敢置信，他妻子就这么轻易地让他也染上了毒瘾。这说明她心里的仇恨是多么强烈，对生命的价值有多么蔑视。但他不也一样吗？ 他想起自己与基诺·莫利纳里的第一场对话。那时他流露出了心底的真实感受,正面看清了它们。而在最后一次的分析中,他产生了与凯茜相同的感受。这是战争所带来的巨大影响之一:个人的生存显得如此微不足道。也许他可以把一切都怪罪在战争身上。这会让他轻松许多。

但他心里明白,事实并非如此。

11

埃里克走在去病房的路上，打算把药交给凯茜。他完全没想到，自己会在半路上遇到基诺·莫利纳里。联合国秘书长病快快地瘫坐在轮椅上，腿上搭着厚重的羊毛毯，双眼像独立于身体而存在的活物般转个不休。他用目光将埃里克钉在原地，动弹不得。

"你的共寓里有监听器。"莫利纳里说，"你和黑泽丁·巴奇斯的对话全都被录制了下来，然后转成文字稿，发给了我。"

"这么快？"埃里克好不容易挤出一句。谢天谢地，幸好他对自己的毒瘾只字未提。

"赶紧把她带走。"莫利纳里呻吟道，"她成了利利星间谍，什么都愿意做——我很清楚，以前也发生过这样的事。"他的身体颤抖着，"其实她已经离开了，我手下的特工把她带走了，带上了直升机。所以我也不知道我为什么还这么激动……在理智上,我很清楚事情并没有失控。"

"既然你拿到了录音稿,就应该知道,巴奇斯小姐已经安排凯茜——"

"我知道!好吧。"莫利纳里费力地喘气,脸色惨白,肌肤松弛,布满了道道深色的皱纹。"这下你知道利利星人是一群怎样的货色了吧?拿我们的药来对付我们。真像那帮混蛋会做的事,他们肯定乐着呢。我们就该把那药投到他们的水库里。我放了你进来,你又把你妻子放了进来。为了那种可怕的药,只要他们一声令下,不管什么事她都肯做,哪怕是要暗杀我。我了解关于弗洛芬那君的一切,这名字是我起的。德语的'弗洛',意思是快乐,拉丁语的词根'芬那',意思是愉悦。至于'君',那当然是——"他没说下去,肿胀的嘴唇一阵阵颤抖,"我病得太厉害,不该这么激动,我还在术后恢复期呢。你到底是要治好我,还是要杀了我呢,医生?还是说,连你自己也不知道?"

埃里克说:"我不知道。"他不知如何是好,愣在当场。他应付不来这一切。

"你脸色很不好。这对你来说想必很难熬吧,尽管你的安全档案里写着你和妻子相互憎恨,你自己嘴上也是这么说的。我猜你是这么想的:如果你没有离开她,她就不会染上毒瘾。听着,每个人都必须过好自己的生活，这件事的责任在她身上。不是你把她逼成这样的，这是她自己主动的选择。这会让你好过一点儿吗？"他仔细地看着埃里克的脸，观察他的反应。

"我——没事。"埃里克简短地说。

"骗鬼呢！你的脸色几乎和她一样糟糕。我已经去看过她了，我忍不住想亲眼看看。可怜又可恨的女人啊，谁都能看出那玩意儿在她身上造成的破坏。就算给她换个肝、全身换血也无济于事。他们也告诉你了，那些办法之前已经试过了。"

"你和凯茜说话了吗？"

"我？我跟利利星间谍说话？"莫利纳里瞪着他，"嗯，说了一两句，在他们推车送她出去的时候。我很好奇，和你纠缠成这样的会是个怎样的女人。你身上有明显的被虐狂特质，她的存在就是证据。她可真是个泼妇啊，斯威特森特，像个怪物。你之前向我描述得一点儿没错。你知道她说了什么吗？"他咧嘴一笑，"她跟我说，你也染上了毒瘾。真是不择手段地想把水搅浑啊，你说呢？"

"是啊。"埃里克僵硬地说。

"你干吗要这么看着我？"莫利纳里打量着他，水肿的黑眼睛透着光，说明他已经冷静下来，"知道这件事让你难过？她这么不择手段，哪怕毁掉你在这里的大好前程也不在乎。埃里克，如果我真相信她的话，认为你也染上了那东西，我可不会只是把你赶走就算了，我会叫人杀了你。战争时期，我的职责就是杀人。你清楚，我也清楚，因为我们之前讨论过了，也许不久就会出现某种情况，你不得不——"他犹豫了一下，"我们说过的，杀了我。没错吧，医生？"

埃里克说："我必须把药交给凯茜。能允许我离开片刻吗，秘书长？赶在他们离开之前。"

"不行。"莫利纳里说，"你不能走，我有事要问你。弗莱涅柯西部长还在这儿没走呢，这你也知道。他和他底下那帮人正秘密驻扎在白宫东翼。"他伸出一只手，"给我一颗JJ-180吧，医生。把药给我，然后彻底忘掉我们有过这场对话。"

埃里克心想：我知道你会干什么，你想干什么。但你根本没有可乘之机，现在又不是混乱的文艺复兴时期。

"我会亲自送给他，"莫利纳里说，"保证那药确实送到他本人嘴边，不会在半路上被别人插一脚。"

"不，"埃里克说，"我拒绝。"

"为什么？"莫利纳里歪起头。

"这是种自杀行为。对地球上所有人来说都是。"

"你知道俄国人是怎么摆脱贝利亚①的吗？贝利亚携带手枪

---

① 苏联秘密警察局长。

进了克里姆林宫，这是违法的。他把枪放在公文包里，结果他们偷了他的公文包，用他自己的手枪把他打死了。你是不是以为高层只会用复杂的方式处理问题？最简单的解决方案总是被人忽略，这就是普罗大众最显著的缺点——"莫利纳里住了口，突然抬手捂住胸口，"我的心脏。我的心脏好像停了。现在又开始跳了，但刚才有一瞬间根本没动。"他脸色苍白，声音变成了微弱的耳语。

"我送你回房间。"埃里克走到莫利纳里身后，开始推他的轮椅。"鼹鼠"没有反对，只是无力地坐着，微微向前俯身，伸手按摩肥硕的胸脯。他试探性地摸索、检查着自己的身体，感到了排山倒海般的恐惧。他似乎遗忘了其他一切事物，满脑子只剩下这具濒临崩溃的肉体。对他来说，这身体就是整个宇宙。

在两名护士的帮助下，埃里克将莫利纳里送回了他的床。

"听着，斯威特森特。"莫利纳里靠到枕头上，小声地说，"我不用非得管你要那东西，我可以给黑泽丁施压，让他直接送到我手里。维吉尔·艾克曼是我的朋友，他会保证让黑泽丁听话。你可别想告诉我该怎么做。你做好你的事，我做我的。"他闭上眼，呻吟了一声，"老天，我心脏旁边的动脉肯定裂了，我能感觉到血液从里面漏出来。帮我叫提加登过来。"他又呻吟一声，转身面对着墙壁，"今天真是够漫长的。但我一定会让弗莱涅柯西吃不了兜着走。"刚说完这句话,他又马上睁开眼睛,"我知道这是个愚蠢的主意。但我最近想出来的主意都差不多,都一样蠢。再说了,除此之外,我还有什么别的办法呢?你能想出什么办法来吗?"他等了一会儿,"想不出吧。因为确实没有其他办法了。"他又闭上眼,"我感觉难受极了。我看这次我是真的要死了,你也救不了我。"

"我去叫提加登医生。"埃里克走向门口。

莫利纳里说:"我知道你也上瘾了,医生。"他微微坐起身体,"我能看出谁在说谎,你妻子可没骗我。一见到你我就看出来了,你恐怕不知道自己的样子变了多少。"

埃里克沉默了片刻,"你打算怎么办?"

"你早晚会知道的,医生。"莫利纳里再次转向墙壁。

将JJ-180交给凯茜后,埃里克立即登上了前往底特律的特快飞船。

四十五分钟后,他抵达了底特律,坐出租车前往黑泽丁公司。促使他迅速行动的不是毒品,而是基诺·莫利纳里。他等不到晚上了。

"我们到了,先生。"自动出租车语气恭敬地说。它滑开车门让他下车,"那座灰色的单层建筑就是黑泽丁公司……树篱上是玫瑰色的花朵,底部长着螺旋形绿色苞叶的那座。"埃里克向外望去,看见了那座楼、楼前的草坪和石楠树篱。那建筑不大,看起来根本不像工厂。原来JJ-180就是在这样一个地方诞生的。

"等一下,"他吩咐出租车,"能给我一杯水吗?"

"当然。"装了水的纸杯从埃里克面前的凹槽内滑出,在槽口晃动一下,停住了。

埃里克坐在出租车里,吞下了从凯茜的份额中偷偷克扣下的一颗JJ-180。

几分钟就这么过去了。

"您不下车吗,先生?"出租车问道,"我做错了什么吗?"

埃里克等待了一会儿。等他感觉到JJ-180开始起效,他给出租车付了钱,下车沿着弧形的红木小道慢慢地走向黑泽丁公司。

小楼闪了几下,仿佛被闪电击中了。头上的蓝色天空也随之扭曲起来。他抬起头,发现晴朗的蓝色天空磨磨蹭蹭地仿佛想要留下来,但一瞬间后就消失殆尽。晕眩感太剧烈了,而能用来当坐标的参考物体又越来越少,他不禁闭上了眼睛。他一步一步地靠感知向前走着。他弯下了腰,然后被某种不知名的动力驱使着不断向前,虽然他走得很慢。

太疼了。这感觉和第一次吃药时不一样,重组的现实对他的影响太严重了。他注意到,自己的脚步声消失了。他一定走偏了方向,上了草坪。但他仍然没有睁开眼睛。这也许是幻觉里的世界,他心想。难道黑泽丁的观点才是对的?我也许可以在幻觉里找出答案,这真像个悖论……不过前提是,这真是幻觉。但他并不这么认为。黑泽丁错了。

他感觉到有石楠树枝擦过手臂,睁开了眼睛。他的一只脚陷入了花坛柔软的黑土里,踩在一棵半碎的球根秋海棠上。石楠树篱的另一侧是黑泽丁公司的灰楼,和之前一模一样,丝毫不差。淡蓝色天空中飘着些形状不规则的云,正快速飘向北方。在埃里克看来,跟之前的天空简直一模一样。到底有什么地方不一样了?他回到了弧形的红木道上。要进去吗?他问自己,回头看了一眼街道。出租车已经消失不见。底特律的建筑和斜坡看起来十分复杂。埃里克并不熟悉这座城市。

他走到门廊处,大门自动为他打开了。里面是一间整洁的办公室,摆着舒适的皮椅和一些杂志,脚下的长绒地毯不断变换着图案。埃里克透过开放式的过道向里张望,里面是办公区,摆着几台会计机器和模样普通的电脑。与此同时,他还能隐隐听见一阵乱哄哄的杂音,似乎是从实验室里传来的。

他正准备坐下,一个四条胳膊的雷格人走了进来。它甲壳质的蓝色脸上毫无表情,未发育的胚胎翼紧贴在如子弹般闪亮的突出的后背上。它吹了声口哨,跟他打了个招呼——埃里克从来没听说过雷格人有这个特点——随即就走过过道消失了。另一个雷格人出现了。它猛烈地挥动着所有双关节的手臂，走到埃里克面前停下来，拿出一个小方盒。

许多英语字母从盒子侧面闪过，出现后立马消失。埃里克意识到，他必须集中注意力阅读它们。雷格人正以这种方式与他沟通。

欢迎来到黑泽丁公司

他读懂了，但却不知道要怎么办。面前这个雷格人应该是接待员，他注意到它是位女性。他应该以什么方法作答？雷格人等待着，发出嗡嗡的声音。它的身体结构太过复杂，似乎无法保持完全静止。几只焦点不同的眼睛不停地缩小又放大，一会缩回头骨里，一会又像红酒瓶塞那样凸到外面。要不是埃里克清楚不是这么回事，他会以为雷格人都是瞎子。但随即他意识到，这些眼睛都是假的，对方真正的复眼长在第一对手臂的肘部。

他说："能让我和你们的化学家见个面吗？"他心想：看来我们确实输了，输给这些雷格人。这下他们占领了地球，地球上的工厂也都属于他们了。但他随即又想到，人类应该还在，因为见到我，这个雷格人并没有太过惊讶，应对相当自然。这样看来，我们并没沦为他们的奴隶。

请问有什么事？

埃里克犹豫了一下："关于这里曾经生产过的一种药，叫弗洛芬那君，或JJ-180。两个名字指的都是同一种药物。"

请稍候

雷格女人快步穿过过道进了办公区，然后消失不见。埃里克站在原地等待着，觉得就算这一切都是幻觉，那也不是自发产生的。

一个体型更大的雷格男人出现了。他的关节显得很僵硬，埃里克意识到这说明他年纪很大了。雷格人的寿命很短，往往以月计算。面前这位显然已经命不久长。

这位年迈的雷格男性用翻译盒说：

你想问JJ-180的什么事？请简明扼要地说。

埃里克弯下腰，拿起了旁边桌上的一份杂志。它并不是用英文写的。封面上印着两个雷格人，配着潦草难懂的雷格图形文字。他吃了一惊，看得更仔细了。这本杂志是《生活》。不知道为什么，这给埃里克带来的震惊远比与敌人面对面更甚。

请问？

雷格老人不耐烦地嗒嗒作响。

埃里克说："JJ-180有成瘾性，我想购买它的解药，来戒除我的毒瘾。"

你不需要找我,接待员就能帮到你。

雷格老人匆匆忙忙地转身走了,显然急于继续手头的工作,留下埃里克孤身一人。

接待员带着一只棕色的小纸袋回来了。她把纸袋递给埃里克,用的不是多关节手臂,而是昆虫般的大颚。埃里克接过纸袋,打开看了看。里面是一瓶药片。就这么简单,不需要做其他的事了。

一共四元三角五,先生。

接待员看着他掏出钱包。埃里克拿出一张五美元递给她。

抱歉先生,这是已不流通的战时货币。

"不能收吗?"他说。

有规矩禁止接收。

"好吧。"埃里克呆滞地说,不知道该怎么办。他可以抢在对方阻止他之前把药都吞下去。然后他大概会被逮捕。埃里克一瞬间想象到了之后发生的事情:雷格警察会检查他的身份,发现他来自过去。他们知道,他会把影响未来战局的信息带回过去,而且恐怕对雷格人不利。这种事绝对不能发生,他们必须处死他。即便现在两个种族和平共处了也一样。

"我的手表。"他从手腕上解下表,递给雷格女人,"十七颗宝石,七十年不用换电池。"他又即兴加了两句,"是古董,保存完好,来自战争前的年代。"

请稍候。

接待员接过手表，蹬着柔软的长腿回到办公区，和埃里克看不见的某人说了几句。他在原地等着，没有趁机吞下解药。他感觉自己仿佛被困在一层令人窒息的薄膜里，无法采取行动，也无法逃避，僵在中间进退不得。

有什么东西从办公区出来了。埃里克抬头望去。

是人类。一个头发很短的年轻男人，身上穿着件满是污点、皱皱巴巴的工作服。"怎么了，伙计？"男人问道。雷格接待员跟在人类身后，关节咔咔作响。

埃里克说："抱歉打扰你，能私下谈谈吗？"

男人耸耸肩，"好啊。"他领着埃里克走出房间，两人走进了一个貌似储物间的地方。男人关上门，平静地转向埃里克，说："那块表价值三百元，她不知道该怎么办，毕竟她只有600型大脑，你也知道D类雷格人是什么样的。"他点了支烟，把整包递到埃里克面前。那是包骆驼牌香烟。

"我是时间旅行者。"埃里克拿了支烟，说。

"当然了。"男人大笑起来，把火柴也递给埃里克。

"你不知道JJ-180的药效吗？它就是在这里生产的。"

男人沉思了一会儿，说："但已经多年没出现过这种事了，因为它的成瘾性和毒性都太强。老实说，自从战争结束以后就没有过了。"

"他们赢了？"

"'他们'？你指谁？"

"雷格人。"埃里克说。

"雷格人，"男人说，"是'我们'。'他们'是利利星人。如果你是时间旅行者，你应该知道的比我清楚才对。"

"但《和平公约》——"

"根本就没有《和平公约》。听着，伙计，我上大学时第二专业是世界史，差点儿就教了这门课。对于最后这场大战，我再清楚不过了，我的研究主题就是这个。基诺·莫利纳里——他是战争爆发前的联合国秘书长，他和雷格人签了《共识时代协议》，然后雷格人和利利星人开战了，莫利纳里带我们也参了战，根据共识协议，我们是雷格人的盟友。最后我们赢了。"他微微一笑，"你说你成瘾的这个药呢，是黑泽丁公司在2055年研发的，那时候还在打仗，本来是为了对付利利星人，结果没用上，因为弗莱涅柯西那伙人的药学科技比我们发达多了，很快研制出了解药——就是你想买的这东西。老天，他们非研制出解药不可，我们可是把那玩意儿投进了他们的饮用水。那是'鼹鼠'本人的主意。"他解释道，"'鼹鼠'是莫利纳里的昵称。"

"好吧。"埃里克说,"就说到这里吧。我想买解药。我想用那块表来换解药,这样可以吗?"棕色纸袋还在他手里。他把药瓶拿了出来,"麻烦你给我倒杯水,让我把解药吃了,然后我就走。我不知道能在这儿待多久,恐怕很快就要回到我自己的时间去了。可以吗?"他无法自控地提高了声音,险些说不下去。他身体阵阵发抖,但他不清楚是因为什么。愤怒,或者恐惧——也许是茫然无措。他已经不知道自己到底是怎么想的了。

"冷静点。"男人叼着烟走开了,显然在找水,"可乐行吗?"

"行。"埃里克说。

男人拿着喝了半罐的可乐回来了,看着埃里克倒出解药,艰难地吞了一片又一片。

雷格接待员出现在门口。

他没事吧?

"没事。"男人说。埃里克终于吞下了最后一片解药。

手表交给你可以吗?

男人接过接待员递来的表,说:"不用说,这当然是公司财产。"他向储藏室门外走去。

"在战争快结束的时候,有没有过一任联合国秘书长名叫唐纳德·费斯顿伯格?"埃里克问。

"没有。"男人说。

他的表很贵重,除了药还应该得到一些现金。

雷格女人拿给男人看的盒子上闪着这样的讯息。男人顿了顿,皱起眉,然后耸了耸肩。"一百元现金。"他对埃里克说,"随便你拿不拿。"

"我要。"埃里克说,跟着他走进办公区。男人数好现金给他。钞票的模样奇特而陌生,埃里克从来没见过这样的货币。他突然想到另一个问题:"基诺·莫利纳里是怎么下台的?"

男人瞥了他一眼,"暗杀。"

"枪杀?"

"对,传统的铅制子弹。一个疯子杀了他。因为他放松了移民政策,允许雷格人在地球定居。有一小群种族主义者,担忧人类血统会被污染……好像雷格人和人类能通婚似的。"他笑起来。

埃里克心想,莫利纳里也许就是从这个世界取得了费斯顿伯格领我去看的那具尸体。那个被子弹打成筛子的基诺·莫利纳里,满身是血,惨不忍睹,躺在充满氦气的棺材里。

在他身后,一个干巴巴的声音说:"斯威特森特医生,你就不想给你妻子带些JJ-180的解药回去吗?"

说话的生物没有眼睛。看见它的时候,埃里克想起了儿时见过的水果:散落在野草丛中,已经熟透的梨,表面爬满了被腐烂的甜美气味吸引而来的胡蜂。这生物的外表勉强可以说是个球,但它身上套着些马具似的带子，身体被箍得弯弯曲曲。显然，它要穿成这样才能在地球环境中行动。但埃里克不明白这东西为什么宁可这样也要待在地球上。

"他真的是时间旅行者？"站在收银台后面的男人问道，冲埃里克一摆头。

箍在塑料绑带里的球型生物通过音响系统说："是的，陶布曼先生，他是。"它飘向埃里克，悬在离地面一英尺高的地方停住了，发出一声呒吸般的轻响，仿佛在用人造管吸取液体。

"这家伙来自参宿四，"陶布曼指着球型生物对埃里克说，"他叫威利·K，是我们最厉害的化学家之一。"他关上收银机，"他会探心术，参宿四的所有人都会。他们可喜欢窥探我们和雷格人的头脑了，但他们没什么威胁，在这里深受喜爱。"他走到威利·K旁边，俯身对着他说，"听着，如果他是时间旅行者，我们总不能就这么放他走吧。他危险吗？或者能派上什么用场？我们至少也该给警察打个电话吧？我还以为他要么疯了，要么在开我的玩笑。"

威利·K向埃里克飘近了些，随即又退后一段距离。"我们没法把他留在这里，陶布曼先生。等药效消退，他就会回到他自己的时间里。但趁他还在这儿，我想好好问他几个问题。"他对埃里克说，"除非你反对我这样做，先生。"

"我不知道。"埃里克揉了揉额头。听见威利·K谈起凯茜实在太出乎他的意料，让他不知所措。现在他只想尽快离开这里，对此刻的情况既不感兴趣，也没有好奇心。

"我能理解你的感受。"威利·K说，"说到底，所谓的正式问话只是装模作样罢了，我已经从你脑中得到了我想要的一切信息。我只是想通过我问话的方式来回答你的一些疑问，如果你不介意的话。比如你的妻子。你对她怀有复杂而矛盾的感情，大部分是恐惧，还有仇恨，但也有不少尚未被扭曲的爱。"

陶布曼说："老天爷，参宿四的人真爱当心理学家。这大概是探心者的天性吧，我想他们自己也无能为力。"他待在旁边不肯走，显然对威利·K的剖析内容很感兴趣。

"我能把解药带回去给凯茜吗？"

"不能，但你可以把药方记住，"威利·K说，"这样你那个年代的黑泽丁公司就能制造出解药。但我看你并不想这样做。我不会劝你……也不能逼你。"

"你的意思是，他妻子也对JJ-180上瘾，"陶布曼说，"而他根本不想帮她？"

"你没结过婚。"威利·K说，"婚姻能滋生出人类之间最强烈的仇恨，也许是因为两人时刻不离对方左右，也许是因为曾经存在过的爱。就算爱消失不见，亲密关系也依然存在，于是就会滋生出对权力和支配力的争夺。"他对陶布曼解释道,"让他染上毒瘾的就是他妻子凯茜,所以他的心情不难理解。"

"但愿我永远不会陷入这样的境地,"陶布曼说,"恨一个曾经爱过的人。"

雷格女人一直在旁边发出咔咔的声音,看着翻译盒表面的文字,跟上了他们的对话。现在她也插嘴加了句评论:

爱与恨联系之紧密,比大多数地球人所以为的更甚。

"还有烟吗?"埃里克问陶布曼。

"有啊。"陶布曼把整包烟都递给了他。

"最有意思的是,"威利·K 说,"在斯威特森特医生本来的宇宙里,地球和利利星之间签署了《和平公约》。在他原本所在的时间2055年,他们正在逐渐走向必然到来的失败。显然,这不是我们的过去,而是另一个完全不同的过去。此外,在他的头脑里,我发现了一个极其有趣的想法:地球曾经的军事领袖,基诺·莫利纳里,已经发现了平行宇宙的存在,并且利用平行宇宙帮助自己取得政治上的优势。"威利·K 沉默了片刻,又说,"不,斯威特森特医生,我仔细看过你记忆里那具莫利纳里的尸体了,我很确定那不是我们世界的东西。确实,在这里,莫利纳里因暗杀而死,但我记得他尸体的模样,和你记忆里的那具存在一点细微但至关重要的差异。在我们的世界里,秘书长的脸部中了好几枪,面目全非。而你见过的那具尸体不是这样的,我想它恐怕来自于另一个他被人暗杀的世界,那里和我们的情况类似,但并非一模一样。"

"时间旅行者这么少,应该就是这个原因吧。"陶布曼说,"他们全都散落在无数个可能的未来里了。"

"至于那个孔武有力的莫利纳里,"威利·K若有所思地说,"我想应该也来自另一个宇宙。你肯定也明白,医生,这一切都说明,你世界里的那个秘书长吃过JJ-180。所以,当他威胁你,说如果你上了瘾就会杀掉你,那真是残忍又虚伪。根据你头脑中的几条线索,我猜他手里应该也有利利星人造出的解药,就是你刚吃过的那种。所以他无所畏惧,可以在不同世界之间自由来去。"

埃里克意识到,"鼹鼠"随时都可以给他或凯茜解药。

他很难接受这样的事实。他总觉得莫利纳里没这么残忍。他只是在耍弄我们,埃里克心想。正如威利·K所说的一样,残忍而虚伪。

"别那么快就下结论,"威利·K提醒他,"我们并不清楚他到底有什么打算。他刚发现你上瘾的事。而且刚巧,他的惯性病又发作了。他也许很快就会给你解药,没你想象得那么糟。"

能解释一下你们在说什么吗?

雷格接待员和陶布曼都跟不上话题了。

"你愿意开始记解药的配方吗？这很花时间。"威利·K对埃里克说，"恐怕要用上你在这里剩下的所有时间。"

"好吧。"埃里克说，认真地听他复述起配方。

等等。

威利·K暂停了复述，疑问地转动起支持他身体的绑带结构。

医生已经知道了比化学配方更重要的事情。

"你指什么?"埃里克问她。

在你的宇宙里，我们是敌人，但你已经亲眼看到地球人和我们和平共处。所以你已经明白，和我们打仗根本没有必要。更重要的是，你们的领袖也清楚这一点。

确实如此。难怪莫利纳里根本没有打仗的心思。他不只是在怀疑这是一场错误的战争、地球选错敌人也选错了盟友，而是真正亲身体会过这个事实，可能已经体会过很多次。这都是托了JJ-180的福。

不但如此，还有其他可能性。这想法如此不祥，埃里克不禁想质问自己的大脑，为何要允许它通过屏障，离开潜意识的层面让他清楚地认识到这一点。JJ-180已经大量送到了利利星，利利星人肯定也在试验它的效果。所以他们也知道可能的平行宇宙，知道地球与雷格人合作才有希望。他们一定也亲眼看到了这一切。

在两种可能性里，不管有没有与地球结盟，利利星都同样输掉了战争。那么——

是否存在第三种可能，也就是利利星与雷格人结盟，一起对付地球？

"利利星与雷格人不太可能达成和平协议。"威利·K说，"他们敌对的历史太久了。我认为，只有你们的星球，也就是我们此刻所在的地方，才处于一个平衡的位置上。无论是哪一种结局，利利星都会败在雷格人手上。"

"但这就意味着，"埃里克说，"利利星人根本没什么可失去的。如果他们知道自己怎样都赢不了——"他能想象弗莱涅柯西得知这一消息后的反应。利利星会做出难以想象的暴力行为，与所有人同归于尽。

"确实如此。"威利·K表示同意，"所以你们的秘书长对他们来软的是很明智的选择。也许你现在可以理解他为何会不停地患上如此严重的疾病，为什么他必须把自己推向生死边缘，一次又一次地死去，只有这样，才能保得人民平安周全。还有，为什么他没有立即把JJ-180的解药给你。如果利利星特工知道他有解药，你的妻子就可能是其中之一，他们也许会——"威利·K沉默了片刻，"你想必也很清楚，精神病患者的举动很难预测。但毫无疑问的是,他们不会坐视事情这么发展下去。"

"他们会想办法毁掉他手里的解药。"埃里克说。

"你抓错重点了。他们会变本加厉地对付他。因为他们清楚,莫利纳里的力量太强大了。如果他能无所顾忌地使用JJ-180,不用担心上瘾,不用担心神经损坏,那他根本不可能受到他们的控制。这也就是为什么,在心身症的深层作用下,莫利纳里可以违抗弗莱涅柯西部长的命令。他并非真的孤立无援。"

"这超过了我的理解范围,"陶布曼说,"恕我失陪。"他走了。

雷格接待员没走。

让你的秘书长尽快联系雷格当局。我们一定能保护地球不受利利星伤害。

埃里克看着闪烁在这个多手臂生物的翻译盒上的话,心想,这恐怕有些一厢情愿了。雷格人也许愿意帮助地球,但利利星人已经到地球来了,还担任着重要的职位。一旦发现地球在和雷格人谈判,利利星人就会照准备好的计划开始行动,一夜之间攻占整个星球。

在夏延郡地区也许会留下属于地球人的政权,但那也只能持续一小段时间,而且会受到利利星人不分昼夜地轰炸。然后这政权也只能投降。就算有用在木星开采的雷克斯合金①做成

---

①作者生造词。

的护罩,他们也不可能一直撑下去。莫利纳里很清楚这一点。地球会变成利利星统治下的国家,为他们供应战争所需的材料和奴隶。而战争还将继续。

讽刺的是,地球如果不像现在这样是个半独立的星球,而是成为殖民地,所能贡献的资源将会多得多。没有谁比"鼹鼠"更清楚这一点。他的整个外交政策都建立在这一点上,这解释了他的一切所作所为。

"对了,"威利·K说,似乎觉得这事儿很有趣,"你的前老板维吉尔·艾克曼还活着,他也仍然是蒂华纳皮草染色公司的头儿。他现在两百三十岁了,有二十个器官移植医师围着他转。我好像读到过,他已经移植了四套配型肾脏,五个肝脏,好几个胰脏,心脏更是数不胜数——"

"我有点儿恶心。"埃里克前后摇晃身体。

"药效要退了。"威利·K飘向一把椅子,"司格小姐,请你帮帮他!"

"我没事。"埃里克口齿不清地说。他头痛欲裂,恶心感让他行动迟缓。周围所有的线条和平面都变得模糊不清,身下的椅子也丧失了真实的触感。他突然倒下了,侧身躺在地上无法动弹。

"穿梭过程很难熬。"威利·K说,"看来我们是帮不上他的忙了,司格小姐。祝你的那位秘书长好运吧,医生。我知道他为人民尽了多大的力。也许我可以给《纽约时报》写封信，把这些都说出来。"

一片光怪陆离的色彩敲打着埃里克，仿佛一阵发光的风卷过。他感觉那仿佛是生命之风在他身上呼啸而过，随心所欲地将他吹来吹去，枉顾他自身渺小的愿望。然后风变黑了，不再是生命之风，而是黯淡无光的死亡之烟。

他身处的幻境变成了他自身受损的神经系统。绵延复杂的神经通路出现了肉眼可见的破坏。当药物蔓延过整个系统、牢牢地在他体内扎根，这些通路都变成了墨一般的黑色。一只沉默的小鸟落到了他的胸前，它是风暴中以腐肉为食的清道夫。等风从他体内离开后，它在随之降临的沉默中发出嘶哑的啼鸣。鸟一直待在他胸前，他能感到那双如粪便般肮脏的尖爪刺穿了他的肺、他的胸腔和腹腔。他体内没有一处幸免于难，全都损毁殆尽，就连解药也帮不上忙。不管他活多久，他的身体都再也无法恢复原来未受污染的状态。

这就是他必须付出的代价。

埃里克勉强蜷起身子。他发现自己正身处一间空荡的等候室，没人注意到他的出现，他可以自由来去。他站了起来，抓着一把铬鞣革椅让自己站稳。

旁边杂志架上的杂志印的是英文，封面上是几个大笑的地球人。不是雷格人。

"有什么我能帮忙的吗?"一个男人的声音问,讲话时稍微有点儿漏风。那是个黑泽丁员工,他身上穿着时髦华丽的长袍。

"不知道。"埃里克说。看来他回到了自己的时间,他认出那是2055年的时装,"多谢。"

过了片刻,他忍着身上的疼痛出了门,沿着小路走下弧形红木道。他想叫辆出租车,在回夏延郡的路上好好坐着休息。他已经得到了自己想要的东西。如果没出什么问题的话,他已经戒掉了毒瘾。如果他愿意,他也可以解救妻子。除此之外,他还看见了一个不受利利星阴影笼罩的世界。

"要我送你一程吗,先生?"一辆全自动出租车向他飘来。

"要。"他走向出租车。

如果整个星球都吃了这种药,会怎么样呢。他一边上车一边想。让所有人都逃离这个越来越让人窒息的凄惨世界。比如让蒂华纳皮草染色公司大规模生产这种药,再在政府的帮助下分发给民众。这能算是一种人道的解决方法吗? 我们有权得到这样的自由吗?

无论如何,这根本不可能实现。利利星人会提前一步占领这个星球。

"去哪里,先生?"出租车问道。

他决定坐着这辆车直达目的地,"夏延郡。"

"不行啊,先生。那儿可不行。"出租车听起来很紧张,"请您换个——"

"为什么不行?"埃里克瞬间警醒。

"因为众所周知,整个夏延郡现在都属于他们了。那是敌人的地盘。"它又补充道,"进入敌方领土是违法的,您肯定也知道吧。"

"什么敌人?"

"叛徒基诺·莫利纳里啊。"出租车说,"您知道吧,他叛变了。他本来是联合国秘书长,结果却窜通雷格特工,秘密策划——"

"今天的日期是?"埃里克打断了它。

"2056年6月15日。"

他没能回到自己的时间里。也许是因为解药的影响。已经过去一年了,他再做什么都太晚了。他身上也没药了,原来的那些药都在直升机降落场交给了凯茜。他就这么困在由利利星人统治的地方了。地球大部分地区恐怕都已经沦陷在他们手里。

不过,基诺·莫利纳里还活着!他还在坚持。夏延郡没有几天或几周就落入利利星人之手,也许是雷格人及时派来了增援,协助特工队进行抵御。

他可以在飞行过程中向出租车问个清楚。

唐恩·费斯顿伯格本来可以告诉我这些，他心想。这就是我在他办公室里见到他，看到假报纸和联合国秘书长假制服的那个时间。

"往西飞吧。"他吩咐出租车。他意识到：我必须想办法回到夏延郡。

"好的，先生。"出租车说，"顺便说一句，先生，您还没给我看过您的旅行许可证。现在可以给我看看吗？当然了，这只是走个形式。"

"什么旅行许可证？"他问完就想到了。掌权的利利星驻扎机构肯定会用这种方式控制地球。如果没有他们的许可，地球人不可以随意在各地流窜。这个星球已经被占领，而且仍然处于战争的旋涡之中。

"拜托了，先生。"出租车说，"不然我只能把你带到最近的利利星军事羁留所了，在东边，离这里只有一英里远。"

"是啊，肯定不远。"埃里克表示赞同，"不管从哪儿走都远不了，肯定遍地都是吧。"

出租车降得越来越低。"你说得对，先生。羁留所都在交通便利的地方。"它关掉了引擎，开始滑行。

12

　　"不如这样吧。"当车轮碰到地面时,埃里克说。出租车在街边缓缓停下,埃里克看到前方有座压抑阴沉的建筑,门口有全副武装的警卫,他们身上都穿着利利星标志性的灰色服装。"我跟你做个交易。"

　　"什么交易?"出租车警惕地问。

　　"我的许可证在黑泽丁公司呢——记得吗,就是你接我上车的地方? 我的钱包落在那里了,还有我所有的钱。如果你把我交给利利星军事警察,我的钱可就不是我的了,你也知道他们会怎么做。"

　　"是啊,先生,"出租车同意,"他们会把你处死。这是最近新出台的法律,5月10日正式通过的。未经许可的旅客——"

　　"所以啊,干吗不把这些钱给你呢? 就当小费了。你把我带回黑泽丁公司,我把钱包拿回来,给你看看许可证,这样你就不用再把我带过来了。我的钱都给你。这样对你对我都有好处,皆大欢喜。"

"互惠互利。"出租车赞同道,自动电路在计算中发出快速的咔咔声,"您有多少钱,先生?"

"我是黑泽丁的快递员。我钱包里大概有两万五千元。"

"这样啊!是占领币还是占领前的联合国纸币?"

"当然是联合国纸币了。"

"成交!"出租车热切地做出了决定,立即再次起飞,"严格来说,您还没开始旅行呢,毕竟您给我的目的地属于敌方领土,我根本没有往那个方向走。这样没有触犯任何法律。"它转头飞向底特律,迫不及待地想要得到这笔意外之财。

等出租车停在黑泽丁公司的停车场里,埃里克迅速下了车。"我去去就回。"他穿过人行道,大步跑向大楼入口,一转眼就进了门。 一间庞大的实验室出现在他眼前。

他找了个黑泽丁雇员,上来就说:"我叫埃里克·斯威特森特,是维吉尔·艾克曼的随身雇员。发生了一起意外事故。能麻烦你帮我联系TF&D公司的艾克曼先生吗?"

被他搭话的男职员面露难色。"就我所知——"他充满恐惧地压低了音量,"维吉尔·艾克曼先生不是在火星的华盛-35上吗？现在负责蒂华纳皮草染色公司的是乔纳斯·艾克曼先生。另外我听说，《每周安全报》把维吉尔·艾克曼先生列为战犯进行通缉，因为占领一开始，他就跑了。"

"你能帮我联系上华盛-35吗？"

"那可是敌方领土。"

"那就帮我给乔纳斯打个电话吧。"埃里克实在没有别的办法了。他跟着雇员走进办公室，感到束手无策。

电话很快接通了，乔纳斯的脸出现在屏幕上。见到埃里克，他眨了眨眼，结结巴巴地说："等等——他们连你也抓住了？"他脱口而出，"你干吗要离开华盛-35？老天啊，你留在维吉尔那儿多安全。我挂了，这肯定是个陷阱——那些宪兵会——"屏幕变黑了。看来乔纳斯迅速切断了线路。

这么说，另外的那个他，那个度过正常时间、多活了一年的埃里克，成功和维吉尔一起逃到了华盛-35。这让他出奇地心安，甚至有些不敢置信。看来雷格人一定——

多活了一年的自己。

这意味着他一定想办法回到了2055年。否则根本就不会存在一个2056年的他，还能和维吉尔一起逃离。唯一能让他回到2055年的方法就是JJ-180。

而这里就是它唯一的产地。幸好他成功骗过了那辆愚蠢的自动出租车,结果误打误撞,来到了整个星球上唯一能帮到他的地方。

埃里克再次找到刚才那位员工,说:"我需要征用一些弗洛芬那君,一百毫克就够。我急着要用。要看我的证件吗?我能证明我是TF&D的雇员。"他随即想出了办法,"你给波尔特·黑泽丁打个电话吧,他认识我。"黑泽丁一定还记得在夏延郡和他的那次见面。

男员工低声说:"可是他们开枪把黑泽丁先生打死了。你肯定记得,这种事总不会忘吧? 就在一月份,他们攻占这里的时候。"

埃里克一定没掩饰住震惊的表情,男员工的态度瞬间变了。

"看来你是他的朋友。"他说。

"是。"埃里克点点头,这么说也没错。

"波尔特是个好人,在他手下工作很愉快。不像那些利利星混蛋。"男员工下了决心,"我不知道你为什么会来这里,也不知道出了什么问题,但我能给你搞到一百毫克JJ-180。我知道他们放药的地方。"

"谢谢。"

男员工快步走开了。时间一点点流逝。埃里克想起那辆出租车,不知道它是否还在停车场苦等。如果拖得太久,它会不会到楼里来找他？他想象着全自动出租车一头冲向黑泽丁大楼，想要靠蛮力突破水泥墙。真是个荒谬却令人胆寒的念头。

男员工回来了，将一把胶囊递给埃里克。

埃里克从旁边的饮水机处拿了个杯子，倒了杯水，把一颗胶囊放到嘴里，举起纸杯。

"这是最近改良过的JJ-180配方。"男员工警觉地看着他，"我想最好还是告诉你一下，因为你是要自己吃。"他突然变得脸色惨白。

埃里克放下水杯，说："怎么个改良法？"

"保留了成瘾性和对肝脏的毒性，但不会产生时空穿越的幻觉。"员工解释道，"利利星人来了以后，命令我们的化学家把这药整个重组过了。这是他们的主意，跟我们没关系。"

"为什么？"上帝啊，只有成瘾性和毒性有什么用？

"当作战争武器，用在雷格人身上。还有——"员工犹豫了一下，"还有叛变到敌方的那些已经上瘾的地球人。"他看起来并不觉得这点值得称赞。

埃里克把JJ-180胶囊扔到旁边的实验台上，说："我放弃了。"他随即产生了另一个希望更加渺茫的想法，"如果我能得到乔纳斯的允许，你能帮我弄一艘公司的飞船吗？我再给他打个电话。乔纳斯和我是老朋友了。"他走向可视电话，员工跟在后面。

只要他能说服乔纳斯——

两名利利星宪兵走进了实验室。在他们身后的停车场里，埃里克看见一辆利利星巡逻飞船停在那辆自动出租车旁边。

"你被逮捕了。"一个宪兵对埃里克说，拿着根形状奇特的棒子指着他，"罪名是未经许可擅自旅行，还有欺诈。你的出租车等得不耐烦了，打电话向我们投诉。"

"什么欺诈？"埃里克说，旁边的男员工已经知趣地消失了，"我是蒂华纳皮草染色公司的员工，来这里是为了公事。"

形状奇特的棍子开始发光，埃里克感到自己的大脑被什么东西碰过了。他毫不犹豫地转向实验室大门，右手仿佛抽搐般徒劳地抓挠着额头。好吧，他心想，我来了。他失去了所有反抗利利星宪兵的意愿，连争论的心思都消失殆尽。他很高兴能坐进他们的巡逻船。

他们很快就起飞了。飞船掠过底特律大大小小的屋顶，飞向两英里之外的羁留所。

"现在就把他杀了吧，"一名宪兵对同伴说，"再把尸体扔出去。干吗非要带回羁留所？"

"得了，把他推出去就行。"另外那个宪兵说，"让他直接摔死算了。"他按了操控台上的一个按钮，飞船底部的舱口随之打开，埃里克看见了底下的建筑、街道和共寓。"掉下去的时候，"宪兵对埃里克说,"想点儿开心的事吧。"他抓起埃里克的胳膊,将他扭成一个无力反抗的姿势,向舱口推去。整个过程娴熟而专业。埃里克悬在舱口边缘时,宪兵放开了手,免得被他一起拖下去。

他们下方飞来了另一只船。那是艘跨星际军事飞船,比巡逻船体积更大,船身上满是伤痕,四处挺着几架大炮,像长在船上的尖刺。它腹部朝天浮在空中,如海中猛兽般快速上升。飞船精准地冲着巡逻船敞开的舱口发射了一支弩箭,埃里克身边的宪兵应声而倒。它随即用大炮开了火,巡逻船的前半身瞬间炸开,熔化的船体碎片溅了埃里克和另外那名宪兵一身。

巡逻船向石头一样坠向下方的城市。

幸存的宪兵从震惊中惊醒,跑到船舱墙边,打开了紧急手动导航系统。飞船不再失控地向下直坠,而是在风中沿着螺旋形轨迹不断滑行,最终撞在街道上反弹起来,接着又向前滑行了一段距离,穿过街上的车辆,一头撞上人行道,整个尾部都翘上了天,终于停止不动了。

幸存的宪兵摇摇晃晃地站起身,抓起手枪,艰难地走到舱口边,蹲下身子开了枪。开了三枪后,他突然向后飞了出去。手枪从他手里落下来,沿着船身滑落。宪兵蜷成一个球,像被车撞到的动物般无法自控地翻滚,最后撞到船体停了下来,才又慢慢恢复成人形。

那艘满是凹痕、脏兮兮的军事飞船也在巡逻船旁边停了下来，前侧舱门打开，从里面跳出一个男人。埃里克冲着远离巡逻船的方向移动时，男人大步跑到他身边。

"嘿，"他喘着粗气说，"是我。"

"你是谁？"埃里克说。这个独自击毁巡逻船的男人确实很眼熟。埃里克见过这张脸无数次，但它有些扭曲变形，仿佛换了个诡异的视角。又像是经过了无尽的旋转，整张脸被从里翻转了过来①。男人的发缝也分在和他相反的另一侧，以至于整个头显得左右失衡，总之整个轮廓都不太对劲。让埃里克最惊讶的是，这个男人的模样竟然如此平庸。他身材太胖，年龄也太老了，整个人都呈现出让人不悦的灰色。毫无预兆地见到这样一个自己实在让人震惊。我就长这样？埃里克在心里悲叹。他每天早上对着镜子所看到的那个整洁年轻的形象呢？是谁用这个接近中年的男人替换了原来那张脸？

"是，我变胖了，那又怎样？"2056年的他说，"老天，我刚救了你的命，他们本来要摔死你。"

"我知道。"埃里克不耐烦地说。他跟着未来的自己快步走

---

①此处菲利普·迪克借用了一个著名视觉实验，叫作空心面具幻觉。看转动的面具背面，明明凹下去的面具会变成突起的脸。

回跨星际飞船里。2056年的他关好舱门,操控飞船升入空中,将利利星军事警察彻底甩在身后。这艘飞船显然更为先进,和普通货船截然不同。

"我不想侮辱你的智商,"2056年的他说,"何况在我看来你的智商不低。但为了你好,我还是要打消你头脑里的一些愚蠢念头。首先,就算你能搞到原版的JJ-180,它也只会把你带到未来,而不是带回2055年。而且这样一来,你又会重新染上毒瘾。你之前也想到过,你真正需要的不是JJ-180,而是可以消除解药带来的副作用的东西。"2056年的他摆头示意,"那边,在我大衣口袋里。"他所指的大衣挂在船舱的磁力钩上。"黑泽丁花了一年的时间把它研制出来。作为交换,你把解药配方给他们——如果你不能回到2055年,你就没法把配方给他们。而你也知道,你必须回去。或者说,比起这里,你宁愿回去。"

"这是谁的船?"这艘船让他大开眼界。它能在利利星的警戒线内外自由通行,不费吹灰之力穿越地球的防御。

"是雷格人的船,放在华盛-35给维吉尔用的,以防万一。我们打算等夏延郡陷落的时候把莫利纳里也带到华盛-35,他们失守是早晚的事。可能还能再撑一个月吧。"

"他的身体怎么样了?"

"好多了。他现在正在做他想做的事,还有他应该做的事。

除此之外……算了，回头你就知道了。你去把利利星解药的解药吃了吧。"

埃里克在大衣口袋里摸索了一会儿，掏出药片，干咽了下去。"我问你，"他说，"凯茜那边要怎么办？我们应该通个气。"有人能就这个他人生中最消耗、最难缠的问题谈谈心，真是太好了。即便对方是他自己。至少这让他有了与人商量的幻觉。

"嗯，你会帮她戒掉JJ-180。但那时她的身体已经严重受损。她再也无法恢复原来的美貌，就算接受整容手术也一样。她会做好几次手术，最终还是放弃。还有其他一些事，但我还是不告诉你的好，告诉你只会让你更难熬。这么说吧。你知道科尔萨科夫综合征①吗？"

"不知道。"埃里克说。但他当然知道，毕竟他是干这行的。

"这是种在酗酒者身上最常见的精神疾病，是由于长期酒精中毒造成的大脑皮层受损。长期吸毒也有可能引发。"

"你是说，凯茜得了这种病？"

"还记得她经常一连三天不吃饭的时候吗？还有她那种毁灭性的暴怒——还有疑心病，觉得所有人都针对她。那就是科尔萨科夫综合征，不是因为JJ-180，而是因为她以前吃过的那些药。夏延郡的医生在准备送她回圣迭戈的时候给她做了脑电

---

① 选择性的认知功能障碍，包括近事遗忘、时间及空间定向障碍。

图,发现了这件事。等你回到2055年,他们很快就会告诉你。做好心理准备吧。"他补充了一句,"不用说,这病不可逆转。就算去除了毒性物质也治不好。"

两人都沉默了一会儿。

"这确实很艰难。"最后2056年的他说,"有这么个患了精神疾病,身体又不好的妻子。但她还是我的妻子,我们的妻子。在吩噻嗪药物的镇静作用下,她现在很安静。说起来,不知道我——我们怎么没发现,明明每天都和她生活在一起。这说明了先入为主和过于亲密有多么误导人。当然了,她的病情也是缓慢发展的,所以很难看出来。我想她迟早得住院,但我还在尽量往后拖,等我们赢了这场战争吧。我们会赢的。"

"你有证据?是用JJ-180看到的?"

"除了利利星人,没人还用JJ-180。而你也知道,他们只保留了它的毒性和成瘾性。我们见过的平行未来已经太多,至于要怎么将它们应用于我们自己的世界,只能等战争结束后再慢慢考虑了。要彻底测试好一种新药需要很多年,对此你我都再清楚不过。但是我们一定会赢,雷格人已经控制了半个利利星帝国。好了,你仔细听着。我会给你一些指示,你必须严格执行,否则又会出现另一个平行未来,那样也许我就没法把你从利利星宪兵手里救出来了。"

"我明白。"埃里克说。

"在亚利桑那州，29号战俘营，有一个隶属于雷格特工部门的雷格少校。他的代号是戴格·达尔·伊尔。你可以靠这个代号找到他，这是他的地球代号，不是他的雷格名字。战俘营让他帮忙审查人们对政府提起的保险诉讼，找出里面的诈骗案。难以置信吧。所以虽然他待在我们的战俘营里，他还是会把各种情报上报给他的上级。他会成为莫利纳里和雷格人之间的纽带。"

"找到以后呢？我要把他带到夏延郡去吗？"

"带到蒂华纳，TF&D的总部办公室。你先去战俘营把他当奴隶买下来。你可能不知道吧，地球上的大型生产企业可以去战俘营索要免费劳动力。总之，你去29号战俘营，说你是从TF&D来的，想要个机灵点儿的雷格人，他们就懂了。"

"真是学无止境啊。"埃里克说。

"对你来说，最大的难题还是莫利纳里。你必须说服他去蒂华纳和戴格·达尔·伊尔见面，这样就能完成整条反应链上的第一个环节，在不牺牲任何人的前提下推动地球远离利利星，转向雷格人。你知道这件事难在哪里吗？莫利纳里有自己的计划。他和弗莱涅柯西干上了，非要分出个胜负不可。他认为这事关他的男子汉尊严。对他来说，这不是一件抽象的事，而是迫在眉睫的肉搏。你也见过录像带上那个充满男子气概的莫利纳里了。那就是他的秘密武器，另一个他。莫利纳里已经开始把平行世界里健康的自己拉过来搅局了，因为他知道，这样的帮手取之不尽。他现在的心理状态和人生方向，都建立在与死亡共舞这件事上。面对他害怕的弗莱涅柯西部长，他可以死上一千次，最后仍然死而复生。一旦让健康的莫利纳里上场，他身体的退化、心身病的不断发作就会立刻停止。你回到夏延郡正好能目睹整个过程。当晚，那盘录像带就会在黄金时段、所有频道上同时播放。"

埃里克若有所思地说："这么说，现在就是他病得最重的时候，以后再不会这样了？"

"这已经病得非常严重了，医生。"

"是啊，医生。"埃里克盯着2056年的自己，"你我的诊断意见一致。"

"在你的时间线上，今晚弗莱涅柯西部长就会要求再次和莫利纳里会面。会面时，出现在会议室里的将是那个充满男子气概的健康分身……而我们那位病重的莫利纳里则躺在楼上的私人卧室里养身体，在特工的保护下观看电视上播放的录像带，得意扬扬地回味他多么容易就找到了方法，躲过弗莱涅柯西部长、回避他那些越来越过分的要求。"

"看来，从另一个地球来的那位健康的莫利纳里，应该是自愿参与的吧。"

"他十分乐意帮忙。所有莫利纳里都乐意帮忙。他们都把彻底打倒弗莱涅柯西视为人生的终极胜利。莫利纳里是个政治家，他为之而生，也为之而死。和弗莱涅柯西开过会后，那位健康的莫利纳里会第一次发作幽门痉挛。他也会被一点点地消耗掉。就这样，他们一个个地轮换，直到弗莱涅柯西死去，但愿那是在莫利纳里之前。"

"想在这方面打败莫利纳里可不容易。"埃里克说。

"但这并不是一种病态的执着。这和中世纪的情况一样，相当于身披盔甲的骑士在决斗。莫利纳里就是腹部被矛刺伤的亚瑟王，你猜弗莱涅柯西是谁。我觉得很有意思的是，利利星从来没有出现过骑士时代，所以弗莱涅柯西完全不懂这到底是怎么回事。他认为这只是对经济主导权的争夺，也就是谁能夺走谁的工厂，征用谁的劳动力。"

"毫无浪漫精神。"埃里克说，"那雷格人呢？他们能理解'鼹鼠'吗？他们历史上有过骑士精神吗？"

"考虑到四条胳膊和硬壳，"2056年的他说，"他们要决斗可有得看了。我也不知道，我从来没见过哪个地球人对雷格人有足够的了解，尽管我们应该多了解些他们的文明。你记住那个雷格少校的名字了吧？"

"戴格什么的。"

"戴格·道尔·伊尔。你这么记吧：带个刀，就不会出意外。"

"老天爷。"埃里克说。

"你受不了我，是吧？我也受不了你。你肥胖又软弱，姿势也难看得要命。难怪你只能拥有凯茜这样的妻子，这是你活该。接下来这一年里，你能证明自己不是个懦夫吗？你能振作起来，找个别的女人吗，这样到了2056年，我就不至于混成这样了？这是你欠我的。我可是从利利星警察手里救了你的命。"2056年的他怒视着埃里克。

"你想的是哪个女人?"埃里克警戒地问。

"玛丽·赖内克。"

"你疯了。"

"听着。在你的时间里，玛丽和莫利纳里一个月前刚吵过架。你应该好好加以利用。我没能做到，但这确实是可以改变的。你可以走向一个稍微有所不同的未来，其他一切都不变，只有婚姻状况不同。跟凯茜离婚，和玛丽·赖内克结婚，或者别的什么人——随便谁都行。"未来的他声音里突然充满了绝望，"老天爷，我完全能想象到未来，要把她送进精神病院，她这辈子——我不想这么做，我想逃开这一切。"

"不管有没有我们——"

"我知道。她无论怎样都得住院。但送她进去的就非得是我吗？你我加起来应该具备足够的力量。这条路不会容易，凯茜会发疯一般地拒绝离婚。在蒂华纳提起这件事吧，墨西哥的离婚法没美国那么严格。请个好律师。我已经找了一个，他在恩塞纳达，名叫耶稣·瓜达哈拉。你能记住吗？我没能让他开始诉讼程序，但你还有机会。"他充满希望地看着埃里克。

"我试试看吧。"埃里克沉默了一会儿说。

"我得让你下船了。你吃的药过几分钟就会开始起效，我可不敢让你从离地面五英里的高空掉落。"飞船开始降落，"我把你放在盐湖城吧，那地方很大，没人会注意你。等你回到2055年，你就打辆出租车去亚利桑那州。"

"我没有2055年的钱。"埃里克想起来，"不对，我有吗？"他有些混乱，发生的事太多了。他摸索着找钱包，"我在黑泽丁那里想拿战时货币买药，结果就陷入了一团乱——"

"别废话细节了，我都知道。"

两人沉默着等待飞船落地，各自沉浸在对对方的嫌恶中。埃里克不禁心想，这是个活生生的例子，说明一个人为什么要自尊自爱。这让他第一次对自己听天由命的自毁倾向有了些新的认知，这显然与缺乏自尊紧密相连。要想存活下去，他就必须学会以不同的角度看待自我、看待自己取得的成就。

"这纯属浪费时间。"等飞船在盐湖城外的一片灌溉牧场停稳后,未来的他说,"你改变不了自己。"

埃里克下了船,踏上软绵绵、湿乎乎的苜蓿丛,说:"这只是你的看法。走着瞧吧。"

2056年的他没再说话,重重地关上舱门。飞船迅速起飞,消失在空中。

埃里克一脚深、一脚浅地走向旁边的公路。

抵达盐湖城后,他招了一辆出租车。出租车没管他要旅行许可证。他意识到,在沿公路往城里走的路上,他已经在不知不觉间回到了一年之前,回到了他原本所处的时间。但他仍然想确认一下。

"告诉我今天的日期。"他对出租车下令。

"6月15日,先生。"出租车说,向南飞过大片的绿色山谷。

"哪一年?"

出租车说:"您是瑞普·凡·温克尔先生①吗? 2055年啊。希望这答案让您满意。"出租车里很冷,车身也破破烂烂的,看起来需要修理。从它自动电路的运行状况来看,它十分不耐烦。

---

① 十九世纪美国小说家华盛顿·欧文短篇小说中的主人公。故事中,瑞普·凡·温克尔睡了20年才醒来,发现小镇已经人事全非。

"这答案确实让我满意。"埃里克说。

他用出租车的可视电话呼叫了凤凰城的信息中心,问清了战俘营的地址。这不属于机密信息。出租车飞过开阔的沙漠、单调的岩石山丘和原本曾是湖泊的空荡盆地,然后把他放到了这片贫瘠荒野的中央。他到了29号战俘营,这地方和他想象中一样,建在条件最恶劣、最不适合居住的地方。在他看来,内华达州和亚利桑那州的沙漠地带仿佛是景象凄凉的外星球,根本不像是地球的一部分。老实说,比起这片地方,他宁愿住到火星上去。

"祝您好运,先生。"出租车说。他付了钱,出租车发出轰隆隆的声音飞走了,车牌在后面抖个不停。

"谢了。"埃里克说。他走进战俘营门口的警卫室,向里面的士兵解释,他来自蒂华纳皮草染色公司,想买个战俘回去,处理一些不容出错的文件。

"一个就够?"士兵领他走向上级的办公室,这么问他,"我们可以给你五十个,两百个都行。这儿的雷格人已经太多了。在上次那场战役里,我们截获了整整六艘货船。"

到了上校的办公室,埃里克填了几份表格,以TF&D的名义签了字。至于相应的款项,他解释说,等公司收到正式收据,他们就会在月底通过常用渠道支付。

"随便挑吧。"百无聊赖的上校说,"四处看看,想要哪个都行。不过他们长得都一样。"

埃里克说:"我看见隔壁有个雷格人正在整理表格。他,或者说它好像干活挺利索的。"

"那是老戴。"上校说,"戴格在这儿已经是固定员工了,他在战争爆发后第一周就被抓到这儿来了。他还给自己造了个翻译盒,帮了我们不少忙。真希望他们所有人都能和戴格一样听话。"

"我就要他了。"埃里克说。

"要他可得加不少额外费用。"上校狡黠地说,"我们教了他不少东西。"他记了两笔,"还有翻译盒的制造费。"

"你刚说过那是他自己造的。"

"材料可是我们提供的。"

最后他们谈好了价格。埃里克走进隔壁房间,那个雷格人正忙着用四条多关节胳膊整理保险诉讼文件。埃里克走到了他面前。"你现在属于 TF&D 公司了。"他告诉雷格人,"跟我走吧。"他又转向上校,"他会逃跑吗,会抵抗我吗?"

"从来不会。"上校点了支雪茄,疲惫又厌倦地靠到墙上,"他们根本没那种想法。他们只是一群虫子,巨大、亮闪闪的虫子。"

没过多久,埃里克就回到了室外,在炙热的阳光中等着从凤凰城叫来的出租车。如果我早知道时间这么短,我就叫那辆不耐烦的老出租车留下了。埃里克心想。雷格人沉默地站在他身边,这让他感觉很不舒服。说到底,他们毕竟是敌人。雷格人和地球人交火开战,杀死过不少地球人。而且这位雷格人还是个军官。

他身边的雷格人像苍蝇一样自我清洁,梳理着翅膀、感知触角和下肢。他用一只硬邦邦的胳膊抱着翻译盒,从始至终都没有放开过它。

"离开战俘营,你高兴吗?"埃里克问他。

盒子上浮现的文字被沙漠的强烈阳光照得一片惨白。

谈不上。

出租车到了,埃里克和戴格·道尔·伊尔一起上了车。他们随即升空,开往蒂华纳的方向。

埃里克说:"我知道你是雷格的特工,所以才把你买下来。"

盒子上一片空白,但雷格人的身体开始发抖。他不透明的复眼变得更浑浊了,头上那些假眼则空洞地瞪视着周围。

"我愿意冒险,现在就把实话告诉你。"埃里克说,"我只是个中间人,目的是带你去见联合国的高级官员。和我合作对你和你的人民都有好处。我会把你带到我的公司——"

翻译盒有了动静。

把我送回战俘营。

"好吧。"埃里克说,"我知道,你的伪装维持了这么久,你必须继续装下去,尽管已经没有这个必要了。我知道你和你们的政府还有联系。这也就是为什么我要带你去蒂华纳见一个人的原因。通过你,他可以和你们的政府取得联系——"他犹豫了片刻,还是豁出去了,"而不让利利星人知道。"他说得已经太多了。他要担任的本来只是一个小角色,现在讲这些已经有些逾界。

过了片刻,翻译盒重新亮了起来。

我一直都很合作。

"这不一样。"埃里克没再说下去。剩下的一路上,他没再向戴格·道尔·伊尔搭话。这种交流显然不合适了。戴格·道尔·伊尔明白,他也明白。接下来会怎么发展取决于其他人,已经与他无关了。

抵达蒂华纳后,埃里克在城区中央大街上的凯撒酒店租了个房间。接待员是个墨西哥人,他瞠目结舌地盯着雷格人看,但没问任何问题。蒂华纳就是这样,埃里克一边想,一边和戴格一起坐电梯上楼。没有人会管闲事。这里一直都是如此,即便是战争时期也一成不变。你可以在这里得到你想要的一切,随心所欲地做任何事。只要不是在公共街道上、光天化日之下做就行。有夜晚的掩护就更方便了。在夜里,蒂华纳会变身为一座与白天截然不同的城市,一切皆有可能,无论是多么难以想象的事。以前,那些事指的往往是堕胎、毒品、嫖娼和赌博,现在则是与敌人秘密碰头。

进了房间,埃里克把所有权证书给了戴格·道尔·伊尔一份。万一回头出了什么麻烦他又不在,这些文件将证明雷格人并不是从战俘营逃出来的,也不是间谍。然后埃里克又给了他一些钱,叫他遇到困难就赶紧联系TF&D公司,特别是如果有利利星特工出现的话。雷格人必须留在房间里,哪儿也不能去,三餐都在屋里吃,想看电视的话可以看,但尽量不要放任何人进屋。如果利利星特工真的找上门来,他抵死也不能透露任何的信息。

"我觉得有必要告诉你这些,"埃里克说,"并不是因为我不尊重雷格人,或者我觉得地球人有权决定雷格人的死活。这只是因为我了解目前的情况,而你不了解。你只能相信我的话:这件事就是这么重要。"他等着翻译盒亮起来,但它并没有。"你没什么要说的吗?"他问道,心里有些隐隐的失望。 他和雷格人之间的交流实在太少了,这似乎是一个不祥的预兆。

翻译盒终于不情愿地亮了起来。

再见。

"没别的了?"埃里克难以置信地说。

你叫什么名字?

"我给你的表格上写着呢。"埃里克说完离开了房间,重重地摔上了房门。

他离开酒店,在人行道上招手拦了一辆老式的地面出租车,嘱咐人类司机开到TF&D。

十五分钟后,他又一次进入了TF&D那座灯光昏暗、设计时髦的几维鸟形状大楼,穿过熟悉的走廊,进了自己的办公室——至少是他不久以前的办公室。

他的秘书珀斯小姐惊讶地眨了眨眼,"怎么,斯威特森特医生——我还以为你在夏延郡呢!"

"杰克·布莱尔在吗?"他瞥向成排的零件回收筐,没看见他的部门助理。只有布鲁斯·西摩尔坐在最远一排回收筐边昏暗的灯光下,一手拿着货存清单和笔记板。"你和圣迭戈公共图书馆的事怎么样了?"埃里克问他。

西摩尔吃了一惊,站起身来,"我正在上诉呢,医生。我不会放弃的。你怎么回到蒂华纳来了?"

蒂尔·珀斯说:"杰克在楼上和维吉尔·艾克曼先生开会呢,医生。你看起来很疲惫。夏延郡的工作很忙吧?责任那么重。"

她眨着睫毛修长的蓝眼睛表示同情,丰满晃动的胸部似乎比以前更大了,流露出一种让人得到滋养的母性,"要我给你倒杯咖啡吗?"

"好啊,谢谢。"埃里克坐到自己的办公桌前,小憩片刻,回想着之前一整天发生的事情。说起来也真奇怪:这一系列事件的发生,最后让他回到了这个地方,回到了自己的椅子上。难道这就是某种意义上的结尾?在这场银河系三个种族的争斗里,他是否已经完成了自己那一点儿微小的使命?这使命或许意义不凡?如果加上来自参宿四的那些烂梨般的生物,那就是四个种族了⋯⋯他情绪化地决定将那个种族也涵括在内。也许他终于可以卸下所有的担子了。只要给夏延郡打个电话,和莫利纳里谈谈,一切就万事大吉。他可以回来继续当维吉尔·艾克曼的医生,给他移植一个又一个坏掉的器官。但还有凯茜的问题。她在TF&D的医务室吗?还是在圣迭戈的医院里?也许她也在努力回到以前的生活,摆脱毒瘾的影响,继续为维吉尔工作。她从来都不是个懦夫,她会一往直前,奋力拼搏到最后一刻。

"凯茜在这儿吗?"他问蒂尔·珀斯。

"我帮你问问,医生。"她轻按桌角的按钮,"咖啡好了,就在你手边。"

"谢谢。"他欣慰地喝起了咖啡。这感觉几乎像是回到了从前。办公室始终都是他的庇护所,这里的一切都那么理智平静,是躲避糟糕婚姻生活的好地方。在这里,他可以假装人们都很和善,世间存在着友好又随性的人际关系。可光有这些又不够,亲密关系是不可或缺的,即便它随时都有可能摇身一变,化作一股毁灭性的力量。

他拿出纸笔,凭记忆写下了JJ-180解药的配方。

"她在四层的医务室。"珀斯小姐通知他,"我不知道她生了病,没事吧?"

埃里克把写好的便笺纸对折后递给她,"帮我交给乔纳斯。他知道该怎么做。"他犹豫着要不要去看看凯茜,告诉她,很快就会有解药了。毫无疑问,他必须这么做,这是做人最基本的要求。"好,"他站起身来,"我去看看她。"

"帮我代问好。"他慢慢地走出办公室时,蒂尔·珀斯在后面喊了一句。

"行。"他喃喃道。

在四层的医务室里,他看见了凯茜。她穿着白色的棉质长袍坐在躺椅上,光着脚,跷着二郎腿,正在读一本杂志。她的样子苍老而衰弱,显然服用了不少镇静药物。

"蒂尔向你问好。"埃里克对她说。

凯茜艰难地慢慢抬起头,目光逐渐对焦在他身上,"有——

什么消息吗?"

"有解药了,很快就有了。就等黑泽丁公司造出第一批,加急快递过来。只要再等六个小时。"他想笑笑,以示鼓励,结果没笑出来,"你感觉如何了?"

"没事了。听到你带来的消息就没事了。"考虑到她不稳定的精神状态,她的态度可谓是相当理智。显然,镇静剂功不可没。"多亏了你,对不对?你帮我找到了解药。"她终于想起来了,又补充了一句,"哦,对了。也是为你自己。但你完全可以自己一个人吃,不告诉我。谢谢,亲爱的。"

"'亲爱的'。"听她用这个词让他心里一阵刺痛。

"我知道,"凯茜谨慎地说,"在你心底,你还是爱我的,尽管我做了那些事。否则你不会——"

"我当然是。你以为我是什么,泯灭人性的怪物?解药的存在应该让全世界都知道,让所有上瘾的人都能吃到。就连利利星人也一样。在我看来,刻意致瘾的毒品根本不该存在,那是令人唾弃的藐视生命的行为。"他沉默下来,并在心里说:故意下药让别人上瘾也该算是犯罪,犯下这种罪的人应该被处以绞刑或枪决。"我要走了。"他说,"回夏延郡。回头再见吧。祝你治疗顺利。"他又补了一句,尽量不让语气显得太过恶毒,"要知道,解药没法治好已经造成的身体伤害。这你也应该明白,凯茜。"

"我的样子，"她问道，"看起来有多老了？"

"你看起来就是你的实际年龄，差不多三十五岁。"

"不。"她摇摇头，"我照过镜子了。"

埃里克说："那天晚上和你一起服药的那些人，你一定要保证他们也得到解药。这件事我就交给你了，行吗？"

"当然。我和他们是朋友。"凯茜摆弄着杂志的一角，"埃里克，我不奢望你还会和我在一起，毕竟我的身体已经成这样了，衰老不堪——"她没再说下去。

也许时机到了？埃里克说："你想离婚吗，凯茜？如果你想，我愿意照办。但我觉得——"他犹豫了一下。他还能虚伪到什么程度呢？他到底应该怎么做？来自2056年的他，那个未来的自己，要求他与凯茜一刀两断。无论怎么说，这样做都是最符合逻辑的，不是吗？如果要分手，现在不就是最好的时机？

凯茜低声说："我还爱着你，我不想分手。我会努力好好对你的，真的。我发誓。"

"我能说实话吗？"

"嗯。"凯茜说，"无论什么时候，你都应该说实话。"

"放了我吧。"

凯茜抬头望着他。她又显出了他再熟悉不过的、曾经一寸一寸地侵蚀了他们之间的牵系的恶毒目光，但那力道已经大不如前。毒瘾和镇静剂让她比之前虚弱多了。她曾经用来紧紧地压住埃里克、让他困在自己身边无法动弹的那股力量，如今已经踪影全无。她耸了耸肩，低声说："哎，是我让你说实话的，所以你说了。我应该高兴才是。"

"这么说，你同意了？你会提出离婚诉讼吗？"

凯茜谨慎地措辞道："有一个条件：你没有其他女人。"

"没有。"他想起了菲莉斯·艾克曼。但即便以凯茜疑神疑鬼的眼光来看，那也算不上。

"如果我发现你有别的女人，"凯茜宣布，"我会拒绝离婚。我不会合作的。你永远也摆脱不了我。我发誓。"

"那就这么说定了。"他感到一直压在自己肩上的巨大重石就此落入了永恒的深渊，只给他留下一份平凡的、普通人也有能力承担的负荷。"谢了。"他说。

凯茜说："谢谢你，埃里克，谢谢你给我找来解药。你看，我这么多年的毒瘾终于有了意义：它让你有了一条出路，可以逃离我身边。这样看来，它也不是一分不值。"

埃里克根本无法判断这句是她的真心话，还是讽刺。他决定换个话题，"等你身体恢复一些了，你会继续在 TF&D 工作吗？"

"埃里克，我可能会走上另一条职业道路。在药效影响下，我回到过去的时候——"她犹豫了片刻,然后艰难地继续说了下去,显然觉得说话很费劲,"我给维吉尔寄了一个晶体管。那是在二十世纪三十年代中期。我附了张纸条,告诉他应该怎么办,告诉他我是谁,让他回头别忘了我。现在也差不多到时候了。"

埃里克说:"可是——"他没说下去。

"嗯?"凯茜努力把注意力一直集中在他身上,仔细地听着他的话,"我做错什么了吗? 改变了未来? 歪曲了历史轨道?"

埃里克意识到,他实在没法告诉凯茜真相。但只要她自己开始调查,迟早都会知道。维吉尔不会收到什么晶体管,因为凯茜一离开过去,那个零件也会随之离开。小时候的维吉尔要么收到了一个空信封,要么就根本没有收到信。埃里克觉得这件事极其令人伤感。

"到底怎么了?"凯茜费劲地说,"我能从你的表情看出来我做错了什么事,我太了解你了。"

埃里克说:"我只是有些吃惊。没想到你会想出这么聪明的主意。听着,"他蹲下身,伸手抚上凯茜的肩,"别抱太大希望,那也许不怎么重要。你在维吉尔这里的职位没法再往上升了,而且维吉尔也不是个知道感恩的人。"

"但总值得一试吧,你不觉得吗?"

"当然。"他站起身来,决定让这个话题就此结束。

他向凯茜告了别，再次拍了拍她，尽管这举动毫无意义。然后他走向电梯，去了维吉尔·艾克曼的办公室。

他一进门维吉尔就抬起了头，咯咯地笑道："我早听说你回来了，埃里克。坐下吧，给我讲讲现在情况怎么样。凯茜的样子很糟糕吧？黑泽丁没有——"

"听着，"埃里克关上屋门，保证室内只有他们两人，"维吉尔，你能把莫利纳里叫到TF&D来吗？"

"为什么？"维吉尔像鸟一样警觉地盯着他。埃里克把一切全盘托出。

听完整件事的来龙去脉后，维吉尔说："我给基诺打个电话。我不会直说有什么事，只会给他些暗示，但我们彼此知根知底，他本能地就会理解我的意思。他会来的，很可能马上就动身。只要有必要，他就会雷厉风行。"

"那我就留在这儿吧。"埃里克决定，"不回夏延郡了。不，也许我最好还是回凯撒酒店，守着戴格。"

"别忘了带枪。"维吉尔边说边拿起电话，"给我转接夏延郡的白宫。"他又对埃里克说："就算他们监听了这场对话也没关系，他们不会知道我们到底在谈什么。"他转向话筒，"我要和莫利纳里秘书长谈谈，这是维吉尔·艾克曼本人打来的私人电话。"

埃里克向后靠在椅子上，默默听着。事情终于开始顺利进行。他可以休息一下，当个旁观者就好。

电话中传出白宫接线员歇斯底里的恐慌叫喊："艾克曼先生，斯威特森特医生在你那边吗？我们找不着他，莫利纳里，我是说莫利纳里先生，他死了，我们救不活他。"

维吉尔抬眼望向埃里克。

"我这就走。"埃里克说。他只觉得麻木，什么情绪都没有。

"我打赌，"维吉尔说，"已经太迟了。"

接线员继续尖声喊道："艾克曼先生，他已经死了两小时，提加登医生什么也做不了——"

"问问是哪个器官出的问题。"埃里克说。

接线员听见了他的话，"是心脏。是你吗，斯威特森特医生？提加登医生说是主动脉破裂——"

"我会带上人造心脏。"埃里克告诉维吉尔。他对白宫的接线员说："叫提加登尽量降低身体温度，我想他应该已经在这么做了。"

"屋顶上有艘不错的高速船，"维吉尔说，"就是我们去华盛–35时坐的那艘，这一带没有比它更高级的船了。"

"我自己去挑人造心脏。"埃里克决定，"我先回办公室一趟。你帮我把船准备好，行吗？"他冷静了下来。事已至此，无非两种结果：要么他能及时赶到，要么不能。手忙脚乱也无济于事。维吉尔按下通往TF&D接线中心的电话开关，说："看来你去的那个2056年不是我们世界的2056年啊。"

"是啊。"埃里克同意，随即拔腿跑向电梯。

13

唐恩·费斯顿伯格在白宫屋顶上等着他,脸色惨白,紧张得直结巴。"你——你去哪儿了,医生?你离开夏延郡的时候可没告诉任何人,我们都以为你就在附近。"他领着埃里克大步走向离停机坪最近的快速通道,埃里克提着装有人造心脏的箱子紧随其后。

他们抵达秘书长卧室门前,提加登现了身,脸上满是疲惫,"见鬼,你到底干什么去了,医生?"

我去努力终止这场战争了,埃里克心想。但他只是说:"他现在的温度有多低?"

"新陈代谢都停止了。你以为我连复苏过程的这部分都不知道该怎么做?我这里有书面指示,一旦他昏迷不醒,或者死了却没能复活,这些指示就立即生效。"他将一沓纸递给埃里克。

埃里克扫了一眼，读到了最重要的一段话。无论如何，禁止使用人造器官。就算那是唯一能让莫利纳里生还的方法也一样。

"这有法律约束力吗?"埃里克问。

"我们咨询过司法部长了，"提加登医生说，"有。你应该也知道，不管给谁进行器官移植，都必须事先取得患者本人的书面许可。"

"他为什么要这样?"埃里克问道。

"我不知道。"提加登说，"你能努力试着让他复苏，而不用你带来的那颗人造心脏吗? 这是唯一的出路。"他的语气里充满愤恨和不甘，"可也是死路一条。你走前，他就说心脏不舒服了，而且还告诉你，他觉得有条动脉破裂了。我可是亲耳听见了。而你却离开了这里。"他死盯着埃里克。

埃里克说:"疑病症就是这样，让人没法判断。"

"嗯，"提加登颤抖地叹了口气，"好吧——我也一样没发现。"

埃里克转向唐恩·费斯顿伯格，说:"弗莱涅柯西呢，他知道了吗?"

费斯顿伯格颤巍巍地露出一个虚弱的微笑:"当然。"

"他有什么反应?"

"他表示担忧和慰问。"

"我想你们没让其他利利星人的飞船过来吧。"

费斯顿伯格说:"医生,你的职责是治愈病人,不是制定政策。"

"这能帮我医治病人,如果我了解——"

"我们已经封锁了夏延郡。"费斯顿伯格让了步,"出事之后,唯一进来的只有你的飞船。"

埃里克走到床边,低头望着基诺·莫利纳里。他身上连着一串复杂的仪器,有些维持他的身体温度,有些即时检测着他体内上千种物质的状态。他那又圆又矮的身躯几乎完全淹没在各种仪器里。一个之前不常用的新仪器遮住了他的整张脸,探测着他大脑里哪怕最微妙的变化。

不惜一切代价也要保存完好的就是大脑。其他一切都可以换,但大脑不能。一切都可以换——可是莫利纳里下令禁止使用人造器官,所以想换也换不了。他这条神经质的自毁性禁令简直相当于把医学技术的时钟往回拨了整整一个世纪。

埃里克不用检查他敞开的胸腔,就知道他已经无药可救。如果不能进行器官移植,他作为外科手术医师的专业水平并不比提加登高出多少。在他的职业生涯中,一切都取决于更换器官的成功率。

"让我再看看。"埃里克从提加登手里拿过文件,更为仔细地读了起来。莫利纳里那么狡猾、坐拥那么多可以利用的资源,他一定想出了能代替器官移植的法子。一切不能就此完结。

"我们已经通知普林德尔了。"费斯顿伯格说,"他准备好了。如果我们真的无法救活莫利纳里,他随时都可以发表电视讲话。"他的语气毫无感情,冷淡得不自然。埃里克瞥了他一眼,不知道他心里的真实感受如何。

"这段呢?"埃里克拿着文件指给提加登医生看,"激活GRS公司的机器仿生人,就是莫利纳里用来录像,今晚要在电视上播放的那个。"

"这段怎么了?"提加登说,重新读了一遍那段内容,"播放录像带的事当然只能取消了。至于那个仿生人,我什么都不知道。费斯顿伯格也许更清楚。"他疑惑地望向唐恩·费斯顿伯格。

"那段内容根本毫无意义。"费斯顿伯格说,"比如说,机器人为什么要待在冰冻包里?我们可猜不到莫利纳里的思考逻辑,何况现在情况紧急。这份该死的文件有四十三段呢,总不能将它们全部同时执行吧?"

埃里克说:"但你应该知道它在哪儿——"

"是,"费斯顿伯格说,"我知道那个仿生人在哪儿。"

"把它从冰冻包里弄出来,"埃里克说,"根据这份文件中的指示激活它。你也听见了，这文件具有法律效力。"

"激活它，然后呢？"

"到了那时，"埃里克说，"它会自己告诉你的。"之后许多年，它都会给你下令的。他在心里说。因为这就是整份文件的意义所在。不会出现基诺·莫利纳里死亡的官方声明，因为一旦激活了这个所谓的"机器人"，基诺·莫利纳里就不会死亡。

而且，费斯顿伯格，埃里克心想，我看你早就知道这件事。两人无言地互相凝视。

埃里克对旁边的一名特工说："他去做这件事的时候，你们最好派四个人盯着他。这只是我的建议，但我认为你们还是照做的好。"

特工点点头，向旁边的同事招招手，几个人随即聚集起来跟在费斯顿伯格身后。费斯顿伯格的表情半是困惑、半是恐惧，看起来已经丧失了自控力。他不情愿地离开了现场，特工小队紧随其后。

"你不想再修补一下破裂的主动脉？"提加登医生质问道，"连试都不试一下？用塑料零件的话——"

"这条时间线上的莫利纳里受的苦已经够多了，"埃里克说，"你不觉得吗？是时候让他安息了，这也是他本人的愿望。"他心想，很快，我们将不得不面对一个谁也不想面对的现实：接下来即将出现与我们的理想格格不入的政府体制。莫利纳里建立起了由他一个人组成的王朝。

"那个仿生人可不能代替基诺发号施令，"提加登抗议道，"它只是个人造物，法律禁止——"

"这也就是基诺拒绝使用任何人造器官的原因。他不能像维吉尔那样换了一个又一个，因为等换到最后，他就必须面对法律的挑战。但那不重要。"至少现在还不重要。他心想：普林德尔无法成为"鼹鼠"的继任者，唐恩·费斯顿伯格也不行，不管他有多么渴望那个位子。不知道这个王朝是否会无止无尽地持续下去，但至少，它会顺利地渡过眼前的难关。这就已经很了不起了。

提加登沉默了片刻，说："所以那东西才会待在冰冻包里。我懂了。"

"不管你怎样去测试它，它都能顺利通过。"不管是你，是弗莱涅柯西部长，还是唐恩·费斯顿伯格来测试，结局都是一样。埃里克心想，费斯顿伯格恐怕比我更早想通这一切，但他什么也改变不了。"这就是这个解决方法的出众之处。就算你想明白了是怎么回事，你也无法阻止。"莫利纳里这一招简直开创了政治手段的新天地。对此他又做何感想呢，是恐惧惊骇？还是衷心钦佩？老实说，埃里克自己也不清楚。基诺·莫利纳里自己与自己在幕后勾结——这手段实在太新颖了。他用通过旁人无法仿效、转瞬之间就能完成的独特手段,用不断地重生来修复自己。

"可是,"提加登再次抗议,"这样一来,另一个时间线里就没有联合国秘书长了。那又能有什么好处——"

"唐恩·费斯顿伯格现在去激活的那一位,"埃里克说,"一定来自于一个'鼹鼠'根本没有上台的世界。"也就是说,他在政治竞选中失败了,当上联合国秘书长的另有其人。那样的世界无疑也有许多,毕竟在这个世界里,他和其他竞争者的票数本来就相差无几。

在那个世界里,"鼹鼠"缺席也不会造成任何影响,因为他只是个普通的政治失败者,说不定已经退休了。这样的他应该得到了充分的休息,有十足的精神来应对弗莱涅柯西部长。

"这真是可敬可叹。"埃里克说,"至少我是这么觉得的。""鼹鼠"知道,只要不用人造器官,他的身体迟早会出现不可修复的损坏,导致肉体的彻底死亡。作为一个优秀的政治谋略家,他怎么可能没有预想过自己死后的情况呢? 如果没想过,他就只不过是另一个希特勒罢了——希特勒根本不希望让他的国家活得比他本人更长久。

埃里克又读了一遍莫利纳里留下的文件,上面的遣词造句确实滴水不漏。法律要求必须激活下一位莫利纳里。

而继任者也会为自己准备好下一个替代品。就这样,无数个莫利纳里组成如职业摔角小组一样的接力队,理论上可以无限继续下去。

可以吗?

在不同的时间线里,所有的莫利纳里都在以同样的速度变老。这样的接力最多也只能持续三四十年。

但这足以让地球撑到战争结束。

这是"鼹鼠"唯一在乎的问题。

他并没想成为一个不老不死的神,他只想在任期中恪尽职守。上一次世界大战时在富兰克林·D.罗斯福身上发生的事①绝不会在他身上重演。莫利纳里早就从历史的错误中吸取了教训,并采取了复杂的行动。他找了一个怪诞不经、异想天开的方法来解决政治上的难题。

这也解释了为什么在一年后,唐恩·费斯顿伯格给埃里克看的联合国秘书长制服和报纸都是假的。

如果没有莫利纳里的这些安排,也许它们就成真了。

仅此一点就为莫利纳里的所作所为提供了足够的理由。

一小时之后,基诺·莫利纳里把埃里克叫到了自己的私人办

---

① 罗斯福在第四次连任美国总统时病逝,当时二战还未结束。

公室。

"鼹鼠"脸色红润,看起来心情很好。他穿着一身崭新笔挺的制服,靠在椅子上好整以暇地看着埃里克。"那帮混球不想激活我是吧。"他声音洪亮地说,然后突然大笑起来,"我知道是你给他们施加了压力,斯威特森特。我全都想到了,没有什么是意料之外的。你相信我吗?还是你觉得我的计划其实有空子可钻,他们说不定就成功了?特别是那个费斯顿伯格——他脑子是挺聪明的。我很欣赏他。"他说着打了个嗝,"瞧瞧我在说什么。哎,反正唐恩也就到此为止了。"

"我想他们确实差点儿就成功了。"埃里克说。

"确实,""鼹鼠"表示同意,态度严肃起来,"只差那么一点点。但在政治上,胜负都在毫厘之间,所以才值得人们拼命。谁想要不费吹灰之力就能到手的东西呢?反正我不想。顺便说一句,那盘录像带会照原计划播出。我让可怜的普林德尔回地下室待着去了,也不一定是地下室,反正是他平时待的地方。"莫利纳里又大声地笑了起来。

"在你的世界,"埃里克说,"是不是真的——"

"这里就是我的世界。"莫利纳里打断了他,将双手垫到后脑勺处,前后摇晃着身体,目光明亮地盯着埃里克。

埃里克说:"在你原来的平行世界——"

"一派胡言!"

"——你在竞选联合国秘书长的时候输了,是这样没错吧? 我只是好奇罢了,我不会和其他人讨论这件事的。"

"如果你跟其他人讲了,"莫利纳里说,"我就让特工揍你一顿,把你扔进大西洋;或者把你扔到太空去。"他沉默了一会儿,"我成功当选了,斯威特森特。但那帮混蛋偷偷地进行了无记名罢免选举,把你赶下了台。因为《和平公约》。当然了,他们是对的,我不该签那玩意儿。可是谁想跟那群长了四条胳膊、浑身亮闪闪的虫子打交道啊? 他们根本不会说话,走到哪儿都得端个翻译盒,跟捧着盆栽似的。"

"但你现在清楚,"埃里克谨慎地说,"你必须这么做。你必须和雷格人达成共识。"

"当然。到了现在,这已经是一目了然的事实了。""鼹鼠"的黑眼睛射出锐利明亮的目光,显然正以无比的智慧思考着这一切,"你在考虑什么呢,医生? 说出来听听。二十世纪的谚语怎么说来着? 是骡子是马,都拉出来什么的。"

"联系人正在蒂华纳等你。"

"哈,我可不去蒂华纳,那地方那么脏——如果你想找个比玛丽还年轻的十三四岁的雏儿玩玩,蒂华纳才是你的目的地。"

"你知道玛丽的事?"她在平行世界里也是莫利纳里的情人?

"是那位介绍我们认识的。"莫利纳里淡淡地说,"我最好的朋友,他牵的头。就是正要埋葬的那一位,也许他们会以其他方法处理尸体?我都无所谓,只要处理掉就行。我已经有一具尸体了,棺材里被子弹打成筛子那个,你也见过的。一个就够了,尸体让我紧张。"

"你要用被暗杀的那位做什么?"

莫利纳里咧嘴一笑,露出了牙齿,"看来你还不明白。那位才是最早的,比刚死的那位还要早。我不是第二任,而是第三任。"他伸手拢住耳朵,"好了,让我们听听你有什么想说的吧,我等着呢。"

埃里克说:"嗯,你应该去 TF&D 公司,与维吉尔·艾克曼见面。这不会引来任何人的怀疑。我负责把联系人带进工厂,让他和你碰头。我想应该没什么问题,除非——"

"除非康宁,也就是蒂华纳地区最顶尖的利利星特工,先找上你那位雷格人。这样吧,我会吩咐特工队先把他抓起来。这样能让利利星人忙活一阵,没空整天盯着我们。至于理由,可以是围绕你妻子进行的那些活动,害她染上毒瘾什么的。这可以用来做个幌子。你说呢?行,还是不行?"

"可以。"他突然觉得极其疲惫,程度比之前更甚。他心想,这一天仿佛永远也不会结束。之前那巨大的重担又回来了,压得他不得不屈服。

"你好像不是很欣赏我啊。"莫利纳里说。

"没这回事。我只是累坏了。"他还得回蒂华纳去,把戴格·道尔·伊尔从酒店接到工厂去。这一切还没结束。

"要把雷格人接到 TF&D,"莫利纳里敏锐地说,"用不着你亲自去。把地址告诉我,我来安排。你什么也不用做了,去喝个尽兴,或者找个新女人吧;或者再吃点儿 JJ-180,去新的时间线旅行。总之,给自己找点儿乐子。你的毒瘾怎么样了?像我吩咐的那样戒掉了吗?"

"嗯。"

莫利纳里扬起两道粗眉,"难以置信。真厉害,我没想到你真能戒掉。是从雷格线人那里搞到的解药?"

"不,是从未来搞到的。"

"战争的结果如何?我没法像你那样穿越到未来,只能在平行世界之间横向移动。"

"会很难熬。"埃里克说。

"被人攻占了?"

"地球大部分地方吧。"

"我呢?"

"你成功地逃到了华盛-35。之前你抵抗了很久,让雷格人有时间派来援兵。"

"我不喜欢这种未来,"莫利纳里宣布,"但我恐怕只能这么做。你的妻子凯瑟琳呢?"

"解药——"

"我是说你们的婚姻。"

"我们会离婚。已经决定好了。"

"好吧。"莫利纳里轻快地点点头,"你把地址写给我。作为交换,我也会给你写一份人名和地址。"他拿起纸笔写得飞快,"她和玛丽是表姐妹,曾经出演过电视剧,住在帕萨迪纳①。十九岁。对你来说太年轻了吗?"

"这是违法的。"

"我保你没事。"他把纸条扔给埃里克,埃里克没接。"怎么了?"莫利纳里冲他喊叫,"吃点儿时间旅行药物就把你脑袋吃坏了? 你知不知道自己的小命只有一条,没法横向跳跃也没法后退,只能继续往前走? 你难道还想等去年再来一次,从头过一遍?"

埃里克伸出手,拿起纸条,"没错,我是在等待去年来临,已经等了很长时间。但我想它永远都不会再来了。"

"别忘了跟她说,是我叫你去的。"莫利纳里看着埃里克把纸

---

① 美国城市。

条放进钱包,露出愉快的微笑。

当天晚上,埃里克走在漆黑的小道上,双手插兜,不知道自己走的方向对不对。他已经有很多年没来过帕萨迪纳这座位于加利福尼亚州的城市了。

在他前方,一座大型共寓高耸入云,居住密度高得让周围的大气都显得稀薄。透着灯光的窗口看起来仿佛是巨大方形南瓜灯的一对眼睛。埃里克心想:都说眼睛是心灵的窗户,但共寓就只是共寓而已。那里面有什么?一个泼辣蛮横,或者也没那么蛮横的黑发姑娘。听莫利纳里的意思,她的人生梦想就是在一分钟的啤酒香烟广告上出镜。她会在你生病时把你从床上骂起来,和你一起蹩脚地扮演着婚姻誓言里的美好角色,假装着互爱互助。

他想起不久前在华盛-35上和菲莉斯·艾克曼之间的对话。如果我真的想重演已经深深烙在我人生中的行为模式,他心想,还不如去找她。菲莉斯与凯茜的相似之处不少,足以对我产生吸引力。我们两人对此都心知肚明。但她与凯茜又如此不同,也许和她在一起会是一种截然不同的新感觉——也许。他突然又想:这个帕萨迪纳姑娘不是我自己挑的,是基诺·莫利纳里给我挑的。也许这次我确实不会重蹈覆辙。也许从今以后,我再也不会重蹈覆辙。我可以开始真正意义上的新生活。

他找到共寓正门，拿出纸条，再次记住上面的名字。然后他在黄铜板上成排的按钮中找到了正确的那一个，模仿着基诺·莫利纳里的气势，使劲按了下去。

过了一会儿，扬声器里传出一个缥缈的声音，按钮上方的监视屏幕现出一个小小的图像。"喂？请问是哪位？"这图像实在小得过分，他看不出姑娘的任何特征。但她的声音圆润深沉，虽然带着独居女子常见的警惕和紧张，语气仍然十分亲切。

"基诺·莫利纳里叫我来找你。"埃里克让莫利纳里这块岩石帮他承担部分重荷。在这条两人并肩而行的旅途中，他和姑娘都一样依赖着这块定心石。

"哦！"她听起来有些慌张，"找我？你确定没弄错？我只是偶然见过他一面。"

埃里克说："能让我进来说话吗，加拉巴尔迪小姐？"

"加拉巴尔迪是我以前的名字。"姑娘说，"现在我上电视用的艺名是盖瑞，帕翠霞·盖瑞。"

"让我进去吧。"埃里克说，又等了一会儿，"拜托了。"

大门发出滋滋的响声。他推开门，进了大堂，很快就坐电梯上了十五楼，到了姑娘门前。他本想敲门，却发现门已经为他打开了。

帕翠霞·盖瑞微笑着出现在他面前。她穿着一条碎花围裙，黑色的长发绑成两条长长的辫子垂在身后，一张尖脸结束在完美无瑕的小巧下巴上，嘴唇上涂着接近黑色的深色口红。她的五官每一处都那么精致干净，仿佛在重新定义人体的对称和平衡之美。埃里克明白了她为什么会进入电视行业。有这样一张脸，再配上加利福尼亚海滩上的虚拟啤酒沫，不管那份热情有多虚伪，都能一箭击穿所有观众的心。她不仅漂亮，而且美得独树一帜。埃里克几乎能想象到她漫长而成功的演艺生涯，可惜战争让她只能卷入一场悲剧。

"你好啊，"她高高兴兴地说，"你是哪位？"

"我叫埃里克·斯威特森特，是秘书长手下的医务人员。"曾经是，他心想，刚卸任不久。"能和我一起喝杯咖啡，聊会天吗？这对我很重要。"

"这搭讪还真奇特。"帕翠霞·盖瑞说，"有何不可？"她翩然转身，墨西哥长裙随之旋转飞舞。埃里克跟着她走过共寓走廊，进了厨房。"我正好在煮咖啡呢。莫利纳里为什么会叫你来找我？有什么特殊原因吗？"

长成这样的姑娘难道会不知道，她自己就是凌驾于一切之上的特殊原因？"嗯，"他说，"我就住在加利福尼亚，在圣迭戈。"他心想，我应该会继续在蒂华纳工作，"我是个器官移植医师，盖瑞小姐。——帕翠。叫你帕翠可以吗?"他在长桌边找了个椅子坐下,将双手叠在一起,手肘撑在纹路不规则的红木桌子上。

"既然你是器官移植医师,"帕翠霞·盖瑞从水池上方的橱柜里拿出两个杯子,"你怎么没去军事卫星基地,或者前线医院?"

埃里克感到整个世界都从他的脚边向下坠落。"我不知道。"他说道。

"你也知道,现在正在打仗。"帕翠霞背对着他说,"之前和我约会的一个男孩,他乘坐的巡逻船被雷格人炸了。他现在还住在基地医院。"

"这我该怎么说呢,"埃里克说,"你找到了我人生最大的弱点:它怎么就缺乏应有的意义呢。"

"嗯,那你怪谁?除你之外的所有人?"

"要我看,"他说,"至少就目前而言,保证基诺·莫利纳里好好活下去就是在为战争做贡献。"但他做这份工作根本没多久,而且一开始也不是自己主动,而是维吉尔·艾克曼叫他去的。

"我只是有点儿好奇。"帕翠霞说,"我以为优秀的器官移植医师会想要去前线,做真正重要的工作。"她把咖啡倒进了两个塑料杯。

"是啊,你这么想也很正常。"埃里克感到灰心丧气。她才十九岁,几乎比他小一半,却比他更明白什么才是正确的选择、一个人应当做些什么。既然她具备如此洞见，她一定有了清晰的职业规划。"你想让我赶紧走吗？"埃里克问她，"想的话你就直说。"

"你才刚到不久，我当然不想让你走。莫利纳里叫你来一定有他的原因。"帕翠霞在他对面坐下，审视他，"你知道我和玛丽·赖内克是表姐妹关系吗？"

"嗯。"埃里克点点头。他心想，玛丽也一样韧劲十足。"帕翠霞，"他说，"相信我，我今天做的事虽然和治病救人没什么关系，但却会影响我们所有人。你能相信我吗？如果不能，恐怕我们也没法再谈下去了。"

"那就如你所说吧。"她以十九岁特有的漠然态度说。

"今晚你看莫利纳里在电视上发表的讲话了吗？"

"刚才还在看呢。挺有意思的，他整个人好像都高大起来了。"

"高大起来了。"他心想，确实，形容得很准确。

"很高兴能看见他恢复以往的风采。不过我得承认，他滔滔不绝讲的那些政治——你也知道他演讲的状态，跟讲课似的，特别激动，眼睛闪闪发光。那些内容对我来说有点儿太啰唆了。所以我关上电视，去放唱片了。"她伸手托住下巴，"结果呢，我觉得无聊透了。"

客厅里的可视电话响了。

"失陪一下。"帕翠霞·盖瑞站起身,轻快地走出了厨房。埃里克静静地坐着,大脑一片空白,一丝熟悉的疲惫感袭来。帕翠霞突然又回来了。"是找你的,埃里克·斯威特森特医生。是你没错吧?"

"谁打的?"他艰难地站起来,心突然一沉。

"夏延郡白宫。"

他走到可视电话边,"喂,我是斯威特森特。"

"请稍等。"屏幕变白了。基诺·莫利纳里的影像随即出现。

"哦,医生。"莫利纳里说,"他们杀了你的雷格人。"

"老天爷。"埃里克说。

"我们赶过去的时候,现场只剩下一只咽了气的死虫子。你们进去的时候,肯定被人看见了。可惜你没直接把他带到TF&D,而是带到了酒店。"

"是啊。"

"听着,"莫利纳里迅速地说,"我打电话告诉你,是因为我觉得你会想知道。但别太自责了,那些利利星人可是这方面的专家。谁也没法保证不失手。"他俯身靠近屏幕,加重了语气,"这无关紧要。要联系雷格人还有其他三四种方法,我们正在考虑哪种才是最佳方案。"

"在电话上说这种事没关系吗?"

莫利纳里说:"弗莱涅柯西那帮人刚起飞,正全速赶往利利星。相信我,斯威特森特,他们已经知道了。所以我们必须尽快行动。我们希望在两小时内,建立沟通雷格政府的电台,如果有必要,我们会在公开频道上进行谈判,利利星可以尽情听个够。"他瞥了一眼手表,"我得挂了,有什么进展我会随时通知你的。"屏幕变黑了。莫利纳里忙着去处理下一项事务。他可没时间坐着闲聊。但屏幕突然又亮了起来,莫利纳里再次出现:"要记住,医生,你已经尽了自己的职责。是你逼他们执行了我留下的遗嘱,就是你来白宫时他们正互相推来推去的那份文件。要不是你,我就不可能在这里。我已经对你说过了,希望你不要忘了这一点——我可没时间给你讲上一遍又一遍。"他突然笑了一下,影像再次消失。这次,屏幕没有再亮起来。

但失败就是失败,埃里克在心里说。他走回帕翠霞·盖瑞的厨房,在咖啡旁坐下来。两人都没有说话。因为我搞砸了,他心想,利利星人现在有了大把时间来包围我们,他们随时会将全部炮火转向地球。几百万人的性命,长达数年的攻占——那就是人类即将付出的代价。就因为他觉得最好先带戴格·道尔·伊尔住进凯撒酒店,而不是直接送他去 TF&D。但他又想,利利星人在 TF&D 里也安插了特工,就算带过去了,结果可能也一样。

接下来该怎么办？他问自己。

"也许你说得对,帕翠霞。"他说,"也许我应该当个军医,去前线的基地医院工作。"

"嗯,为什么不呢?"她说。

"可是你不知道,"他说,"过不了多久,前线就会转移到地球上来。"

帕翠霞脸色变了。她试着露出微笑,"为什么?"

"政治。变幻的战争局势。不可靠的同盟关系。今天的盟友也许就是明天的敌人,反过来也一样。"他喝完咖啡,站起身,"祝你在电视行业一切顺利,帕翠霞。你的生活才刚开始,那么闪闪发光。祝你方方面面一帆风顺。希望战争不会影响你太多。"在我的推波助澜下蔓延到地球上来的战争。他在心里说。"别了。"

帕翠霞坐在桌边喝着咖啡,什么都没说。埃里克穿过走廊打开她的房门,走出去关上了门。帕翠甚至都没有向他点头告别。埃里克说的话让她太害怕、太震惊了。

不管怎样还是谢了,基诺。埃里克在搭乘电梯下到地面时,在心里想。这本来是个好主意,但最后没有结果,这并不怪你。至少让我更加清楚地意识到,我做的贡献实在少得可怜,还在自己的时间线上造成了不小的危害。一部分原因是我做错了,一部分原因是我什么都没做。

他在帕萨迪纳漆黑的街道上走了一会儿,终于发现了一辆出租车。他拦车坐了进去,却不知道该去哪里。

"您不知道自己住在哪儿吗,先生?"出租车问道。

"去蒂华纳。"埃里克突然下了决定。

"好的,先生。"出租车高速驶向南方。

14

蒂华纳正值深夜。

埃里克拖着沉重的脚步,漫无目的地走在人行道上,路过一家又一家挂着霓虹灯招牌、狭窄如夜市摊位一样的商店,听着墨西哥小贩响亮的吆喝,和以前一样欣赏着川流不息的车流和此起彼伏的焦躁鸣笛声:四轮车,全自动出租车,还有只能在地面上行驶的老式涡轮汽车。这种老式汽车都是美国生产的,被淘汰后不知怎么就运过了国境线,到这里来发挥生命最后的余热。

"要姑娘吗,先生?"一个看起来只有十一岁的男孩死死抓住了埃里克的袖子,将他拽得不得不停住脚步。"我妹妹刚七岁,还从来没跟男人上过床。我对上帝发誓,你绝对是她的第一个。"

"多少钱?"埃里克问。

"十元,房费另算。看在上帝的分上,一定得开房。人行道会让爱变得脏兮兮,如果你在这儿做,事后会失去自尊的。"

"这倒是句睿智的话。"埃里克表示赞成,但他还是继续地前行。

一如既往,到了夜晚,机器人摊贩便集体消失,连同它们所贩卖的巨大无用的机织毯和篮子,还有卖墨西哥粽子的小推车。活跃在白天的人群和成团的中年美国旅客都不见踪影,将蒂华纳让给夜晚的行者。几个男人快步经过埃里克身边。一个穿着毛衣和紧身短裙的姑娘与他擦肩而过,有一瞬间甚至紧贴到了他身上……埃里克心想,这感觉就好像我们之间存在着一段持久而深厚的关系,通过肌肤相亲,交换彼此的体温,表达出了深刻而彻底的互相理解。姑娘继续往前走,很快消失了。一群矮小的墨西哥年轻人径直向他走来,个个体格结实,穿着开胸毛衫,像快要窒息似的张着嘴。埃里克小心地给他们让开了路。

在这样一个没有法律、道德败坏的城市里,一个人仿佛被迫回到了童年。埃里克如此想道。积木和玩具就摆在你身边,整个宇宙触手可及。要进入这种肆意状态需要付出不小的代价:你必须彻底舍弃成人的身份。但他热爱这座城市。这里的嘈杂喧哗所代表的是真正的生活。有些人觉得这里充满罪恶,但他并不这么想。那些会这么想的人都错了。这里的男人焦躁不安、四处游走,没人知道他们在寻觅什么,连他们自己也不知道。驱使他们挣扎的是来自宇宙洪荒的原始冲动，正是这种永无休止的躁动让生命离开海洋，踏上陆地。如今的陆上生物依旧在整日奔忙，走过一条又一条街道。埃里克也是其中的一员。

他看到前方有家刺青店，装潢现代简练，用一面发光的能量墙照明。店主拿着电针正在工作，针头没有直接接触皮肤，而是贴近皮肤在空中移动，像翻花绳般描绘着图案。来个刺青怎么样？埃里克问自己。我能在皮肤上刻点儿什么呢？在接下来这段如同被监禁的日子里，什么样的格言、什么样的图案能给我安慰，让我坚持下去，和其他人一起等着利利星人攻占地球？无助和恐惧会让所有人都变得懦弱。

他走进刺青店找了个座位坐下，说："能不能在我胸口上刺个——"他陷入了沉思。

店主继续忙着手头的活计。顾客是个膀大腰圆的联合国士兵，一直目不斜视地瞪着前方。"我想刺点儿花纹。"埃里克决定。

"随便看。"店主递来一本厚重的范例图集，埃里克随手翻开。图上是个女人，长着四个乳房，每个乳房都说了一句话。埃里克觉得不太合适，又翻了一页。喷着尾气的火箭。不行，这让他想起被他辜负了的2056年的自己。"我和雷格人是一伙的。"他想，把这句话刺在身上，让利利星议员看见，我就再也不用做任何决定了。

这完全是在自怨自艾,他心想。或者是自怜,有这个说法吗?好像没怎么听人讲过。

"决定好了吗,伙计?"店主完成了手头的刺青,问道。

埃里克说:"我想在胸口上刺'凯茜已死',可以吗?要多少钱?"

"'凯茜已死'。"店主说,"死因是?"

"科尔萨科夫综合征。"

"你想让我把这也刺上去吗?凯茜死于——后面那个词怎么拼?"店主拿出纸笔,"我不想弄错。"

"在这附近,"埃里克问,"哪儿能买到毒品?我是说,真正的毒品?"

"街对面的药店。那儿才是卖药的地方,蠢蛋。"

他走出刺青店,穿过川流不息的混乱车流。药店模样很传统,摆着足部疾病展示模型、疝气带和成瓶的古龙水。埃里克拉开非自动门,径直走到后方的柜台前。

"先生你好。"一个头发灰白、穿着白大褂的男人向他打了个招呼,模样看起来相当专业。

"JJ-180。"埃里克说,把一张五十美元的纸钞拍到柜台上,"来三四颗吧。"

"一百美元。"生意就是生意,不掺杂任何感情。

埃里克加了两张二十、两张五元纸币,药剂师消失片刻,回来后把一个小药瓶摆到埃里克面前。然后他接过纸钞,在古老的收银机上按了几个键结了账。"谢了。"埃里克说。他拿起药瓶离开了药店。

在街上又走了一阵,他多少凭运气找回原来的路,回到了凯撒酒店。他进了酒店大门,走向接待员。和今天早些时候接待他和戴格·道尔·伊尔的是同一个人。今天竟然还没过完,埃里克心想,这一天恐怕是由很多年组成的。

"你还记得我带来的那个雷格人吗?"他问接待员。

对方无言地看着他。

"他还在这儿吗?"埃里克问,"他真的被负责这一带的利利星刽子手康宁砍成碎片了? 带我去房间里看看。我要同一个房间。"

"请先付款,先生。"

他付了钱,接过钥匙,坐电梯上楼,踏着地毯穿过空荡荡的阴暗走廊,打开门锁,进屋摸索一阵开了灯。

房间亮了起来,里面没有任何痕迹,只是一间普通的空屋子,仿佛雷格人凭空消失了,又或是自己出门了。埃里克心想:他让我把他送回战俘营,那才是正确的选择。他一直都很明白事情的走向,知道会迎来怎样的结局。

他站在门口,发现这间屋子让他感到害怕。

他打开玻璃瓶,倒出一枚JJ-180胶囊,把它放到梳妆台上,用一枚硬币将它切成三份。附近的水壶里有水。他和着水吞下三分之一颗胶囊,走到窗边向外眺望,静静地等待着。

夜晚变成了白天。他还在凯撒酒店的同一个房间里,但已经来到了未来。他无法判断过了多久。几个月?几年?房间的模样仍然毫无变化,也许它永远不会变化。他离开了房间,坐电梯下到大堂,在预约台旁边的报摊要了份报纸。摊主是个胖乎乎的墨西哥老太太,她递给埃里克一份《洛杉矶时报》。埃里克扫了一眼:他来到了十年以后。现在的日期是2065年6月15日。

看来他猜对了JJ-180的剂量。

他走进一间付费电话亭,投入一枚硬币,拨打了蒂华纳皮草染色公司的电话。现在的时间似乎将近正午。

"我找维吉尔·艾克曼先生。"

"请问您是哪位?"

"我是埃里克·斯威特森特医生。"

"没问题,斯威特森特医生,请稍等。"屏幕暗下去,随即出现了维吉尔的脸。他的脸仍然干瘦,满是皱纹,没什么变化。

"哈,我的老天爷!埃里克·斯威特森特!你怎么样了,小子？天哪，都已经——多久了？三年？四年？你在——"

"告诉我凯茜怎么样了。"埃里克说。

"什么？"

埃里克说："我想知道我妻子的情况。她身体怎么样了？她人在哪儿？"

"你是说你的前妻。"

"对，"他理智地承认，"我的前妻。"

"我怎么知道，埃里克？自从她辞职走人，我就没再见过她，而那已经是——嗯，你也应该记得，六年前的事了。就在我们重建后不久，战争刚结束的时候。"

"我想知道她的情况，把你知道的都告诉我。"

维吉尔想了一会儿，"哎，埃里克，你也记得她之前病得多厉害，精神疾病导致的躁怒。"

"我不记得了。"

维吉尔扬起眉，"在强制入院令上签名的可是你。"

"你觉得她现在还住在精神病院？"

"你给我解释过，因为她吃过的那些毒品，她出现了不可逆转的脑损伤。所以我想她应该还在，可能在圣迭戈。不久前西蒙·伊尔德好像还跟我说过一次，你想让我再跟他确认一下吗？他说他遇见了一个人，那个人的朋友就住在圣迭戈北部的精神病院里,他——"

"和他确认一下吧。"埃里克等待着。维吉尔转到公司内部线路去问西蒙了,屏幕变得一片空白。

最后,曾经在他手下担任库存监控员的西蒙在屏幕上出现了,还是那张阴沉悲哀的长脸。"你想问凯茜的事?"西蒙说,"我只知道那个朋友跟我讲的内容。他进了埃德蒙德·G.布朗精神病医院,在那里看见过凯茜。用你的话说,她'精神崩溃'了。"

"我从来不用这个词,"埃里克说,"你继续说吧。"

西蒙说:"凯茜没有自控能力。她每天都会出现由于愤怒导致的毁坏性的行为,有时候一天能发作四次。发作的时候,她会把一切都摔坏。医院开了吩噻嗪给她吃,稍微有些效果——这是凯茜亲口说的。但到了后来,无论她吃多少吩噻嗪都没用。我猜,大脑额叶已经遭到损坏了。她什么东西也记不住,还有疑心病。她觉得所有人都在针对她,想伤害她……当然了,她并没有真正的妄想征,只是无论何时都很恼火,责备别人欺骗她、有事瞒着她,不管是谁都一样。"西蒙补充了一句,"她还会谈起你。"

"说我什么?"

"责备你和那个精神病医生——他叫什么来着? 说都怪你俩把她送进医院,不让她出院。"

"她知道我们为什么让她住院吗?"为什么非让她住院不可,埃里克心想。

"她说她还爱你,但你只想甩掉她,和别人结婚。而且在离婚的时候,你信誓旦旦地说没有别的女人。"

"好吧。"埃里克说,"谢了,西蒙。"他挂掉电话,随即打给圣迭戈的埃德蒙德·G.布朗精神病医院。

"埃德蒙德·G.布朗精神病医院。"接通了医院总机,一个疲惫的中年女人飞速地说。

"我想问问凯瑟琳·斯威特森特夫人的情况。"埃里克说。

"请您稍候。"接线员查了查记录,把电话转接到了一间病房。出现在埃里克面前的是一位年轻女士,身上穿的不是白色制服,而是一条普通的印花棉裙。

"我是埃里克·斯威特森特医生。凯瑟琳·斯威特森特的情况怎么样了? 有什么进展吗?"

"和您两周前打电话的时候一样,医生。等我去拿下她的病历。"女人消失了。

好家伙,埃里克心想。就算过了十年,我还一样在关心她。我是不是这辈子都逃不掉了?

护士回来了。"您也知道,布拉摩尔曼医生正让斯威特森特夫人试用最新的格洛瑟-李特尔组件,想刺激大脑组织进行自我修复。但到目前为止——"她翻了翻病历,"还没有明显的效果。不如您过一两个月再联系我们,在此之前恐怕不会有太多变化。"

"但还是可能有效果的吧?"他说,"你说的这个新东西,"他从来没听说过,显然是未来才有的,"我是说,多少还有点儿希望吧。"

"哦,是啊,医生,希望总是有的。"她说,但从语气中透露出来,这只不过是一种哲学意义上的回答。在她看来,一切皆有可能。所以这话毫无意义。

"谢谢你。"他又说,"帮我看看档案,我的工作单位写的是哪里? 最近我换工作了,信息可能不准确。"

护士查了一会儿,说:"上面写的是,您是凯萨基金会的首席器官移植医师,工作地点在加利福尼亚州的奥克兰城。"

"那就没错。"埃里克挂了电话。

他从问询台问到凯萨基金会的信息,给那边打了个电话。

"我找斯威特森特医生。"

"请问您是哪位?"

埃里克一时没想好该怎么说,"就说是他弟弟。"

"好的,先生。请稍等。"

他的脸出现在屏幕上,比他自己更老、更憔悴,"你好。"

"你好。"埃里克应道,不知道接下来要说些什么,"你忙吗,我打扰你了吗?"十年后的他看起来还不错,相当有威严。

"没,你说吧。我正在等你的电话,我还记得大概日期。你刚给埃德蒙德·G.布朗精神病医院打过电话,听说了格洛瑟-李特尔的事吧。护士没把所有事实都告诉你。格洛瑟-李特尔是至今研制出的唯一一种人造大脑。它能替代一部分大脑额叶,安装成功后会一直运转,直到患者死亡。但这是在它起作用的情况下。老实说,它本来应该立即起效才对。"

"也就是说,你不认为它会起效。"

"没错。"年长的埃里克·斯威特森特说。

"如果我们没有和她离婚,会不会——"

"不会有太多区别。我们做过了各种尝试,相信我。"

也就是说,就算留在她身边也于事无补。埃里克心想。就算留一辈子也没用。

"多谢你的帮忙。"他说,"我没想到你还在关注她的进展,这让我觉得很……有意思。"

"良心使然。从某种角度来说,正因为离了婚,我们才更有责任关心她的情况。因为离婚后,她的情况迅速恶化了。"

"就真的没有办法了吗?"埃里克问道。

2065年的他摇了摇头。

"好吧。"埃里克说,"谢谢你告诉我实话。"

"你自己也说过,永远不要对自己撒谎。"对方又补充,"祝你能顺利办完她的强制入院手续,那过程挺难的。不过你离那还有一段时间。"

"战争后来的情况怎么样了,特别是利利星占领地球的事?"

年长的埃里克·斯威特森特咧嘴一笑,"嘿,光是你自己的事你都顾不过来了。战争?什么战争?"

"再见。"埃里克挂了电话。

他走出了电话亭。那个埃里克说得对,他在心里默默地承认。如果我能更冷静些——可惜,我不能。利利星人恐怕正在制订应急计划,准备向地球发起突然袭击。我知道这件事,心里却没有任何感觉,我能感觉到的只有——对死亡的渴望。他心想。

为什么不呢?基诺·莫利纳里将自己的死亡化为了政治策略的一部分。他通过死亡战胜了其他对手,而这样的局面未来恐怕还会再次上演。当然了,埃里克心想,我不是这么想的。没什么人需要我去战胜。在即将到来的侵略战争中,地球上会死很多人,再死一个又有什么了不起?我死了会造成谁的损失?和我亲近的人都有谁?他心想:那些未来的斯威特森特想必会气得发疯。但那又怎样?我根本不在乎他们。他们也不在乎我，只是他们的存在都依赖我罢了。他心想：也许这就是问题所在。出问题的不是我和凯茜，而是我和我自己。

他穿过凯撒酒店的大堂，站到了十年后白天的蒂华纳街道上。

阳光让他头晕目眩，他站在原地眨着眼，适应了一会儿。即便是在这里，街上的汽车也都变了样，线条更流畅、更时髦了。如今的道路地面已铺设得整整齐齐。卖墨西哥粽子和地毯的小贩沿路走过，埃里克吓了一跳：他们不再是机器人，而是雷格人。他们在地球社会中，显然处于底层，还要奋斗很多年，才能争取到他之前穿越时所见到的平等地位。那是离现在九十年、离他原本的时间整整一个世纪的事了。埃里克认为这很不公平，但事实就是如此。

他双手插在兜里，混在蒂华纳街头涌动的人群里走着，周围的人有老有少。最后他来到了购买JJ-180胶囊的药店。它一如既往地开着，在这十年里也没什么变化，唯一的区别是疝气带不见了，取而代之的是一件埃里克没见过的物品。埃里克站住脚，阅读着它背后的西班牙语说明牌。就他理解，这东西能增强一个人的性能力。根据西班牙语的说明，它能让人一次接一次地迎来高潮。埃里克饶有兴味地继续往后走，来到了店铺最后方的柜台。

迎接他的药剂师换了个人，变成了一位满头黑发的老太太。"你好?"她用西班牙语说，斜眼瞥着埃里克，露出廉价的铬制假牙。

埃里克说："你有西德产的g–托泰蓝吗?"

"我找下，你等着。"老太太步履蹒跚地走开了，消失在药品架之间。埃里克在货架间漫无目的地闲逛了一会儿。"g–托泰蓝是种可怕的毒药，"老太太冲他喊，"你要买得签个字，行吗?"

"行。"埃里克说。

他要的东西装在黑色药盒里，摆在了柜台上。"两美元五角。"老太太说。她拿出记录簿，摊在柜台上，让他拿起拴着链子的笔签字。埃里克签好后，她用纸包好了黑色药盒。"你是要自杀吧，先生?"她敏锐地问，"嗯，应该是，我看得出来。用这药不会痛，我见过。不痛，就是突然没心跳。"

"是啊，"埃里克表示赞成，"这药很棒。"

"是 A.G.药厂的，可靠。"老太太咧嘴一笑，似乎在对他表达赞许。

埃里克付了钱，老太太一言未发地收下了十年前的货币。他拿起药走出药店。真奇怪，他心想，蒂华纳还是老样子。它永远都不会变。没人在乎你是不是想毁了自己。真奇怪，夜晚这里竟然没有这种摊位——收你几个钱，帮你了结生命。不过，说不定现在已经有了。

老太太赞许的态度让他有点震惊。何况她根本不知道埃里克是谁，更说不上了解他。都是战争的错，他对自己说。我怎么还会为此惊讶呢。

他回到了凯撒酒店，正要上楼，一个没见过的接待员叫住了他，"先生，你不是我们的房客。"接待员快步从柜台后面走出来，挡住了他的去路，"你想开间房吗？"

"我已经开了一间。"埃里克说，随即想起那已经是十年前的事了。他早已丧失了居住权。

"房费必须预付。"接待员说，"你没有行李，每晚九美元。"

埃里克拿出钱包，递给他一张十元美钞。但接待员检查着纸钞，脸上写满内行人士的否定和越来越浓的狐疑。

"这种纸钞早就被召回了，"他告诉埃里克，"现在属于违法货币，很难兑换。"他抬起头，用蔑视的目光打量埃里克，"二十元。给我两张十元。就这，我都不一定收呢。"他毫无热情地等待着，显然很讨厌住客用这种货币付款。也许这会让他想起以前，想起战争时期的苦日子。

埃里克钱包里只剩下一张五美元纸钞，除此之外还有一叠来自九十年后的钞票。这实在令人难以置信，不知道是哪个环

节出了可怕的错误,也许是因为他留下了自己的手表。埃里克
将它们放到柜台上,上面色彩缤纷的精致图案闪闪发光。他心
想:这么说,凯茜寄的电子零件也许真能在三十年代中期寄到维
吉尔·艾克曼手里。有这个可能性。这让他心情振作了一些。

接待员拿起一张2155年的纸钞。"这是什么?"他将纸钞举起
来对着光看,"我从来没见过。你自己印的?"

"不是。"埃里克说。

"收不了。"接待员下定决心,"你走吧,否则我报警了。我知
道,肯定是你自己造的。"他反感地将未来的纸钞往回一扔,"样
子这么滑稽。滚吧。"

埃里克把2155年的纸钞留在柜台上,只拿回了原本的五美
元。他转身走出酒店,装着g-托泰蓝的纸袋还夹在腋下。

即便战争已经结束,蒂华纳仍然保留着许多陋巷。他在几
座砖楼之间找了一条黑暗狭窄的小道,里面散落着各种垃圾,还
放着两个油桶,里面堆满烟灰。他在小巷里找了个被木板钉死
的门,在门前的木制台阶上坐下,点上香烟,陷入沉思。在这里,
街道上的人看不见他。匆匆走过的行人不知道他的存在,而他
却可以集中注意力观察着他们,特别是那些姑娘。十年前,他也
曾做过同样的事。在蒂华纳白天的街头上,姑娘穿着令人费解

的时髦服饰:高跟鞋,安哥拉羊毛衫,亮闪闪的手提袋,手套,搭在肩上的外套。她迈着敏捷的步子,高耸的乳房前端尖得像钉子,看来就连胸罩的设计细节都一样走在流行前沿。这样的姑娘是做什么职业的?她是从哪儿学到的这些时髦打扮?是从哪儿来的资金,才能买得起这些衣服?他以前就曾为此好奇,现在也是如此。

他心想,要想回答这个问题,就只能当面拦住一个这样的姑娘,问她在哪儿住,衣服是在这边还是在国境线对面买的。他心想,不知道这些姑娘有没有去过美国,有没有住在洛杉矶的男朋友,床上技术是否和外表所显示的一样高超。到底是什么东西,什么未知的力量,让她们拥有了这样的生活?他希望无论那是什么,都不会让她们变成性冷淡。否则这可就太滑稽了,简直是在嘲笑生命本身、嘲笑自然造物的性本能。

他又想道,这种姑娘最大的问题就在于她们老得太快了。那些传言都是真的。到了三十岁,她们就会变得疲惫不堪,肥胖臃肿,那些胸罩、外套、手提袋和手套都会消失不见,只剩下乱糟糟的眉毛和眉毛下透出灼热目光的黑眼睛。原来那个苗条的尤物还在皮囊下,但却已经变成了身体的囚徒,再也无法开口说话、嬉笑玩耍,无法做爱,无法奔跑。高跟鞋敲打人行道的声音和急于投入生活的劲头都消失了,只剩下沉重疲惫的步伐。那是世界上最可怕的声响,诉说着消逝的过往。她们曾经鲜活,正在腐朽,未来便是一具由尘土做成的躯体。蒂华纳是一成不变的,但在这里的东西也不会享有该有的寿数。这里的时间走得太快,但又仿佛是凝固的。比如我当下的处境,埃里克心想。我正要在十年后的未来自杀,或者说,我正要夺走一个十年前的人的生命。如果我这么做了,现在在奥克兰为凯萨基金会工作的那个埃里克·斯威特森特会怎么样呢? 在这十年里,他一直在关心凯茜——如果这段历史消失,凯茜又会变成什么样?

也许我是想用这种迂回的方式伤害她。我想继续惩罚她,因为她病了。

在我理智的表面之下原来还潜藏着这样扭曲的想法:对于生病的人,无论怎么惩罚她,都是不够的。是这样吗? 老天爷,他心想。难怪我会恨自己。

他把装着g-托泰蓝的纸袋捧在掌心,感受着它的重量和体积。他感觉到了地球对它的引力。是啊,他心想,地球什么都爱,包括这种东西。地球愿意接纳一切。

有什么碾过了他的脚。

他看到一辆装着轮子的小车迅速滑远,驶入阴影和建筑材料碎片堆中寻求掩护。

另一辆一模一样的小车在追它。它们在一堆报纸和空瓶间隙狭路相逢,打了起来。垃圾堆随之阵阵抖动,碎片四处飞散。两辆小车头对头相互冲撞,瞄准安装在对方车体中央的零件,看谁能先撞掉对方的"懒惰棕狗"。它们还活着? 埃里克难以置信地想。明明已经过了十年了。也许布鲁斯·西摩尔还在不停地制造它们? 如果是这样,他的小车在蒂华纳恐怕已泛滥成灾。埃里克不知道应该如何看待眼前的景象。他看着两辆小车继续打斗。其中一辆撞松了对手的"懒惰棕狗",眼看就要取得胜利。它向后退开,像山羊似的伏下身,准备给对方施加最后的致命一击。

趁它还在摆姿势,受伤的那辆车显现出危急关头的智慧,钻进了一只废弃的镀锌铁桶,从战场暂时撤离。有了桶的保护,它一动不动地等待着,如果有必要可以一直等到时间的尽头。

埃里克站起身,弯腰抓起了即将胜利的那辆车。它使劲地转着轮子,设法挣脱了他的掌握。它摔到地上又弹起来,发出巨大的碰撞声,然后倒车找好位置,一头撞上了埃里克的脚。他吃惊地后退了一步。小车再次冲他做出威胁的动作,他又退了一步。小车满意了,转着轮子绕了一圈,随即嘎嘎作响地一路开远,从他的视野里消失了。

战败者仍然在铁桶里等待着。

"我不会伤害你。"埃里克对它说,蹲下身,想看得更清楚些。但受伤的车还是不动。"好吧。"埃里克说,站起身,"我明白了。"小车意志坚定,再骚扰它也没用。

就连这些不起眼的小东西也铁了心要活下去。埃里克心想。布鲁斯说得对。它们也应该得到机会,在阳光和天空下拥有自己微不足道的一席之地。这是它们唯一的要求,这要求一点儿也不高。埃里克心想:而我甚至做不到它们所做的事——捍卫自己的立场,动用全部的智慧在蒂华纳堆满垃圾的小巷里存活下去。躲在锌桶里的那家伙没有妻子,没有工作,没有共寓也没有钱,它的生活里甚至没有这些概念。但它仍然在不屈不挠地坚持。出于一些我不知道的原因,为了生存,它比我还要更努力。

g-托泰蓝对他失去了吸引力。

就算我要这么做,他想,也没必要非得是现在吧? 这和其他事一样,完全可以往后拖,或者说是应该往后拖。再说他也觉得不太舒服。他头晕目眩地闭上眼睛,就算这样有可能会招来布鲁斯·西摩尔的"懒惰棕狗"小车因恐惧对他发起攻击。

他手心的重量消失了。他睁开眼睛,发现纸袋和里面装着g-托泰蓝的黑色药盒踪影全无,小巷里四处堆积的垃圾似乎也没有之前那么多了。通过阳光投下的阴影,埃里克推断现在已接近傍晚。这意味着JJ-180的药效消退,他回到了自己的时间里,虽然也许并不是特别精确。他吃药时是在夜里,而眼前的景象看起来更像是下午五点。也就是说,回到原本的世界时,时间和离开时并不一样。他想知道这次差了多久,毕竟利利星人很快就要来了。

事实上,他意识到,他们已经到了。

空中悬停着一个遍体漆黑的巨大物体,长相丑陋,仿佛是从异世界突然降临到地球来的。那是一个由冰冷的钢铁、出其不意的惊吓和恶意又骇人的沉默组成的世界,那里没有光。埃里克心想:这东西太大了,永远都喂不饱。他站的地方离它很远,至少有一英里,但他仍然能看出它的本体是多么的贪婪放纵,随时都可能张开血盆大口,将眼前存在的一切尽数吞没。它没有发出任何声音,引擎想必是关着的。这艘船来自很远很远的地方,来自跨星系的深空战线。它是一个饱经风霜、深谙世事的幽灵,出于一些古怪的需求离开了平时的居所。

不知道对它来说,这任务有多么容易。埃里克心想。他们只要在地表降落,抢占几座主要建筑,夺过整个世界的控制权就可以了。恐怕比我和其他地球人想象的还要容易。

他走出小巷,回到了那条主街上,暗自想道:真希望我手上有枪。

真奇怪啊,他想,在这个时代、这场战争中最黑暗的时刻,我竟然找到了生活的意义。那是一种欲望,它驱使我和那辆十年后的"懒惰棕狗"小车一样行动起来。也许我最终会成为它的同胞,和它并肩在这世上争夺一席之地,和它一样行动,和它一样战斗。不仅仅是因为必须这样做,也是因为享受,因为喜欢。在我还没能了解、属于、进入不同的时空之前,我就想这么做了。

街上的车流几乎完全停了下来。车里和路上的行人都在盯着利利星飞船看。

"出租车!"埃里克走上街头,招下一辆能升空的全自动出租车。"带我去蒂华纳皮草染色公司。"他下令,"越快越好,别理上面那艘飞船,就算它在广播什么指示也别听。"

出租车抖动起来,升离了沥青地面,随即悬停不动。"我们不能起飞,先生。本地区的利利星陆军司令部下令——"

"鉴于当前这种局势,我就是最高负责人。"埃里克告诉它,"我的职位比利利星陆军司令部还高,跟我比起来,他们不过是一堆尘埃。我必须马上赶到蒂华纳皮草染色公司——整场战争的走向都取决于我能不能立即赶到。"

"是,先生。"出租车向上蹿入空中,"很荣幸,先生。真的,非常荣幸有机会送您一程。"

"我能否及时赶到,"埃里克说,"具有无与伦比的战略重要性。"到了工厂,我会对我认识的那些人表明立场。他在心里说。等维吉尔·艾克曼逃往华盛-35,我会和他一起上路。事情的走向,开始趋向我在一年后看到的情况。

他随即想道:在蒂华纳皮草染色公司,我一定会遇见凯茜。

他突然对出租车说:"如果你妻子病了——"

"我没有妻子,先生。"出租车说,"全自动机械从不结婚,这是众所周知的事实。"

"好吧。"埃里克承认确是如此,"如果你是我,而你妻子病了,病得很重,完全没有希望康复,你会离开她吗?你曾经去过十年后的未来,知道她损伤的大脑永远也不可能恢复,还会留在她身边吗? 和她继续待在一起意味着——"

"我明白您的意思了,先生。"出租车插嘴,"这就意味着,您的生活只剩下照顾她这一件事,除此之外别无其他。"

"没错。"埃里克说。

"我会留在她身边。"出租车说。

"为什么?"

"因为,"出租车说,"生活就是由种种已经被制定好的现实组成的。如果您离开她,那就相当于在说:我忍受不了这样的现实。我只能适应特别简单的处境。"

"我同意你的看法。"过了一会儿,埃里克说,"我会留在她身边。"

"老天保佑您,先生。"出租车说,"看得出,您是个好人。"

"谢谢你。"埃里克说。

出租车继续向蒂华纳皮草染色公司驶去。